Georg Langenhorst

Tote Archivarin – Gute Archivarin
Mord in der Domorgel

Kriminalroman

Georg Langenhorst

Tote Archivarin – Gute Archivarin

Mord in der Domorgel

Kriminalroman

echter

Ähnlichkeiten mit lebenden oder verstorbenen Personen wären reiner Zufall und sind auf keinen Fall intendiert. Auch unmittelbare Bezüge zu real existierenden Institutionen oder Orten entbehren jeglicher Absicht

Der Umwelt zuliebe verzichten wir bei diesem Buch auf die Folienverpackung.

Bibliografische Information der Deutschen Nationalbibliothek

Die Deutsche Nationalbibliothek verzeichnet diese Publikation in der Deutschen Nationalbibliografie; detaillierte bibliografische Daten sind im Internet über ‹http://dnb.d-nb.de› abrufbar.

1. Auflage 2021

www.echter.de

Umschlag: wunderlichundweigand.de
Coverfoto: Elena Rodriguez/iStock.com
Satz: Crossmediabureau, Gerolzhofen
Druck und Bindung: CPI-books – Clausen & Bosse, Leck

ISBN
978-3-429-05671-1
978-3-429-05177-8 (PDF)
978-3-429-06542-3 (ePub)

Folgende Personen treten auf

Elmar Maria Brandtstätter, Professor für Pastoraltheologie an der Katholisch-Theologischen Fakultät

Dr. Franz Joseph Breskamp, Prälat, Leiter der Abteilung Liturgie und Pastoral

Hildegard Flemming-Berlinger, Ordinariatsrätin

Carolin Flöther, Kunsthistorikerin

Mathieu Gentreville, weltberühmter Organist aus Paris

Alexander Grunert, Immobilienmakler

Hans-Hendrik Hofbauer, Domorganist

Karsten Kaiser, Organist von St. Korbinian, Polzingen

Bernd Kellert, Kriminalhauptkommissar

Beate Kellert, Steuerfachfrau

Jenny Kellert, Studentin

Bernadette Lienhard, Rechtsanwältin

Hannah Mellrich, Kriminalkommissarin

Lisa Nestler, Kommissariats-Sekretärin

Judit Pieburger, Malerin

Bruni Rabenstein, Hausfrau und Mutter

Gerhard Schmitt, Sachbearbeiter im Ordinariat

Dr. Karin Treumann-Liedke, Polizeipräsidentin

Dorothee Willebrandt, Leiterin des bischöflichen Amtes für Denkmalschutz

Johannes Zinngruber, Prälat, Domvikar des Bistums Friedensberg

und viele mehr

1.

‚Was, um Gottes Willen, mache ich hier?', fragte sich Kriminalhauptkommissar Bernd Kellert. Er rutschte auf der harten Holzbank hin und her, fand aber keine bequemere Sitzhaltung. Unauffällig wanderte sein Blick zur Armbanduhr, die er vorsichtig aus dem linken Ärmel seines frisch gebügelten Hemdes so zu sich drehte, dass seine Frau Beate, die rechts von ihm saß, davon nichts mitbekam. Hoffte er zumindest. ‚Erst zwanzig Minuten vorbei!', stellte er mit Schrecken fest.

Sie saßen in der vierten Reihe des Doms von Friedensberg, umtost von den mächtigen Klängen der berühmten Friedensberger Barock-Orgel. Weltweit eine der größten ihrer Art. Mit unvergleichlicher Tonfülle, behaupteten die Experten. Beate hatte es ihm extra aus einer Broschüre vorgelesen. Um ihm die Auszeichnung klarzumachen, als Ehrengäste zu diesem Konzert eingeladen zu sein. Der Ehre war er sich natürlich bewusst. Aber er hasste nun einmal Orgelmusik. Dieses aufdringliche Gepfeife und Gedröhne. Sein Musikgeschmack war von der Rockmusik der 60er und 70er Jahre geprägt. Des vergangenen Jahrhunderts. Hart, rhythmisch, grell, wild. Damit war er groß geworden. Die liebte er bis heute.

Seine Frau hingegen bevorzugte eindeutig die Kirchenmusik. Gerade hier, im Dom. Ihr zuliebe war er mitgekommen, natürlich. Aber allein das war es nicht, was ihn dazu getrieben hatte, sich dieser Tortur – so empfand er es – auszusetzen. Es war eine Einladung. Von Professor Elmar Maria Brandtstätter, Pastoraltheologe an der hiesigen Katholisch-Theologischen Fakultät. Immer mal wieder hatten sich ihre Wege gekreuzt, oft genug im Zusammenhang mit Mordfällen, die Bernd Kellert aufzuklären hatte. Und sie waren sich sympathisch, der Kommissar und der Professor.

Nun war Brandtstätter sechzig Jahre alt geworden und hatte sich zu seinem Geburtstag weder eine Festschrift oder ein Symposion noch ein Festbankett gewünscht – andere Kollegen begingen so dieses ehrenhafte Jubiläum –, sondern ein Orgelkonzert im Dom. Und hatte ihn, Bernd Kellert, dazu eingeladen. Und seine Frau, natürlich. Beate war sofort hellauf begeistert gewesen. Und ihm war nichts anderes übriggeblieben als zuzusagen.

Und so saß er hier an einem lauen Montagabend im Juni kurz vor sieben: nicht weit entfernt vom Bischof, von den anderen Lehrenden der Fakultät, von erstaunlich zahlreich erschienenen Priestern, von Lokalpolitikern und von allerlei Honoratioren des kirchlich-bürgerlichen Establishments der feinen Friedensberger Gesellschaft. Einige wenige von ihnen kannte er persönlich, andere wenigstens vom Sehen oder aus der Zeitung.

Beate war in Hochstimmung, das merkte er ihr an. Mitten unter all diesen so wichtigen und angesehenen Leuten zu sein, der Musik zu lauschen, ihn an ihrer Seite zu wissen: Das war für sie ein Höhepunkt dieses Jahres. Also machte ihr Mann gute Miene zum – für ihn – bösen Spiel. Streckte sein Kreuz durch, verdrängte die unangenehm harte Berührung mit der hölzernen Rückwand der Kirchenbank, umspielte mit den Füßen die Kniebänke auf der letztendlich vergeblichen Suche nach einer bequemen Abstellfläche, versuchte sich auf die Tonflut zu konzentrieren und ließ die Gedanken kommen und gehen. Wenn nur diese Musik nicht wäre! Diese!

Wieder ein verstohlener Blick zur Armbanduhr: nur fünf Minuten vergangen! Wenn du Momente genießt, vergeht die

Zeit wie im Flug. Und manchmal zieht sie sich bleiern in die Länge. So ist das wirklich! Beate bemerkte seinen Blick auf die Uhr, schüttelte kaum merklich den Kopf und lächelte demonstrativ in andächtiger Versunkenheit vor sich hin.

Links von Bernd Kellert saß Karsten Kaiser, Organist aus ihrer Wohngemeinde Polzingen. Auch ihm war die Ehre einer Einladung zugekommen. Nun lächelte Kaiser leicht süffisant vor sich hin, denn die Gefühlslage des Kommissars war ihm nicht entgangen. Aber dann ließ auch er sich vom Fluss der Tonwirbel mitreißen und vergaß augenscheinlich, wo er sich gerade befand.

Brandtstätter war es gelungen, einen Organisten von internationalem Ruf nach Friedensberg zu locken: Mathieu Gentreville. „Der spielt normalerweise in Paris oder Mailand, stell dir das vor!“, hatte ihm Beate begeistert vorgeschwärmt. „Und jetzt bei uns in Friedensberg!“ Leider hatte diese ‚Koryphäe‘ – seine Frau hatte ihm das Wort Silbe für Silbe vorgesprochen – ein Programm ausgewählt, welches das Zuhören noch zusätzlich erschwerte. ‚Ist das jetzt modern, oder was?‘, fragte sich Kellert, während er die für seine Ohren unharmonischen Läufe, querklingenden Überlappungen und lärmenden Improvisationen über sich ergehen ließ.

Noch mehr als Orgelkonzerte hasste Kellert das, was anschließend auf ihn wartete: der ‚kleine Empfang‘, wie es auf der Einladungskarte angekündigt worden war. Das hieß ‚Smalltalk‘: Herumstehen mit einem Glas in der Hand; gezwungene Gespräche hier und da; verzweifelte Suche nach Menschen, die einen ansprachen; genaues Überlegen, wann und wie man sich wieder verabschieden und weiterziehen konnte. Und all das war ihm, der in seinem Beruf ständig reden musste, zuwider.

Hier erwies es sich als eine unschätzbare Erleichterung, Beate an seiner Seite zu wissen. Sie beherrschte das Spiel perfekt: lächelte, grüßte, zog ihn mit, gab ihm die richtigen Stichworte und Einsätze, führte ihn sicher durch das für ihn so ungeliebte Terrain. Sie wusste, dass er innerlich nur auf den richtigen Zeitpunkt wartete, um sich verabschieden zu dürfen, ohne dass es unhöflich wäre. Auch in dieser Hinsicht hatte sie ein perfektes Gespür für das richtige Timing. Für ihr eigenes, für seines, für das des jeweiligen Anlasses. ‚Doch, verheiratet zu sein, hat durchaus seine Vorteile!', ging es Kellert durch den Kopf, während sich der Schlussakkord im weiten Raum des riesigen Kirchenschiffes in zahllosen, immer leiser werdenden Echoschleifen verlor, bevor ein erst zögerlicher, dann tosender Applaus das Kirchenschiff füllte.

‚Auf zum zweiten Teil des Abends!', sprach er sich Mut zu und setzte sein professionelles Mir-geht-es-gut-Lächeln auf. Doch es sollte anders kommen, als er es zugleich erwartet wie auch befürchtet hatte. Kaum, dass sie sich aus der Kirchenbank herausgeschält hatten, um der Karawane der geladenen Gäste in ein Nebenhaus zu folgen, drängte sich ein Mann in dunklem Anzug – ‚hallo, den haben hier alle an!', ermahnte sich Kellert zu genauerer Beobachtung – von hinten an ihn heran, und raunte ihm etwas zu.

Noch halb betäubt von der Orgel verstand Kellert erst nicht, was der Mann ihm zuraunte. Aber dann erkannte er den korpulenten, glatzköpfigen Mann an seiner Seite. Wie hieß der gleich wieder? Dr. Franz Joseph Breskamp, fiel es ihm ein. Auf sein gutes Personengedächtnis war immer noch Verlass. Prälat, Leiter irgendeiner bischöflichen Einrichtung. Auch ihm war er zwei-, dreimal bei seinen Ermittlungen begegnet. Eher unangenehme Erinnerungen. Der Mann war ihm von Grund auf unsympathisch, das wusste er noch genau. Selbst wenn er vergessen hatte, warum eigentlich.

„Herr Kommissar!?“, flüsterte ihm dieser Breskamp ins Ohr. Der zugleich gehetzte wie fragende Ton verhieß nichts Gutes. Beate schaute verunsichert und neugierig auf den ihr unbekannten Sechzigjährigen mit Priesterkragen. Was wollte der von ihrem Mann? Bernd Kellert war nicht weniger überrascht. „Ja?“, gab er rasch, knapp und leise zurück. „Kommen Sie, bitte! Wir brauchen Ihre Hilfe!“ ‚Wir‘, das klang schon einmal schlecht. Man hatte Breskamp zu ihm geschickt. ‚Man‘. Wer immer. Warum immer. Mimik und Tonfall des Priesters ließen keinen Zweifel an der Dringlichkeit seines Anliegens.

Kellert, vor Kurzem fünfundfünfzig geworden und mit mehr als vierunddreißig Dienstjahren auf dem Buckel, wusste, wann es ernst war. Und irgendwo im Hinterkopf loderte die überaus reizvolle Perspektive auf, unverhofft um den ungeliebten Empfang herumkommen zu können. „Beate, entschuldigst Du mich bitte für einen Moment?“, wandte er sich an seine Frau, ohne große Aufmerksamkeit auf sich zu ziehen.

Sie schaute ihn aus großen Augen unverständig an, schüttelte kaum merklich fragend den Kopf. Aber sie kannte ihren Ehemann gut genug, um die Situation richtig einzuschätzen. „Ach, Herr Kaiser“, wandte sich Kellert an den Organisten ihrer Heimatgemeinde, der direkt hinter ihm aus der Bank getreten war. „Wären Sie eventuell so freundlich, meine Frau zu dem Empfang zu begleiten? Ich komme gleich nach.“

Karsten Kaiser, der Beate Kellert gut kannte, da sie oft seinen eigenen, weitaus bescheideneren Konzerten in der kleinen Kirche von Polzingen lauschte, zog überrascht die Augenbrauen in die Höhe, zuckte mit den Achseln und antwortete umgehend: „Aber nichts lieber als das!“ Er wies der elegant gekleideten Frau mit der linken, ausgestreckten Hand den Weg. Sie stutzte einen Moment lang, nickte ihm dann freundlich wortlos zu, und schloss sich dem von ihm angedeuteten Zug der Ehrengäste an. Mit einem kurzen, besorgten Blick drehte sie sich noch einmal um, um ihrem Mann hinterherzuschauen. Der folgte mit gezügelten, aber raschen Schritten dem Prälaten in den nur wenig beleuchteten hinteren Teil des Doms.

2.

„Was gibt es denn?“, fragte Kellert den ihm voran hastenden, vor Anstrengung leise keuchenden Priester. „Sehen Sie selbst!“, gab dieser knapp zurück. Dr. Breskamp führte den Kommissar zu der gewundenen Steintreppe rechts von dem großen, eigentlich immer geschlossenen Portal des Doms. Das schmiedeeiserne Trenngitter, das normalerweise den Zugang nach oben versperrte, war geöffnet. Der Prälat griff zu dem linksseitig angebrachten Geländer und zog sich von Stufe zu Stufe. Kellert folgte, ohne den Handlauf zu berühren.

Noch nie war der Kommissar hier oben auf der Orgelempore gewesen. Warum auch? Außerdem war der Zugang ja stets versperrt. Kellert war in Friedensberg aufgewachsen, und als Schüler hatten sie einmal im Rahmen des Religionsunterrichts eine Domführung unternommen. Aber hinauf zur Orgel hatte sie ihr Weg nicht geführt, da war er sich sicher. Der riesige Spieltisch mit den Manualen war hell erleuchtet. Ein Spiegel blitzte hinunter in das Kirchenschiff. Zwei Männer standen dort, in ein aufgeregtes Gespräch vertieft. Sie verstummten sofort, als sie die Neuankömmlinge bemerkten.

„Mathieu Gentreville, der ehrenwerte Künstler dieses Abends“, stellte ihm Breskamp den einen vor, den anderen als „Zinngruber, Prälat Johannes Zinngruber: der Domvikar, also der Bistumsbeauftragte für den Dom!“ Die Männer reichten sich mit knappem Druck die Hände. Johannes Zinngruber – auch er mit Priesterkragen, aber hager, hochgewachsen, asketisch wirkend – hatte die Lippen fest zusammengekniffen, sagte kein Wort, blinzelte ihm nur ernst zu. Und der weltberühmte Organist, dem Kellert die für ihn tatsächlich unvergesslichen, vierundachtzig einzeln abgezählten Minuten zu verdanken hatte, blickte mit wirren Augen durch den Raum, ohne sich auf einen Gegenstand oder eine der Personen fixieren zu können.

„Folgen Sie mir bitte!“, wandte sich Breskamp ohne große Umschweife an den Kommissar. Der Organist blieb zurück, sank auf die Sitzbank vor dem Spieltisch, während sich der Domvikar den vor ihm hergehenden Männern anschloss. Wie eine Burgmauer ragten die riesigen, metallenen, matt glänzenden Orgelpfeifen steil vor ihnen in die Höhe. Acht bis zehn Meter, schätzte Kellert mit schnellem Blick. Dicht an dicht. Die Empore gab davor nur einen schmalen Gang frei, auf dem man nur dann Raum fand, wenn man sich mit dem Gesicht zur Orgel oder in das Kirchenschiff nebeneinander gruppierte.

Aber dieser Gang führte bis zur Ecke des Orgelbaus und bog dann nach rechts ab. Kellert staunte, wie viel Platz dieses Instrument einnahm. Es mochte alles in allem an die fünfzehn Meter breit sein, und – wie er erst jetzt erkennen konnte – vielleicht acht Meter tief. Diese Ausmaße konnte man von unten, aus dem Kirchenschiff, bestenfalls erahnen.

Noch mehr staunte Kellert allerdings, als Breskamp auf eine kleine dreistufige Metallkonstruktion zuging, die zu einer schmalen, geöffneten Tür führte. Einer Tür hinein in die Orgel! „Vorsicht, Kopf einziehen!", warnte der Vorangehende. Stimmt, für einen Mann wie Kellert mit etwas über eins achtzig Größe war der Durchgang zu niedrig. Und allzu breit durfte man auch nicht sein. Breskamp, einen halben Kopf kleiner als der Kommissar, dafür aber breithüftig und mit fülliger Bauchrundung, bewegte sich mit Mühe. Kellert, der im letzten Jahr fast fünf Kilo zugenommen hatte, ermahnte sich seinerseits kurz: ‚Junge, du musst wirklich abnehmen!' Aber er passte durchaus in den sich ihm nun öffnenden Raum.

Erstaunt blickte er sich um. Er befand sich in einer Welt, für die er noch keinerlei Vergleichsbilder abrufen konnte. Es roch intensiv nach Holz. Behandeltem, lackiertem Holz. ‚Ikea', dachte er unwillkürlich. Hinzu mischte sich ein metallischer Duft und etwas, das ihn an ‚Staub' denken ließ. Aber hatte Staub überhaupt einen Geruch? Erhellt wurde das Innere der Orgel von matten Glühbirnen, deren Verdrahtung sich wie ein Adernetz über die hölzernen Wände zog. Manche Winkel blieben unausgeleuchtet, andere waren gut erkennbar.

Vor ihm: ein enger, niedriger Gang, wie durch eine Tropfsteinhöhle. Aber hier tropfte nichts, hier war es trocken. Staubtrocken. Er räusperte sich. Rechts und links: eng aneinander geschmiegte Metallröhren, tausende. Manche dick wie mittlere Buchenstämme, andere dünn wie feine Äste. Außen, auf der von ihm abgewandten Seite, riesige Ungetüme, die sich in die Höhe verloren, das Ende nicht sichtbar. Innen, direkt zu berühren, Pfeifen, klein wie Streichhölzer, aber auch andere, deren Höhe bis zu seiner Körpergröße reichten. Nach einem für ihn nicht erkennbaren System. Ein wahnwitziger Irrgarten. Wie eine metallene Baumschule. Voller seltsamer, sich nach oben hin verjüngenden, mit jeweils einem feinen Schlitz versehenen Sprossen. Das Ganze war so groß wie ein Einfamilienhaus. Mit mehreren Etagen.

Kellert war nur kurz stehengeblieben, um sich zu orientieren, aber sein ungeduldiger Wegführer blickte wiederholt zurück und mahnte ihn so wortlos zur Eile. Eine Stiege führte nach unten, in ein anderes ‚Geschoss', eine Spur führte weiter geradeaus, aber Breskamp kletterte schwer atmend und rechts wie links an den Rändern schabend eine steile, schmale Holzleiter hoch, die sich nach rechts wandte. ‚Wie auf einem Hochsitz', dachte Kellert, ‚aber schmaler. Wie eng mag das sein?', überlegte er. ‚Sechzig, siebzig Zentimeter? Mehr jedenfalls nicht.' Seine Hüften streiften die hölzernen Wände des Aufstiegs, der sich drei Meter emporreckte.

‚Gott sei Dank habe ich keine Platzangst!', sagte er zu sich selbst. Und schmunzelte. Der Gedanke sollte ihn beruhigen, merkte er. Aber er kam gar nicht dazu, lange über diesen seltsamen Ort nachzudenken. Oben befand sich wieder eine kleine, enge Plattform, auf der Breskamp, den Priesterkragen lockernd und mühsam nach Luft schnappend, bereits auf ihn wartete. Doch, es gab Luft hier drinnen, aber die war unbewegt, schwer, irgendwie bleiern.

„Und?", fragte Kellert, während er registrierte, dass Prälat Zinngruber in der Hauptetage der Orgel zurückgeblieben war. Seinen hochaufgeschossenen, hageren Körper musste er nach vorn bücken. Von dieser Haltung aus spähte er etwas linkisch zu ihnen hinauf. Für einen dritten Erwachsenen wäre hier oben aber tatsächlich auch kaum noch Platz gewesen.

Kellert witterte den säuerlichen Duft des schwitzenden Prälaten, der sich mit dessen süßlichem Rasierwasser zu einem unangenehmen Gemisch vermengte. Zurückweichen konnte er nicht. Den intuitiven Abstand, den man wann immer möglich zu anderen hielt, konnte man hier vergessen.

Nach außen fiel der Blick auf die obersten Teile der großen Orgelpfeifen, nach innen herrschte schwer durchdringliches Dämmerlicht. Langsam gewöhnten sich die Augen an die Sichtbedingungen. Nun erkannte Kellert: In den nach hinten weiter in die Tiefe führenden Raum war eine Sperrholzwand, so schien es ihm, eingezogen. Und darin befand sich, kaum wahrnehmbar, eine Tür. Mit Griff und Schloss. Wortlos wies Dr. Breskamp auf diese Tür, zog einen kleinen, unauffälligen Schlüssel aus der Westentasche seines Jacketts, und schloss auf.

Das Türschloss klemmte, Breskamp musste den Schlüssel mehrfach ansetzen und mit ihm herumstochern, dann ließ er sich drehen. Hatte Kellert da einen kleinen Fluch gehört? Breskamp bog den Türgriff nach unten, zog, nichts. Er rüttelte, setzte mit Kraft nach, bis sich die offensichtlich stark verklemmte Tür mit einem Schnappen nach außen öffnete. Als ob der Raum plötzlich mit einem Schnalzen Luft geholt hätte.

Ein dumpfer, abgestandener, muffiger, gleichwohl trockener, in jedem Fall unangenehmer Duft verbreitete sich. Die Luft in dem plötzlich geöffneten Kabuff war deutlich kühler als in der sonstigen Orgel. Mit einer ruckartigen Kopfbewegung wies der Prälat den Kommissar an, hineinzuschauen oder hineinzugehen. Kellert war sich nicht sicher. Dieses Mal würde der Priester nicht die Führung übernehmen, soviel war klar.

Und Kellert war sich bewusst, dass ihn nichts Angenehmes erwartete. Wozu sonst all der Aufwand? Warum sonst wäre der normalhin so wortgewaltige Prälat plötzlich so stumm geworden, ja: erbleicht? Das war sogar in diesem Dämmerlicht unübersehbar: bleich, mit rot erhitzten Wangen und pulsierenden Adern an den Schläfen.

Kellert schluckte rasch, räusperte sich, versuchte vergeblich, den trockenen Hals zu befeuchten, ging die zwei erforderlichen Schritte und hielt sich am Türrahmen dieser seltsamen Kammer fest. ‚Kein Sperrholz', schoss es ihm durch den Kopf. ‚Das sind kompakte, dicke, eng schließende Balken. Massiv.'

Er spähte in den Raum. Hier brannte keinerlei Licht. Es gab weder Leuchtbirnen noch Elektroleitungen oder Schalter. Es gab nicht einmal einen natürlichen Lichtschacht nach draußen. In dem abgeblendeten Mischlicht, das durch die weit geöffnete Tür fiel, konnte man aber Umrisse erkennen. Der Kommissar stutzte, wich instinktiv einen Schritt zurück. Griff dann in seine Hosentasche und holte sein Handy heraus.

Nein, immer noch liebte er diese Dinger nicht, aber er hatte sich inzwischen zumindest daran gewöhnt, sein Mobiltelefon mitzunehmen. Meistens war es ausgeschaltet. Ab und zu nutzte er es, um Beate eine kleine Nachricht zukommen zu lassen. Oder sich von einem der eingebauten Zeitvertreibsspiele ablenken zu lassen. Ein rotes Holzstöckchen aus einem scheinbar unmöglichen Wirrwarr zu befreien. Möglichst viele, unterschiedlich geformte Holzelemente in eine Reihe zu bringen und dadurch verschwinden zu lassen. Oder so.

„Old school", lästerte sein Sohn Tobias immer, wenn das Gespräch auf den Umgang seines Vaters mit neueren Technologien kam. „Papa: du bist so was von old school, das kann man sich gar nicht vorstellen!" Zunächst hatte er gar nicht verstanden, was sein Sohn damit meinte. Aber dann hatte Tobias eine Aufzählung begonnen, die gar nicht enden wollte.

Sie verfügten seit Ewigkeiten über ein Abonnement der Lokalzeitung; wenn er Bücher las, dann aus Papier als Hardcover, nicht als e-book; sie besaßen ein Festnetztelefon, dessen Nummer man im Telefonbuch nachschlagen konnte; er nutzte weder Twitter, Instagram noch Facebook; er hörte Musik von CDs, von denen er eine beträchtliche Sammlung besaß; er bevorzugte Filterkaffee aus der guten, alten, röchelnden Filtermaschine; wenn er den Fernseher nutzte, dann ARD oder ZDF, gegebenenfalls andere der klassischen Sender, aber kaum Netflix oder andere Streaming-Dienste ... – diese Welt war in den Augen der Generation seiner Kinder längst überholt. ‚Old school', lächelte Bernd Kellert in sich hinein. ‚So schnell bist du also nicht mehr up to date.'

Nun schaltete er das Handy ein, wartete auf die Betriebsbestätigung, gab seine Authentifizierung ein und drückte dann auf die Funktion der eingebauten Taschenlampe. Der fahle Lichtschein erhellte zwar nur ein enges Lichtfeld, aber das reichte ihm hier völlig aus. Was er sah, bestätigte seine vorherige Ahnung.

Kein Zweifel: Eine halb mumifizierte, halb skelettierte Leiche krümmte sich da über einen einfachen Holzstuhl, der vor einem groben Tisch stand. Ansonsten war die vielleicht zwei mal drei mal zwei Meter umfassende Kammer fast leer. Die primitiv gezimmerten Regalwände gähnten ihn ungenutzt an. Nägel, einige Holzlatten, ein alter Hammer, eine kleine Zange. Zwei, drei alte, verblichene, halb zerfledderte Zeitungen. Mit einem schnellen Blick erkannte er die Angabe der Jahreszahlen: 2014! Außer einer Staubschicht fand sich da ansonsten auf den ersten Blick nichts.

‚Komm, hinschauen!‘, zwang er sich. Denn dafür reichte all die Berufsroutine nicht: Leichen zu betrachten, fand er immer noch widerlich. Alles zog sich in ihm zusammen. Er hatte eine Hilfsmaßnahme entwickelt, die ihn über solche Krisenmomente hinwegtrug: Er sagte sich dreimal hintereinander in rascher Folge das Kürzel seines Lieblingsfußballvereins vor. Kindisch, aber es half. Jedes Mal. So auch jetzt.

Eine solche Leiche – irgendeine furchterregende Mischung aus Mumie und Skelett – hatte er noch nie gesehen. Nicht so. Umhüllt von ausgebleichten Stofffetzen, die vermodert waren, angefressen von Tieren, über die er jetzt nicht nachdenken wollte. Diese waren aber wohl auch für die – soweit man das sehen konnte – Modellierung von Haut und Knochen verantwortlich. ‚Seltsam‘, dachte Kellert, ‚es stinkt gar nicht so, wie ich das erwartet hätte‘. Der Schädel blickte zur Tür, irgendwie vorwurfsvoll, umstanden von einem wirren Bündel von Haaren. Lang, gelockt, so viel war noch erkennbar. ‚Eine Frau!‘, schoss es Kellert durch den Kopf.

All diese Eindrücke blitzten in wenigen Sekunden auf. Kellert wusste sofort, was zu tun war. Er kehrte auf die kleine Plattform vor diesem Kabuff zurück, atmete mehrmals tief durch, blickte auf das Handy, wollte die Nummer des Polizeipräsidiums eintippen, aber das Gerät verweigerte seinen Dienst. „Kein Empfang hier drin!“, meldete sich Dr. Breskamp nach längerem Schweigen. „Aber wir haben schon alles veranlasst!“

Der Kommissar blickte ihn fragend an. „Na, Ihre Kollegen sind informiert. Werden bestimmt bald hier sein“, erklärte der Prälat kurz angebunden, immer noch nach Luft schnappend und sich auf Halbsätze beschränkend. „Aber ich hatte Sie erkannt, bei dem Konzert. Saß zwei Reihen hinter Ihnen. Habe während des Konzerts ein bisschen über unsere Begegnungen nachgedacht. Ist ja schon einige Jahre her. Und da dachte ich, ich informiere Sie gleich. Sozusagen exklusiv." „Danke", erwiderte Kellert und lächelte gequält. „Dann lassen wir alles so, wie es ist. Die Spurensicherung hasst es, wenn man ihnen durch die Szenerie stapft. Aber gut, dass Sie mir diesen Eindruck ermöglicht haben. Danke nochmals. Kommen Sie!"

Als Breskamp die Tür wieder abschließen wollte, legte ihm Kellert die Hand auf den Oberarm. „Lassen Sie. Das ist schon okay so. Dann brauchen Sie auch nicht noch einmal mit hier herauf." Der Prälat nickte dankbar und tastete sich zu der schmalen Stiege, die er lieber in gebückter Haltung mit dem Gesicht zu den Sprossen hinabklettern wollte. „Wir sollten dann einen besseren Ort für ein Gespräch finden", schickte ihm Kellert hinterher. Noch einmal blickte er in die düstere Kammer, auf das schmale Podest, dann stieg auch er nach unten. Zwar mit den Händen an den Geländern, aber vorwärts und aufrecht.

3.

Das Bistumshaus St. Georg lag direkt neben dem Dom. Beide Gebäude waren vor Jahrhunderten zeitgleich im Stil des Barocks neugestaltet worden, obwohl ihre Ursprünge viel weiter zurückreichten. Wer rosa und gelb als Farben liebte, reiche, gewundene Ornamentik und verspielte Figuren-Arrangements schätzte, dem gefiel dieses architektonische Ensemble. Bernd Kellert gehörte nicht dazu. Er bevorzugte funktionale, klare Formen.

Aber das stand jetzt nicht zur Debatte. In den Hauptempfangsräumen im Erdgeschoss drängten sich zahlreiche

Menschen um die Buffet-Tischchen, knabberten an kleinen Häppchen, tranken aus feinstieligen Gläsern, unterhielten sich, wanderten umher. Kellert hatte sich rasch ein Glas Wasser genommen, in einem Zug leer getrunken und gleich ein weiteres hinuntergestürzt. Unfassbar, wie trocken es in dieser Orgel gewesen war!

Er konnte Beate nicht entdecken. Aber dazu blieb ihm auch gar keine Zeit. Dr. Breskamp, der sich ganz offensichtlich verantwortlich fühlte und einen Raum organisiert hatte, führte die ihm folgende kleine Gruppe eine Etage nach oben in einen elegant gestalteten, hohen, an diesem Juniabend immer noch von warmem Tageslicht durchfluteten Besprechungsraum. Seit dem Verlassen der Orgel war vielleicht eine halbe Stunde verstrichen.

Große, farbstarke, in Goldrahmen eingefasste Gemälde zeigten frühere Bischöfe des Bistums. Zwei hohe Fenster gaben den Blick auf den Domvorhof frei. Vier weißlackierte Holztische waren zu einer großen Ablagefläche zusammengeschoben, an jedem standen zwei moderne, freiwippende Stühle.

Dankbar hatte Kellert seiner Mitarbeiterin zugenickt, Kriminalkommissarin Hannah Mellrich. Sie hatte mit den anderen Polizeibeamten vor dem Dom gewartet, die auf Kellerts Signal hin sofort zur Sicherung der Spuren in das Kirchengebäude geeilt waren. ‚Alle in Zivil!', dachte Kellert erleichtert, ‚Gott sei Dank! Es fehlt nur noch, dass hier ein großes Aufsehen entsteht. Lasst uns in Ruhe unsere Arbeit machen!' An wen immer er diese Bitte richtete.

Doch, Kriminalhauptkommissar Bernd Kellert war froh, dass seine Assistentin mit dabei war. Hannah Mellrich besaß eine überaus feingestimmte Beobachtungsgabe, konnte kaum merkliche Spannungen, Regungen, Gefühle bei Gesprächspartnern spüren, die Kellert oftmals entgingen. Zu zweit waren sie ein gutes Team, ein sehr gutes.

Er hatte sie selbst in ihrem letzten Ausbildungsabschnitt hier in Friedensberg betreut. Und als sich sein langjähriger Mitarbeiter Dominik Thiele erfolgreich nach Würzburg zur Übernahme der Leitung der dortigen Mordkommission wegbeworben hatte, war klar, dass sie dessen ideale Nachfolgerin sein würde. Genauso war es auch gekommen.

Nun saßen sie um die große Tischfläche herum, blickten einander an. Zwei hoch angebrachte Lüster ergänzten das goldgelbe Abendlicht. Dr. Breskamp und Zinngruber hatten nebeneinander Platz genommen, den beiden Kommissaren gegenüber. Rechts, vor der Fensterfront des Raumes, saßen ein Mann und eine Frau, die sich zwar kurz namentlich identifiziert hatten, jetzt aber von Breskamp doch noch einmal gebeten wurden, sich selbst kurz vorzustellen und den Grund ihres Hierseins zu erläutern.

„Dorothee Willebrandt", begann die Frau, die Ende vierzig sein mochte, dezent geschminkt, gekleidet in ein modisches, hellblaues Kostüm. „Ich bin die Leiterin des Amtes für Denkmalschutz hier im Bistum. Ich war auch in dem Konzert. Und habe die Aufregung mitbekommen. Und man hat mich in aller Kürze darüber informiert, was vorgefallen ist." Sie zögerte.

„Ich glaube, ich weiß, wer die Tote ist. Das habe ich Dr. Breskamp mitgeteilt und deswegen hat er mich hinzugebeten." Sie schluckte, ergänzte dann: „War. Wer die Tote war." Kellerts Augen leuchteten auf, seine Augenbrauen hoben sich, er nickte ihr zu, wies aber zunächst auf den neben ihr sitzenden, etwa sechzigjährigen Mann, dessen Kopf von einem wilden, weißen Haarschopf umgeben war.

„Ach so", entgegnete dieser etwas verwirrt, blickte sich unsicher im Raum um, nestelte an seinem Hemdkragen herum und stellte sich dann ebenfalls vor: „Ich dachte, Sie kennen mich. Ich bin Hans-Hendrik Hofbauer, Domorganist. HHH, kennt man doch, hahaha! Und damit ist ja wohl klar, warum man mich dazu verdonnert hat, an dieser ‚Sitzung' teilzunehmen." Er sprach mit einem verächtlichen Ton, als hielte er dieses Gespräch für unter seiner Würde.

„Danke", entgegnete Kellert knapp und schnell. Er wollte von Anfang an deutlich machen, dass *er* der Leiter dieser Zusammenkunft war, nicht Dr. Breskamp, der gerade eben dazu angehoben hatte, das Gespräch wieder an sich zu reißen. Der Kommissar kam ihm zuvor. „Und danke, Dr. Breskamp, dass Sie so schnell alle zusammengerufen und diesen Raum für uns organsiert haben!"

‚Klug', dachte Hannah Mellrich, ohne ihre freundlich-konzentrierte Miene zu verändern. ‚Dadurch stuft er diesen Breskamp als Helfer ab. Und behält selbst die Zügel in der Hand. Die beiden scheinen sich nicht besonders zu mögen. Den Grund werde ich schon noch herausfinden. Später.'

„Lassen Sie mich bitte ohne alle großen Vorreden zur Sache kommen", trieb Kellert das Geschehen voran. „Und beantworten Sie mir meine Fragen so präzise und knapp wie möglich. Geht das?" Als wäre das eine Frage gewesen! Die Anwesenden nickten mehr oder weniger deutlich. Breskamp blickte unwirsch, fügte sich aber.

„Frau Willebrandt", setzte Kellert nach. „Sie sagten, Sie kannten die Tote?" „Äh, nein, das kann man so nicht sagen", stotterte die direkt Angesprochene. „Nicht?", entfuhr es Kellert, der eigentlich wusste, dass man den Leuten Zeit zum Ausreden lassen muss. Aber hier war er auf dem falschen Fuß erwischt worden. Hatte sie das nicht gerade eben noch behauptet? Das wäre so einfach gewesen, so wichtig: den Namen des Opfers zu kennen!

„Ich kannte die Tote nicht direkt, aber ich glaube, ich weiß, wer sie ist", ergänzte nun die Frau, die sich mittels eines kurzen Blicks mit Hannah Mellrich verständigt hatte. Die Kommissarin hatte ihr ermunternd zugezwinkert, kaum merklich, für niemand anderen am Tisch erkennbar. „Ich habe sie nie persönlich kennengelernt. Aber viel über sie gehört und von ihr gelesen. Ich glaube, nein: ich fürchte, das ist meine Vorgängerin: Dr. Sabine Ketschbaumer."

„Sabine! Das kann doch nicht sein!", entfuhr es dem Domorganisten Hans-Hendrik Hofbauer. Er strich sich nervös über die wirre Haarmähne und blickte sich mit großen Augen im Raum um, vom einen zum anderen. ‚Eine Duz-Beziehung', notierte sich Hannah Mellrich im Geiste, ‚er hat sie beim Vornamen genannt.' Die Blicke der meisten im Raum richteten sich auf Dr. Breskamp. Der blickte vor sich hin. Dachte nach. Rang um Fassung. „Ja, die Frau Ketschbaumer!", murmelte er dann. „Das könnte sein. Dass ich nicht selbst darauf gekommen bin. Ja, das ist möglich!"

Kaum erkennbar für die anderen hatte Hannah Mellrich diesen Namen in ihr Smartphone eingetippt. Sie hielt es unter der Tischplatte verborgen. Nun machte sie ihren Chef mit einer kurzen Geste auf ihren dortigen Fund aufmerksam, und leitete die vorgefundenen Informationen an die Spurensicherung und Rechtsmedizin weiter. Sie brauchten so schnell wie möglich Gewissheit über die Identität der Toten.

Kellert ließ eine kurze Pause verstreichen, in der die Anwesenden den in den Raum gestellten Verdacht aufnehmen und überprüfen konnten. Dann wandte er sich an Breskamp: „Bitte, setzen Sie mich ins Bild! Wer oder was war diese …?" Der Name war ihm entfallen. Hannah Mellrich sprang ihm bei: „Sabine Ketschbaumer".

„Vielleicht kann ich Ihnen da weiterhelfen", mischte sich nun Domvikar und Prälat Johannes Zinngruber ins Gespräch. Ruhig war er den Ausführungen gefolgt, saß kerzengerade auf seinem Stuhl, überragte auch als Sitzender alle anderen um Längen. ‚Dem entgeht nichts!', dachte Hannah Mellrich. Ihr war aufgefallen, dass sich die braunen Augen des hageren Mannes blitzschnell hin- und herbewegten. Ohne dass er dabei den habichtartigen Kopf bewegen musste. ‚Ein Beobachter!', ging es ihr durch den Kopf. ‚Aber das, mein Lieber, bin ich auch.'

„Mich wundert eigentlich, dass Ihnen der Name nichts sagt, Herr Kommissar", fügte Zinngruber hinzu. „Das war doch damals in allen Nachrichten." ‚Ketschbaumer, Ketschbaumer ...', grübelte Kellert, ihm fiel aber nichts dazu ein. „Das war im Herbst vor zweieinhalb Jahren", setzte Zinngruber an, wurde aber von Breskamp unterbrochen: „Im November!" „Von mir aus, im November", ließ sich der Domvikar nicht aus der Ruhe bringen. ‚Unterbrochen werden, das mag der nicht!', registrierte Hannah Mellrich. ‚Gar nicht. Also die zwei, die sind schon mal keine Freunde, so viel steht fest.'

„Frau Ketschbaumer war seit fünf Jahren die Vorsitzende des bischöflichen Amtes für Denkmalschutz und die leitende Archivarin des Bistums. Genau gesagt, bevor Du mich wieder korrigierst, lieber Franz Joseph, fünf Jahre und drei Monate." Tatsächlich, Breskamp hatte sich schon wieder darauf vorbereitet sich einzumischen. Nun gab er sich brummelnd zufrieden. Zinngruber fuhr fort: „Und nicht zu vergessen: Sie war nebenberuflich auch die Frauenbeauftragte des Bistums." „Das kann man nun wirklich nicht vergessen!", entfuhr es Breskamp nun doch, und er erntete dafür einen tadelnden Blick des Domvikars.

Kellert blickte betont irritiert. Zinngruber griff die Gelegenheit auf. „Nun ja, das sind hoch konfliktreiche Ämter. Vor allem der Denkmalschutz und die Gleichberechtigung. Mit denen machst du dir nicht nur Freunde!“ Dorothee Willebrandt zog eine Grimasse und nickte demonstrativ, ergriff aber nicht selbst das Wort.

Zinngruber fuhr fort: „Verstehen Sie: In diesen Funktionen kann man Prozesse entscheidend fördern oder eben auch blockieren. Ein ‚Nein‘, und schon wird ein Gebäude nicht restauriert oder verkauft. Da geht es schnell um Millionen. Ein ‚Ja‘, und schon wird eine Bewerberin eingestellt und ein Bewerber nicht. Und da geht es um ganze Lebensläufe.“ „Unter Umständen trotz besserer Qualifikation!“, warf Breskamp ein.

„All das lassen wir jetzt bitte einmal außen vor“, kommentierte Kellert, der im Moment keinerlei interne Streitereien gebrauchen konnte. „Bleiben Sie bitte ganz konkret bei Frau Ketschbaumer!“ „Ja, gern“, nickte Zinngruber. „Vielleicht reicht es hier anzudeuten, dass Sabine Ketschbaumer ihre Ämter sehr ernst nahm. Überaus ernst. Manche sagten: zu ernst. Sie hatte es sich in den mehr als fünf Jahren mit vielen Personen im Bistum verscherzt. Männern *und* Frauen“, fügte er mit Blick auf die beiden Damen im Raum hinzu.

„Und?“, drängte Kellert. „Nun, sie ist dann vor zweieinhalb Jahren, im November genau gesagt“ – hier nickte der Domvikar Dr. Breskamp gönnerisch zu –, „verschwunden. Spurlos. Niemand wusste, wo sie war. Das war damals nun tatsächlich über Wochen und Monate Thema Nummer eins in Friedensberg. Und weit darüber hinaus. Kein Abschiedsbrief, keine Reiseunterlagen, nichts. Ihre Kollegen haben einfach nichts herausfinden können. Waren Sie da nicht sogar selbst im Einsatz?“, wandte er sich an den Kommissar.

„Nein, das ist nicht mein Ressort“, entgegnete dieser mürrisch. „Vermisstenstelle. Das machen tatsächlich die Kollegen. Damit war ich nicht befasst. Sonst hätte ich mich natürlich erinnert“, schob er nach. Offenbar ein ungelöster Fall. Seltsam, sofort fühlte er sich mitverantwortlich für die nicht erfolgte Aufklärung.

Nun übernahm Breskamp und Zinngruber ließ ihn gewähren. „Jedenfalls ist damit schon fast alles gesagt“, fasste der Prälat das Gespräch leichthin zusammen. „Bis heute wusste niemand, was mit Frau Ketschbaumer geschehen ist. Die Vermutungen schossen damals nur so ins Kraut: ein freiwilliges Verschwinden für einen persönlichen Neuanfang; eine perfekt geplante Selbsttötung; ein Gewaltverbrechen. Jetzt haben wir also endlich Gewissheit. Wenn auch eine furchtbare: Mord!“

„Sofern die Tote wirklich Sabine Ketschbaumer ist“, fiel ihm Kellert nun doch ins Wort. „Und sie tatsächlich umgebracht wurde. Beides wissen wir ja noch nicht mit Sicherheit.“ Breskamp nahm die Zurechtweisung wortlos hin, faltete jedoch die Hände über seinem Bauch. Die körpersprachliche Botschaft ließ sich für alle im Raum leicht entziffern.

„Irgendwann hat man dann die Suche und die Nachforschungen eingestellt. Ergebnislos“, kommentierte nun wieder Domvikar Zinngruber die Berichte. „Und dann die Stelle neu ausgeschrieben. Die wir dann ja mit Frau Willebrandt besetzen konnten. Sehr gut besetzen konnten, wenn ich das einmal so sagen darf.“

Er nickte der Denkmalschützerin zu, die sein Lächeln dankbar erwiderte. „Sind Sie dann jetzt auch die Frauenbeauftragte?“, mischte sich nun Hannah Mellrich überraschend in das Gespräch. Aber das interessierte sie einfach.

Dorothee Willebrandt fuhr hoch und rief spontan: „Ich?! Gott bewahre!“ Die damit aufgerufene Vorstellung war für sie offensichtlich völlig abwegig. Sie beruhigte sich aber sofort wieder, lachte verlegen über ihre Unbeherrschtheit hinweg und fügte dann ruhig an: „Nein, nein: das macht unsere Ordinariatsrätin, Frau Flemming-Berlinger. Das ist auch besser so. Für alle Beteiligten.“

Kellert spürte, dass sich hier das Nachfragen lohnen würde, beließ es aber zunächst bei diesen Andeutungen. ‚Später!‘, nahm er sich vor, blickte mit hochgezogenen Augenbrauen zu Hannah Mellrich, die sofort verstand, was er meinte. ‚Notieren! Darauf zurückkommen!‘ „Aber warum glauben Sie nun, dass die Tote Frau Ketschbaumer ist?“, wandte sich der Kommissar an die Denkmalschützerin.

„Nennen Sie es von mir aus Bauchgefühl, Herr Kommissar. Ich weiß, darauf können Sie nicht setzen. Aber liegt es nicht auf der Hand? Für mich ist das offensichtlich“, gab diese selbstbewusst zurück. ‚Bauchgefühl!‘, dachte Kellert tatsächlich. Darauf konnte man sich nur selten verlassen. Aber manchmal eben doch. Sie würden der Sache nachgehen, fertig!

Dorothee Willebrandt versuchte, ihre Vermutung zu untermauern. „Frau Ketschbaumer war doch ständig im Dom! Die Orgel, das war doch ihr großes Thema, oder nicht Herr Hofbauer?“ Der Angesprochene fuhr zusammen. Er war dem Gespräch nur oberflächlich gefolgt, hatte sich auf seine Arme aufgestützt, immer mal wieder die Haare zu glätten versucht, mit den schlanken Fingern der rechten Hand an der linken Hand herumgenestelt. „Was!?“ Mit leeren Augen blickte er vom einen zur anderen.

‚Er hat sie Sabine genannt!‘, fuhr es Hannah Mellrich durch den Sinn. „Ob Sie die Tote näher kannten?“, fragte

Kellert etwas ungeschickt nach. „Die Sabine! Ja doch, natürlich. Wir haben ja vor sieben Jahren gemeinsam die große Orgel-Restaurierung durchgeführt. Die war ja völlig heruntergekommen. Dieses wunderbare Instrument. Dieser Schatz! Diese Orgel von Weltruhm. Jahrzehntelang hatte man da nichts investiert. Bis Sabine kam. Die hat sich des Projekts angenommen. Und was sie übernahm, das erledigte sie gründlich."

Er war in seinen Erinnerungen versunken. „Mehrere Millionen hat das gekostet. Fragen Sie mich nicht genau. Aber sie hat die erforderlichen Mittel aufgetrieben. Denkmalschutzfonds des Bundes, Programm zur Rettung von Orgeln in Europa, Kulturgelder des Bundeslandes. Was hat sie nicht alles möglich gemacht!" „Nicht zu vergessen: zweieinhalb Millionen aus dem Topf des Bistums", warf Dr. Breskamp mit säuerlicher Miene ein.

„Genau!", bestätigte der Domorganist und geriet ins Schwärmen. „Aber bestens angelegt! Die ‚Königin aller Instrumente', hat Mozart die Orgel genannt. Wo er recht hat, hat er recht, der gute Wolfgang Amadeus. Besonders im Blick auf unser Juwel hier: Was für ein Klang! Was für eine gelungene technische und ästhetische Rettung. Die Welt ist stolz auf die Dom-Orgel von Friedensberg." ‚Hm, dann bin ich ein bisschen weltfremd', dachte Kellert. Ihn trieb aber ein anderer Gedanke um: „Und da kannten Sie sich also näher, die Frau Ketschbaumer und Sie?"

„Ja, aber gewiss, was denken denn Sie?", entgegnete der Organist entrüstet. „Das war alles nur möglich, weil wir so gut Hand-in-Hand gearbeitet haben, die Sabine und ich. Was glauben Sie, wie viele Widerstände man da zu überwinden hat!" Hier blickte er mit einem kurzen Seitenblick auf Dr. Breskamp. „Selbst in den eigenen Reihen!", fügte er hinzu. „Aber wir haben es geschafft! Davon werden die Menschen in Friedensberg noch lange profitieren. Lange! Über Generationen hinweg."

„Und menschlich?", setzte Kellert nach und entschied sich für eine indirekt formulierte Frage: „Kam man sich da auch näher?" Domorganist Hofbauer schien den möglichen Unterton gar nicht wahrzunehmen. Er stutzte kurz, verzog das Gesicht, überlegte. „Ach, wissen Sie", hob er dann an, „die Sabine, die war ..." Er suchte sichtlich nach Worten. „Herb? Unnahbar?" Dr. Breskamp lächelte vor sich hin. Kein schönes Lächeln.

„Man kam der Sabine nicht so nahe, verstehen Sie? Menschlich. Die lebte ihren Beruf. Die *war* ihr Beruf. Vielleicht kann man das so sagen", sinnierte Hofbauer. Er druckste herum. „Vielleicht geht mir das deshalb auch gar nicht so nahe, dass *sie* das sein soll, da in der Orgel. Meine Güte, ausgerechnet in der Orgel. In unserer Orgel! Unserer!"

4.

Es klopfte an der Tür. Vorsichtig betrat eine junge Frau den Raum. Sie gehörte ganz offensichtlich zu den Bediensteten des Bistumshauses St. Georg, trug sie doch eine entsprechende Tracht mit den Symbolen des Namenpatrons: Reiter, Pferd, Lanze, Drachen. Das Tablett, das sie gekonnt auf der rechten Hand balancierte, war beladen mit Gläsern und zwei Karaffen mit Wasser. „Möchte jemand ein Wasser?", fragte sie unnötigerweise mit fester Stimme und einem professionell eingeübten Lächeln.

„Gern!", nickte ihr Kellert zu, der sich immer noch wie ein Verdurstender fühlte, wies aber auch auf die anderen.

Wieder betonte er, dass er hier das Sagen hatte, nicht einer der hier eigentlich beheimateten Kleriker, an die sich die Bedienstete automatisch gewandt hatte. Die beiden Geistlichen ließen den Polizisten gewähren.

Nachdem die junge Frau die Gläser verteilt, eingegossen und mit fast lautlosen Schritten das Besprechungszimmer wieder verlassen hatte und alle mindestens einen Schluck zu sich genommen hatten – Kellert hatte sein Glas erneut in einem Zug geleert und es gleich ein weiteres Mal nachgefüllt –, ergriff der Kommissar wieder das Wort.

„Gut!“, setzte er eine Art Zwischenstrich unter das bisher Besprochene. „Aber eines verstehe ich noch nicht.“ ‚Unsinn!‘, korrigierte er sich innerlich. ‚Ich verstehe noch eine ganze Reihe von Dinge nicht. Aber: Schritt für Schritt!‘ „Wer von Ihnen hat denn nun die Tote entdeckt? Und warum erst jetzt? Sie muss doch schon eine lange Zeit dort oben gelegen haben? Wie kann das sein, dass sie so lange nicht entdeckt wurde?“

‚Blödmann!‘, schimpfte er innerlich mit sich. ‚Vier Fragen auf einmal! Als wärst du der blutigste Anfänger!‘ Er blickte kurz zu Hannah Mellrich hinüber. Auch sie schien überrascht, dass ihr Chef seine Neugier nicht zügeln konnte, ließ sich ihre Überraschung aber nicht anmerken. Doch! Kellert kannte sie inzwischen gut genug. Da zuckte eine kleine Ader neben dem rechten Auge. Peinlich! Seine Mitarbeiterin erwischte ihn bei einem Vernehmungslapsus, der Anfängern eigentlich schon im ersten Ausbildungsjahr ausgetrieben wurde.

Vier Fragen in den offenen Raum gestellt. Welche sollte man beantworten? Und wer war zuständig? Die angeredeten Herren blickten sich an, sagten erst einmal nichts. Dann ergriff Dr. Breskamp das Wort. „Ja, ... nun, wo soll ich anfangen …?“, fragte er wohl vor allem sich selbst. „Wer hat die Leiche gefunden? Das war ich. Also zusammen mit Herrn Zinngruber, der war zumindest mit dabei.“ Der Domvikar nickte mit zuckenden Bewegungen seines vogelartigen Kopfes.

„Wir haben ja Mathieu Gentreville zu Gast. Sie, Herr Kommissar, waren ja bei diesem großartigen, was sage ich, unvergleichlichen Konzert mit dabei. ‚Le mort et l’ennui‘, ein wunderbares Stück!“ Kellert senkte zustimmend die Lider, behielt seine Assoziationen aber für sich. „Und er wollte sich vorher die Orgel anschauen“, setzte der Prälat seinen Bericht fort. „Doch, die berühmte Friedensberger Orgel, die sagte ihm etwas. Derentwegen war er doch überhaupt gekommen. Und als Experte wollte er alles natürlich ganz genau besichtigen. Vor allem die Mechanik der Schleifladen, die besonders schnelle Registerzüge ermöglichen. Die sind in jedem Buch über Orgeln aufgeführt: die ‚Friedensberger Schleifladen‘.“

‚Wieder etwas gelernt!‘, dachte Kellert, ohne sich für das Thema innerlich erwärmen zu können. Auch seine Mitarbeiterin blickte eher professionell als wirklich neugierig. Sei’s drum, Breskamp hatte sowieso ohne Pause weitergeredet: „Also sind wir, Domvikar Zinngruber, Gentreville und ich, heute Nachmittag hinauf zur Orgel gestiegen.“

Hannah Mellrich gab Kellert ein Signal, eine Frage stellen zu wollen. Er nickte ihr so zu, dass niemand von den Anwesenden etwas von diesem kurzen, wortlosen Austausch zwischen Chef und Mitarbeiterin mitbekam. „Entschuldigung“, unterbrach die Kommissarin. „Und Sie“ – dabei wandte sie sich an Hans-Hendrik Hofbauer, der sich dem Gespräch inzwischen wie geistesabwesend wieder entzogen hatte –, „Sie waren da nicht dabei? Sie sind doch der Domorganist. HHH! Das ist doch sozusagen *Ihr* Instrument?“

Hofbauer fuhr zusammen. Eine weiße Haarsträhne hob sich, schlug um und knickte hinter dem rechten Ohr nach hinten. „Ähh, nein!", stammelte er. „Ich, ich war verhindert. Und zeige das Instrument auch nicht so gern vor." Er beugte sich zu der jungen Polizistin hinüber, als spräche er nur zu ihr. „Verstehen Sie: Das ist wie eine Art Liebesbeziehung. Das hat etwas Intimes. Das teilt man nicht gern."

Breskamp konnte ein spöttisches, halblautes Lachen nicht unterdrücken. „Sagen wir mal so: Unser guter Hans-Hendrik hat es nicht so gern, wenn man andere Organisten an sein Instrument heranlässt. Und dann noch so eine Koryphäe!"

‚Schon wieder dieses Wort!', dachte Kellert. „Er war auch nicht im Konzert, oder Herr Hofbauer?", bohrte der Prälat weiter in der Wunde. Das schien ihm Spaß zu machen.

Der Domorganist war rot angelaufen. „Nein, da haben Sie recht, Euer Ehren", erwiderte er ironisch. „Da war ich nicht. Das erträgt HHH nämlich in der Tat nicht. Und was dieser Monsieur Gentreville unter Musik versteht, das ist für viele eine Zumutung. Das traut sich bloß keiner zu sagen. Weil der gute Monsieur ja ach so berühmt ist." ‚Aha, ich bin also immerhin nicht der Einzige, dem diese Art von Musik fremd bleibt!', ging es Kellert durch den Kopf. ‚Auf diese Expertise werde ich mich Beate gegenüber noch berufen.'

Domvikar Zinngruber schaltete sich begütigend ein: „Wir wollen hier doch nicht über Musikgeschmack streiten, meine Herren ... und Damen. Vielleicht reicht es, einfach festzuhalten, dass unser verehrter Herr Domorganist das Festkonzert auch sehr gern selbst gespielt hätte." Hofbauer wollte aufbrausend antworten, aber Kellert hob die rechte Hand und blickte streng. Er wusste, dass er das konnte. „Entschuldigung, aber darum geht es hier nicht! Wir waren dabei, dass Sie zu dritt die Orgel besichtigt haben."

Zinngruber spürte, dass besser er das Gespräch weiterführen sollte. In der Tat, seine beruhigende Art wirkte sich sofort auf alle anderen aus. „Genau! Also haben wir unserem Gast die Manuale erläutert, die neuen elektronischen Feinheiten gezeigt, die wir bei der Komplettrestaurierung eingebaut haben. Wir haben ihn die Klangvarianten und Register in Ruhe ausprobieren lassen. Er war neugierig und ausdauernd."

Prälat Breskamp nickte mit demonstrativer Leidensmiene, mischte sich aber nicht ein. „Und dann wollte er das Ganze eben von innen sehen", erinnerte sich Zinngruber. „Darauf waren wir aber nicht vorbereitet. Dr. Breskamp hat sich dann beim Hausmeister des Doms die Schlüssel geholt. Das ist ein riesiges Bündel!" „Aber ich habe mir die wichtigen Schlüssel zeigen lassen", fügte der Prälat jetzt doch hinzu. „So gut es ging."

„Denn *in* die Orgel, da gehen wir natürlich normalerweise nicht hinein", ergänzte Zinngruber und bezog Breskamp in das gewählte ‚wir' mit ein. „Das ist eigentlich ausschließlich Herrn Hofbauers Reich." Der nickte, hatte aber sichtlich keine Lust, sich dazu zu äußern. „Wir wollten unserem verehrten Gast diese Bitte aber nicht abschlagen", erklärte der Domvikar. „Meine Güte, da ist Mathieu Gentreville zu Gast bei uns, in Friedensberg! Natürlich werden wir tun, was er wünscht, das ist doch klar."

Domorganist Hofbauer verdrehte die Augen, kniff aber die Lippen zusammen. Dr. Breskamp ging die Erklärung seines Kollegen nicht schnell genug. Jetzt ergriff wieder er das Wort. „Wir also rein. Alles betrachtet. Alles beantwortet, so gut wir das konnten. Stiege runter, Leiter rauf. Der Franzose wieder mit aller Ruhe der Welt. Ich bekam fast Platzangst. Und der arme Domvikar ständig in gebeugter Haltung wegen seiner Länge. Aber da sagst du halt nichts."

Er strich sich über die von einem dünnen Schweißfilm bedeckte, haarlose Stirn und atmete tief durch, als würde er die Prozedur gerade noch einmal erleben. „Am Ende will er also auf die oberste Plattform. Da wo Sie, Herr Kommissar, vor einer halben Stunde auch waren. Zinngruber blieb eine Etage tiefer zurück. Das ist einfach zu eng dort oben. Sie haben es ja erlebt. Also musste ich vorangehen, wohl oder übel."

Jetzt wurde es spannend, das merkte man förmlich im Raum. Auch Dr. Breskamp spürte das intuitiv, und er genoss die ihm nun zugeschriebene Macht des Erzählers. „Plötzlich sagt der Franzose: ‚Da ist doch eine Tür! Kann ich mal sehen, was dahinter ist?' Auf Französisch natürlich, aber ich habe ein Jahr in Lyon studiert, das ist für mich also kein Problem. Die Sprache beherrsche ich. Die mischt sich in meine Träume."

Er räusperte sich. ‚Nicht abschweifen!', ermahnte er sich. „Ich war vielleicht ein- oder zweimal da oben. Bei Führungen. Lange her. Diese Tür hatte ich vorher entweder nicht bemerkt oder einfach ignoriert. Oder vergessen. Und ausgerechnet da will unser Gast auf einmal hinein! Ich rüttelte also am Griff. Verschlossen. Klar! Aber ich hatte ja den Schlüsselbund. Ich brauchte einen kleinen, einfachen Bartschlüssel. Aber finde den mal, da oben im Halbdunkel! Alle möglichen Schlüssel habe ich, aber doch nicht solche! Doch, da sind einige. Fast zu übersehen. Ich probiere diesen, dann jenen. Nichts."

„Falsch, da muss einer sein!", mischte sich nun Domorganist Hofbauer ein, sprach aber eher zur Wand mit den Bischofsporträts als zu einer der Personen im Raum. „Genau, genau!", ließ sich Dr. Breskamp die Erzählhoheit nicht nehmen. „Schließlich passte doch einer. Ließ sich aber kaum drehen. Alles verrostet und verbogen. Also probier ich's ein bisschen, schließlich geht's. Ich öffne die Tür mit Kraft, auch die völlig verzogen, und was ich dann im Lichtschein meines Smartphones sah, das haben ja Sie, Herr Kommissar, auch gesehen."

Nun musste er doch schlucken, nestelte ein Stofftaschentuch aus seiner inneren Jacketttasche und strich sich erneut über die Stirn. „Nun ja, und ich", sprach Zinngruber in die Stille hinein, „höre also auf einmal einen Schrei von oben. Dann einen weiteren, in anderer Stimmlage. „Das war der Franzose!", warf Breskamp ein, aber Zinngruber sprach weiter: „‚Was ist los?', habe ich gerufen, oder so ähnlich, und bin sofort zu der Stiege. Aber da kamen mir die beiden schon entsetzt entgegen und berichteten von ihrem Fund."

„Und dann?" fragte Kommissar Kellert, weil die Erzählungen der beiden plötzlich verstummt waren. Die Kleriker blickten sich an. Schwiegen „Dann haben wir beschlossen, erst einmal alles so zu belassen", fügte Dr. Breskamp dann zögernd hinzu. „Ich bin noch einmal kurz hinauf, habe die Tür geschlossen, es sollte ja alles so bleiben, und dann haben wir drei die Orgel auch so schnell wie möglich wieder verlassen."

„Und, haben Sie dann die Polizei gerufen?", fragte Dorothee Willebrandt, die sich bislang all das Berichtete eher unbeteiligt angehört hatte. Wieder schauten sich Breskamp und Zinngruber an. ‚Interessantes Mienenspiel', notierte sich Hannah Mellrich im Geiste. ‚Zwei Männer, die sich nicht mögen. Beides Alpha-Tiere, die aber nun zusammengeschmiedet sind. Das ist ihnen unangenehm. Sie müssen das gegenseitige Kräfteverhältnis erst noch klären. Überhaupt: ihr Verhältnis."

„Nein, das ging ja nicht", räumte Zinngruber mit ruhiger und zögerlicher Stimme ein. Kellert blickte überrascht auf. „Da war doch das Konzert! Wenn wir zu dem Zeitpunkt die Polizei gerufen hätten, hätten wir das Konzert vergessen können. Und das konnten wir dem Professor Brandtstätter doch nicht antun. Wie immer man nun zu dem stehen mag. Aber sein Geburtstagskonzert!" „Unser Gastorganist ist extra aus Paris angereist, überlegen Sie doch! Denken Sie an die illustren Gäste", ereiferte sich Breskamp. „Bischof, Regierungsrat, zwei Landräte, ach: alles, was in Friedensberg Rang und Namen hat, war doch eingeladen!"

‚Und da fallen Dir natürlich nur Männer ein', registrierte Hannah Mellrich. Aber Breskamp redete schon weiter: „Auch Sie und Ihre werte Frau Gemahlin waren ja da, Herr Kommissar!" „Sie wissen aber schon, dass das ein grober Rechtsverstoß war!", unterbrach ihn dieser in strengem und hartem Tonfall. Gerade die angedeutete Einschmeichelei konnte er überhaupt nicht vertragen. „Sie hätten uns unbedingt, ich wiederhole, unbedingt sofort verständigen müssen, das ist Ihnen doch klar."

Zinngruber schaute ihn direkt an und hielt den Blick aufrecht: „Ja, Herr Kommissar, das war und ist uns bewusst. Wir beide" – wieder nahm er seinen Kollegen Breskamp mit in seine Ausführungen hinein – „haben das abwägend und wissentlich so entschieden. Und dazu stehen wir auch! Aber hören Sie: Es ist doch keinerlei Schaden entstanden. Für niemanden. Und wir wollten alles Aufsehen oder gar den Ausbruch einer Panik vermeiden." Breskamp ergänzte eifrig und in anbiederndem Tonfall: „Außerdem, meine Güte: Die Leiche liegt nun wahrscheinlich schon zweieinhalb Jahre dort oben, da wird es doch auf drei Stunden mehr oder weniger auch nicht ankommen!"

Der Domvikar verzog sein Gesicht. Dass das kein besonders gutes Argument war, lag auf der Hand. Kellert schüttelte prompt den Kopf: „Darüber werden wir noch einmal zu reden haben, meine Herren!“ Hannah Mellrich spürte, dass sie auf jeden Fall wieder zu ermittlungstechnisch relevanten, brauchbaren Informationen zurückkommen mussten. Deswegen mischte sie sich ein. Sie trat inzwischen so selbstsicher und professionell auf, dass man ihr diese Rolle ohne Widerspruch zugestand. „Und dieser französische Organist“ – „Gentreville“ warf Breskamp ein, die Polizistin ließ diese Verbesserung unkommentiert –, „der hat sich darauf eingelassen?“

„Eingelassen? Das ist ein Profi“, entgegnete Breskamp, „der wollte unbedingt das Konzert spielen. Darauf hat er geradezu bestanden!“ „Ein weiteres Argument, warum wir nicht gleich die Polizei gerufen haben, Herr Kommissar“, fügte Domvikar Zinngruber Verständnis heischend an Kellert gerichtet hinzu. Der brummte irgendetwas Unverständliches vor sich hin. „Ein Musiker spielt seine Musik. So sind wir Künstler!“, kommentierte Hans-Hendrik Hofbauer ungefragt, emotionslos und an niemand Spezielles gerichtet. Frau Willebrandt tat ihm den Gefallen und nickte zustimmend.

„Wo ist er eigentlich, der große Meister?“, fiel es Kellert nun ein. „Ach so, der müsste im Domhotel sein“, erwiderte Dr. Breskamp. „Nach dem großen Ereignis war der völlig erledigt. Konnte kaum sprechen. Aber brillant, wie er das Konzert gespielt hat. Da merktest du nichts von irgendeiner Erschütterung. Da saß jede Note, jeder Akkord. Großartig!! Weltklasse!“ Der Domorganist verzog das Gesicht und murmelte: „Das ist ja wohl auch seine verdammte Pflicht und Schuldigkeit.“

5.

Mitten in Hofbauers Gebrumm hinein klingelte ein Handy. Verärgert blickte Kellert sich um. Derartige Störungen hasste er. Aber Hannah Mellrich hielt ihr Smartphone in die Höhe. Sie benutzte es nur für Dienstzwecke und signalisierte ihrem Chef mit einer Geste, dass es sich um eine wichtige Angelegenheit handeln musste. Sie verließ ihren Platz, ging einige Schritte in die Ecke des Saales, die am weitesten von der Eingangstür entfernt lag, beugte sich über das Gerät und murmelte knappe Worte.

Alle Augen folgten ihr. Fast schien es so, als seien alle erleichtert über die Unterbrechung. Das Gespräch fand unter größter innerer Anspannung aller Beteiligten statt, das wurde gerade durch diese kleine Pause mehr als deutlich. Dr. Breskamp strich sich zum wiederholten Male mit dem Tuch über die Glatze, Domvikar Zinngruber streckte seine geballten Fäuste nach rechts und links unter die Tischplatte, lockerte dann seinen Hals, Dorothee Willebrandt nahm die schmale, goldgefasste Brille ab und rieb sich die Augen. Nur Hans-Hendrik Hofbauer gab sich nach wie vor als Unbeteiligter.

Hannah Mellrich hatte selbst kaum gesprochen, vielmehr vor allem zugehört. Sie nickte nun, verabschiedete sich knapp und kehrte an den Tisch zurück. Kellert gab ihr eines der nur ihr vertrauten Signale und sie blickte in die Runde von Gesicht zu Gesicht. „Das wird Sie alle interessieren“, sagte sie dann. „Das war die Gerichtsmedizin. Die haben sofort einen Schnelltest gemacht. Die notwendigen Daten hatten sie ja. Es besteht nun kein Zweifel mehr, Sicherheit von achtundneunzig Prozent. Bei der Leiche handelt es sich tatsächlich um Sabine Ketschbaumer. Sie haben also“ – hier nickte sie Dorothee Willebrandt zu – „recht behalten mit Ihrer Vermutung."

Die so Angesprochene stieß Luft durch die Wangen: „Puh!" Die anderen schauten sich an, verkniffen, wortlos, mit verengten Augen. Zinngruber rieb sein spitzes Kinn. Hofbauer schüttelte langsam den Kopf und blickte auf die leere Tischfläche. Kellert dachte anerkennend ‚So viel zum Thema Bauchgefühl!' und ließ ihnen einen Moment der Sammlung. Dann ergriff er wieder das Wort: „Gut, dass wir nun Gewissheit haben. Umso mehr ist mir völlig unklar, wie der Leichnam in dieser Kammer so lange unentdeckt bleiben konnte. Vorausgesetzt natürlich, dass er nicht erst später dort platziert wurde. Was mich aber wundern würde."

Dr. Breskamp und Zinngruber schauten sich fragend an, schienen jedoch gleichermaßen überfragt zu sein. „Wie schon gesagt", wiederholte Breskamp nach längerem Schweigen, „ich war da seit einer halben Ewigkeit nicht mehr, da oben in der Orgel. Und der Domvikar auch nicht. Das hat er ja eben bestätigt." Zinngruber nickte, froh, dass sein Kollege hier die Gesprächsverantwortung übernommen hatte.

„Hm", kommentierte Kellert und blickte demonstrativ zum Domorganisten. Die Blicke der anderen folgten ihm. Hans-Hendrik Hofbauer spürte, dass er jetzt etwas sagen musste, ob er wollte oder nicht. „Das kann ich Ihnen auch nicht sagen", entgegnete er dann widerwillig. „Das frage ich mich doch auch schon die ganze Zeit, was glauben denn Sie? Stellen Sie sich das mal vor: Da spiele ich jahrelang an dieser Orgel, da gehe ich auch immer mal wieder hinein, um nach dem Rechten zu sehen – natürlich mache ich das, das muss ich ja! – und die ganze Zeit befindet sich eine Leiche wenige Meter von mir entfernt."

Dieser Gedanke hatte ihm wohl die ganze Zeit schon zu schaffen gemacht. Deshalb also hatte er so geistesabwesend gewirkt. Nicht nur gewirkt, er war es! Und er fuhr fort, in langsamen, verdrucksten Sätzen: „Ach Unsinn, was sage ich denn da? *Eine* Leiche! Die Leiche von Sabine! Von Dr. Sabine Ketschbaumer. Die wir überall gesucht haben. Lebendig! Ich war mir sicher, dass sie lebt. Irgendwo." Er schlug sich mit der rechten Hand an den Kopf. „Das kann man sich doch überhaupt nicht vorstellen! Das glaubt einem doch keiner!"

Kellert unterbrach ihn: „Wissen Sie, als Kriminalkommissar hat man es immer wieder mit so etwas zu tun! Was einem niemand glauben würde. Ich habe da über all die Jahre schon so viel erlebt. Leider gibt es nichts, was es nicht gibt. Ich weiß, eine Floskel. Aber sie stimmt nun einmal. Also, Herr Domorganist: Warum wurde die Leiche nicht eher gefunden? Warum hat man sie erst heute entdeckt?"

„Bin ich von der Polizei? Weiß ich alles?", gab Hofbauer sichtlich genervt zurück. Aber da war er bei Kellert an der falschen Adresse. Patzigkeit konnte der Kommissar nicht ausstehen. „Nicht alles", gab er rasch und schneidend zurück, „aber das, was sie wissen *können*. Und müssen!" Der ältere Mann lief rot an, schluckte seinen Ärger hinunter und gab schließlich nach. Er strich sich das wirre, weiße Haar zurück und murmelte. „Schon gut, schon gut."

„Das war so. Wir haben diese Orgelrestaurierung durchgeführt, Sabine, also Frau Dr. Ketschbaumer, und ich. Das sagte ich ja schon. Und als alles fertig war, zwei Jahre später als zunächst geplant" – „und zwei Millionen Euro teurer", warf Breskamp ein, fing sich dafür aber einen tadelnden Blick des Kommissars ein –, „konnte man sehr zufrieden sein. Alles funktionierte. Wir mussten da kaum etwas nachjustieren. Da stieg man dann kaum noch in die Orgel hinein. Alles war perfekt, verstehen Sie?"

„Aber was hat es nun mit dieser Kammer auf sich?", hakte Kellert nach. „Ja, die! Keine Ahnung, wann, von wem und zu welchem Zweck die in die Orgel eingefügt wurde. Wir fanden dazu nie etwas in den verschiedenen Bauplänen, die quer durch die Jahrhunderte angefertigt wurden. Sind ja alle im Museum drüben. Beim Priesterseminar." Dorothee Willebrandt, als Denkmalschützerin auch für das Bistumsarchiv zuständig, nickte und warf ein: „Die können Sie gern einsehen, Herr Kommissar. Jederzeit!"

Kellert lächelte ihr wortlos und bestätigend zu, wies den Organisten aber an, weiter zu erzählen. Der hatte sich bereits darauf vorbereitet: „Also: Diese Kammer, dieses Kabuff, das war einfach da. Immer schon da, seit ich hier bin. Und das sicherlich schon seit Langem. Während der Restaurierungsarbeiten hatten die Orgelbauer den Raum für sich beschlagnahmt. Und wir hatten nichts dagegen. Warum auch? Die bewahrten da alle ihre Pläne und Werkzeuge auf, die sie in den Regalen verstaut hatten, dazu ein oder zwei Stühle, einen schmalen Tisch."

„Ich selbst" – der Domorganist kratzte sich am Kopf – „war fast nie mit dabei. Da hätte ich nur gestört, verstehen Sie? Das war ihr Reich. Da hatte ich nichts zu suchen." Er überlegte, setzte dann hinterher: „Und Sabine erst recht nicht, wenn Sie verstehen, was ich meine."

‚Als Frau? Als Vorgesetzte?', überlegte Hannah Mellrich, kam aber zu keinem Ergebnis. „Und was wurde aus diesem Raum, als die Arbeiten abgeschlossen waren?", fragte sie. „Das weiß ich eben nicht so genau!", fuhr es aus dem Domorganisten heraus. „Genau das frage ich mich auch die ganze Zeit. Die Arbeiter haben ihr Zeugs aufgeräumt und mitgenommen. Daran erinnere ich mich. Und dann?“

Er schüttelte so den Kopf, dass seine langen weißen Haare der Bewegung ganz leicht zeitverzögert folgten und sich kurz darauf entsprechend wieder beruhigten. Er strich sie erneut glatt. „Selten genug bin ich überhaupt da oben, und auf die Tür und den Raum habe ich nie geachtet. Wissen Sie, der hatte nie etwas mit mir zu tun. Das Kabuff gehörte irgendwie nicht zu meinem Reich. Das habe ich ausgeblendet. Ich glaube, ich habe nicht einmal einen eigenen Schlüssel zu dieser Tür. Das muss ich mal überprüfen.“

„Tun Sie das, Herr Hofbauer. Tun Sie das!“, gab ihm Kellert aufmunternd mit auf den Weg. Er blickte in die Runde: „Weiß jemand sonst etwas über diesen Raum?“ Schulterzucken. Leere Blicke. Bedauerndes Lächeln. Mehr nicht. Der Kommissar blickte sich ratlos um. Wer konnte hier weiterhelfen? Hannah Mellrich kam ihm zur Hilfe: „Dann nähern wir uns dem Ganzen doch noch einmal von einer anderen Seite“, meinte sie. Kellert betrachtete sie neugierig. Was war ihr eingefallen?

„Frau Dr. Ketschbaumer verschwand, wenn ich mir das richtig notiert habe, im November vor zweieinhalb Jahren, richtig?“, begann sie. „Genau!“, bestätigte Breskamp mit Nachdruck. „Wenn wir nun davon ausgehen, dass sie seitdem in dieser Kammer liegt …“ – Kellert hob die Arme, als wollte er einen Einwand vorbringen, aber sie redete einfach darüber hinweg – „ich sage ja: *wenn* wir einfach mal davon ausgehen, dann frage ich mich, warum man damals nichts davon bemerkt hat. Im November, im Dezember. Das muss doch irgendwie zu riechen gewesen sein, oder etwa nicht?“

‚Klar!‘, dachte Kellert, ‚gute Überlegung‘. „Hmm“, wandte Domvikar Zinngruber ein. „Aber Sie kennen doch sicherlich unsere Winterregelung im Dom." Hannah Mellrich machte fragende Augen. Sie gehörte keiner Konfession an. Mit den kirchlichen Bräuchen kannte sie sich kaum aus. Welche Regelung sollte sie kennen? Ihr Blick ging zu Bernd Kellert. Ihr Vorgesetzter war ja immerhin Katholik, das wusste sie doch. Aber auch der wich dem Blick aus. „Sie werden uns sicherlich daran erinnern", meinte er souverän mit leichtem Lächeln.

„Nun. Der Dom ist ja nicht beheizbar. Eine Heizung hat man nie eingebaut. Die Grundmauern gehen bis in die Romanik zurück. Da war keine Heizung vorgesehen. Früher hat man sich an der Kälte offenbar nicht gestört. Und später hat man die Notwendigkeit eines Einbaus nicht gesehen. Oder nicht die Mittel, um das zu finanzieren. Auch in den späten fünfziger Jahren des letzten Jahrhunderts, als man hier Vieles überholt hat, wurde zwar über eine Heizanlage diskutiert" – „nachzulesen im Diözesanarchiv!", warf Dorothee Willebrandt ein –, „aber eingebaut wurde sie eben nie."

„Und?", gab Bernd Kellert zurück. Er sah noch keinerlei Zusammenhang zu ihrem Fall. „Nun ja, seit über fünfzig Jahren machen wir Friedensberger deshalb unseren Dom im Winter zu. Keine Gottesdienste, keine Anbetung, keine Touristen." „Keine Konzerte", steuerte Domorganist Hofbauer bei. „Richtig, auch keine Musik. Sagen wir, wie es ist: Der Dom ist ein Eiskasten. Den überlässt man am besten sich selbst. Bis in den März. Da erblüht alles wieder neu. So ist das bei uns."

„Äh, richtig, ja", gab der Kommissar zurück. Natürlich wusste er das irgendwie, aber so ist das eben mit trägem Wissen: es ist fast nie abrufbar, wenn es denn doch gegen alle Erwartung und Erfahrung mal gebraucht wird. „Und dann gibt es keine Gottesdienste!?", warf Hannah Mellrich ein. „Was macht man denn da an Weihnachten?“ Dass man so etwas überhaupt fragen konnte, verblüffte die Herren Kleriker. Und nicht nur sie. In ihrer kirchlichen Binnenwelt konnten sie sich nicht vorstellen, dass ihre Selbstverständlichkeiten für andere entweder voller Rätsel oder völlig unwichtig waren.

„Aber Frau Kommissarin“, entgegnete Dr. Breskamp von oben herab, „dafür haben wir doch St. Michael.“ Hannah Mellrich verstand nur ‚Bahnhof‘, aber das wollte sie jetzt auch nicht zugeben. ‚St. Michael‘? Was sollte das sein? Mit einem dünnen Lächeln sprang ihr Domvikar Zinngruber bei.

„St. Michael, das ist unsere Konkathedrale. Wenn der Dom geschlossen ist, feiern wir alle Gottesdienste dort. Alle liturgischen und kulturellen Veranstaltungen. Die kennen Sie doch sicher, die Kirche St. Michael, unten am Kornmarkt?“ Ja, den Namen dieser Kirche hatte Hannah Mellrich natürlich gehört und ihren imposanten Turm mit dem mächtigen Zwiebelturm konnte man auch kaum übersehen. Aber wie hieß das, ‚Konkathedrale‘?

Ihr Vorgesetzter erkannte das Verständnisproblem seiner Mitarbeiterin. Außerdem war er sich selbst nicht ganz sicher über die Wortbedeutung. Also fragte er: „Entschuldigung, die was? Wie haben Sie das genannt?“ Der Domvikar sah ihn verständnislos an: „Die Konkathedrale!“, erwiderte er, als sei dies das Selbstverständlichste von der Welt. „Kondom!“, kicherte Dorothee Willebrandt, eine Äußerung, die so gar nicht zu ihrem gepflegten und eher strengen Erscheinungsbild passte.

Sofort zog sie sich auch wieder in die Ordnung der von ihr erwarteten Rolle zurück. Aber das Wort war im Raum. „Entschuldigung“, murmelte sie und lief zart rot an, „aber das sagen hier in Friedensberg doch alle zu St. Michael: ‚Der

Kon-Dom'." Wütend schüttelte Dr. Breskamp den Kopf. „Stimmt leider. Aber das ist natürlich respektlos! Lässt sich aber einfach nicht verbieten!"

Hannah Mellrich musste grinsen. ‚Hoffentlich nicht zu deutlich', ging es ihr durch den Kopf. Aber wenn man den Turm von St. Michael vor Augen hatte mit seiner krönenden Zwiebel, und dann diesen Namen kannte ... Sie musste sich beherrschen. Immerhin befand sie sich hier im heiligen Binnenraum der katholischen Kirche.

„Konkathedrale, das sagt man, wenn es in einem Bistum eine zweite Hauptkirche neben dem eigentlichen Dom, der Bischofskirche, gibt", ergriff nun Domvikar Zinngruber lauter und energischer als sonst das Wort. ‚Hier ist Autorität gefragt', schien er sich zu sagen. „Es ist die Mit-Kathedrale, ‚kon', also ‚mit'. Im Bistum Rottenburg-Stuttgart gibt es das zum Beispiel. Da hast du den eigentlichen Dom in Rottenburg, der Bistumszentrale, und in Stuttgart gibt es die Zweitkirche, St. Eberhard. Oder im Bistum München-Freising. Die Frauenkirche in München ist die Kathedrale, der Dom in Freising die Konkathedrale. Meistens waren das ehemals eigenständige Bischofskirchen. Und so ähnlich ist das also hier bei uns in Friedensberg. Dom und ..."

Kellert konnte nicht anders, sein Hirn ergänzte ‚Kondom', aber Zinngruber führte natürlich aus: „Konkathedrale". „Danke für diese kleine Aufklärung!", lächelte Kellert, kratzte sich am linken Ohrläppchen und überlegte dann: „Aber ... Moment! Das heißt, der Dom war fünf Monate geschlossen. In diesem Zeitraum war niemand an, geschweige denn *in* der Orgel. Da hätte gar keiner etwas von einer Leiche bemerken können!"

„So sieht es aus, ja!", entgegnete Domvikar Zinngruber. „Und Sie", wandte sich der Kommissar an den Domorganisten Hofbauer. „Sind Sie dann im Winter ab und zu mal im Dom? Und an der Orgel?“ Hofbauer schüttelte den Kopf. „Selten. Fast nie. Was soll ich da? Außerdem ist es am besten, wenn man den Eiskasten einfach in Ruhe lässt. Jeder menschliche Körper bringt Wärme und Feuchtigkeit mit sich. Das mag der alte Kasten nicht. Und die Orgel erst recht nicht. Der Herr Zinngruber sieht das nicht gern, wenn man Ausnahmen macht.“ Der Domvikar nickte eindeutig und streng.

Der Organist war aber noch nicht fertig. „Wissen Sie: St. Michael hat auch eine wunderbare Orgel. Natürlich nicht so groß. Nicht so berühmt. Nicht so voll im Klang. Irgendwie heimeliger. Meine zweite große Liebe. Eigentlich die erste. Dort spiele ich schon seit fast vierzig Jahren, wissen Sie. Domorganist, das bin ich ja erst später geworden. Und das ist nicht so einfach, das Verhältnis zwischen der ersten Liebe und der großen Liebe, nicht wahr?“

Wie schon zuvor blinzelte er in die Richtung von Hannah Mellrich, der das eher unangenehm war. ‚Kein Ring‘, stellte sie mit einem raschen Blick auf die gestikulierenden Hände des Domorganisten fest. ‚Nicht verheiratet. Nie gewesen. Darauf wette ich!‘, kommentierte sie ihre eigenen Gedanken.

Bernd Kellert überlegte. „Dann wäre also zu klären, ob eine Leiche unter den gegebenen Umständen in einem Winter mumifiziert werden kann“, ließ er die übrigen an seinen Gedanken teilhaben. „Das lässt sich herausfinden.“ Wieder blickte er in die Runde. „Danke, vorerst. Wir sind ein gutes Stück vorangekommen. Ich muss Sie um dringendes Stillschweigen bitten. Komplett!“

Er blickte zu den beiden Klerikern. „Ihren Bischof dürfen Sie natürlich informieren. Mit einem freundlichen Gruß, wir kennen uns ja. Aber ansonsten bitte: absolute Geheimhaltung!" Er blickte reihum jedem in die Augen. „Ich fürchte, wir werden uns in den nächsten Tagen mehrfach wieder begegnen. Nicht, dass ich das persönlich bedauern würde, wohl aber im Hinblick auf den Anlass. Guten Abend!"

6.

Als sie die Treppe des Bistumshauses hinabgestiegen waren, hatte sich Kellert rasch von seiner Mitarbeiterin Hannah Mellrich verabschiedet. Sie würden ab morgen genug zu tun bekommen. Im großen Foyer wandelten noch letzte Gäste des Empfangs, einige schwankten sichtlich, mussten mit Hilfe freundlicher Geister nach draußen komplimentiert werden, wo einige Taxis auf ihre Fahrgäste warteten. Sekt und lauer Sommerabend: für manche eine gefährliche Kombination.

Professor Elmar Maria Brandtstätter stand ganz hinten in der Nähe der Bühne, in ein munteres Gespräch mit einigen sicherlich sehr wichtigen Herren vertieft. Was heißt ‚Gespräch'? Sie lauschten seinen lautstarken Ausführungen. Kellert hatte keine Lust, sich jetzt noch bei ihm persönlich für die Einladung zu bedanken. Auch das würde seine Zeit bekommen. Er begnügte sich mit einem jovialen Winken mit der rechten Hand, das Brandtstätter sofort bemerkte und energisch erwiderte.

„Bernd, da bist du ja", klang es von links. Beate trat mit erleichterter Miene auf ihn zu, begleitet von Karsten Kaiser, dem Organisten seiner Ortsgemeinde. Den hatte Kellert ganz vergessen. Jetzt begrüßte er beide freundlich, spürte aber gleichzeitig eine große Müdigkeit. „Wirklich nett, dass Sie meiner Frau Gesellschaft geleistet haben“, wandte er sich an Karsten Kaiser. „Kann ich Sie mitnehmen nach Polzingen?“

Der Organist lächelte: „Danke, es war mir eine Ehre. Immer wieder erfreulich, sich mit Ihrer Gattin zu unterhalten.“ Er schenkte Beate ein charmantes Lächeln, das Kellert freilich auch schon wieder zu weit ging. Diese blickte fröhlich, aber unverbindlich zurück. ‚Ah, gut‘, dachte Kellert besänftigt.

„Leider kann ich Ihr freundliches Angebot aber nicht annehmen“, setzte Kaiser fort. „Ich bin ausnahmsweise mit dem eigenen Auto da. Und das will ich hier denn doch nicht stehen lassen. Ich habe extra deswegen keinen Tropfen Alkohol angerührt. Obwohl sie den wunderbaren Silvaner vom Cyriakusberg ausgeschenkt haben. Der wäre eine Versuchung wert gewesen. Aber ich durfte ja der werten Frau Gemahlin Gesellschaft leisten, das war mir Freude genug. Einen schönen Abend wünsche ich noch!“

‚Gott sei Dank!‘, dachte Kellert und er nahm an, dass seine Frau das ähnlich empfand. „Der ist schon nett, der Kaiser. Und er kann gut erzählen. Aber Zuhören ist nicht gerade seine Stärke“, bemerkte Beate, während das Ehepaar zum Domparkplatz schlenderte. Sie hatte sich bei ihrem Mann eingehakt. Dass er diesen Abend nicht ungeteilt genossen hatte, war ihr natürlich klar. „Bei Brandtstätter habe ich Dich entschuldigt, Bernd“, beruhigte sie ihn. Er wusste es: Auf seine Frau war in diesen Dingen Verlass.

„Na, hast Du's einigermaßen überlebt?“, fragte sie ihn einige Schritte später spielerisch. Ob sie damit das Konzert oder seinen geheimnisvollen Auftritt danach meinte, blieb unklar. Sie schritten über das grobe Kopfsteinpflaster, das man vor einigen Jahren rund um den Dom hatte anlegen lassen. In dieser Form hatte es das in der Geschichte Friedensbergs zuvor zwar nie gegeben, aber es sah irgendwie historisch aus. Und es hielt sowohl Autos als auch die ungeliebten Fahrradfahrer-Horden ab. „Ich schon“, entgegnete er kurz angebunden. „Aber alles andere erzähle ich Dir später.“

Bernd Kellert war selbst passionierter Fahrradfahrer. Gewesen. Er hatte immer ein Auto besessen, aber so selten wie möglich benutzt. Es war für ihn ein schlichter Gebrauchsgegenstand gewesen, der funktionieren musste. Mehr nicht. Seit einem Jahr war alles anders geworden. Nach ‚Corona‘. Nach dieser fürchterlichen Erschütterung von allem, was bis dahin normal war, durch dieses Virus.

Sie hatten ‚Covid 19‘ mittlerweile im Griff. Die Pandemie ließ sich kontrollieren, wenn auch nicht in allen Ländern in gleicher Weise. Man konnte sich impfen lassen, was Bernd Kellert und seine Frau auch sofort getan hatten. Und man konnte die Krankheit behandeln, wenn sie denn doch immer noch ausbrach. Aber ‚Corona‘ hatte seine Spuren im Grundlebensgefühl vieler Menschen hinterlassen. So auch bei Bernd Kellert.

Nachdem die radikalen Einschränkungen des ‚Lock-Down‘ Schritt für Schritt zurückgenommen worden waren, hatte er sich ein neues Auto gekauft. Ein Sportcabrio, neu, nicht billig. Alles andere als ein Vorzeigeobjekt ökologischer Vernunft. Schnittig. Schön, fand er. Darin stimmte ihm seine Frau zu, aber sie war überaus verwundert gewesen. „Du und dieses Auto!?“, hatte sie ungläubig gestaunt, als er es eines Abends vor die Haustür stellte. Er hatte nichts mit ihr abgesprochen. Das war allein seine Entscheidung.

„Ich habe immer vernünftige Autos gehabt“, erklärte er ihr. „Sparsam, unauffällig, langweilig. Jetzt habe ich Lust, etwas völlig Unvernünftiges zu tun. Wenn nicht jetzt, wann dann? Wir haben doch gesehen, wie schnell alles zu Ende gehen kann.“ Als Berufsanfänger hatte er sich einen gebrauchten Kleinwagen gekauft, lange her. Als junger Familienvater dann einen bezahlbaren Kombi der unteren Mittelklasse, als Vater größerer Kinder nacheinander zwei jeweils etwas größere Kombis der mittleren Mittelklasse, die irgendwie parallel zum Alter der Kinder mitwuchsen. Das war so absehbar. So langweilig. So profillos.

Bernd Kellert hatte sich mit diesem Kauf selbst überrascht, aber genau das gefiel ihm. Seine Frau war sich hingegen immer noch unsicher, was sie davon halten sollte. Aber sie hatte es akzeptiert. Was blieb ihr auch schon anderes übrig? Nun stieg sie in den blaumetallic-farbenen Flitzer, dessen Faltdach Bernd Kellert nicht geschlossen hatte. Der Domparkplatz war überwacht. Na also!

Auch sein Fahrstil hatte sich verändert. Härter fuhr er, schneller, aggressiver. Insgeheim gefiel ihr das. Sie freute sich an der knapp halbstündigen Fahrt auf der gut ausgebauten Bundessstraße im breiten, sattgrün bewachsenen Flusstal, das sich in einer großen Schleife bis nach Polzingen hinzog. Die Dämmerung hatte eingesetzt, aber es war noch so warm, dass man das Verdeck nicht schließen musste. Der Fahrtwind wehte über ihr mit einem Kopftuch zusammengebundene Haar. Das war schon ein angenehmes Gefühl.

Sie beugte sich zu ihrem Mann hinüber und rief durch das zugige Brausen: „Na, war doch mal wieder ganz nett, so ein Abendtermin, oder?“ Wie gut ihr selbst das Konzert und der Empfang getan hatten, ließ sie ungesagt. Vielleicht würde sich dazu später einmal eine Gelegenheit ergeben. Aber das war eigentlich gar nicht nötig. Bernd Kellert kannte seine Frau gut genug, um zu wissen, dass das für sie seit Langem der schönste Abend gewesen war. Dass sie von den beruflichen Kontakten ihres Mannes auf diese Weise profitierte, war eher selten. Umso schöner, dass es sich ab und zu einmal ergab!

Denn noch eine Veränderung hatte sich in Bernd Kellerts Leben eingeschlichen. Im Lock-Down von Corona musste man zuhause bleiben. Zwar war Bernd Kellert als Dienststellenleiter verpflichtet, ein- oder zweimal pro Woche persönlich in seinem Büro aufzutauchen, aber ansonsten arbeitete auch er von daheim aus. Home-Office – das Zauberwort, manche sagten auch ‚Reizwort' dieser Monate. Erstaunlicherweise war auch viel weniger zu tun gewesen als sonst. Die Zahl der Gewalttaten, die er aufzuklären hatte, ging radikal zurück. Er hatte lang aufgelaufene Überstunden abfeiern können, zum ersten Mal seit vielen Jahren.

Das hatte er genossen. Fast ein bisschen verschämt. Aber von Woche zu Woche mehr. Vor allem aber gefiel es ihm, dass sein Sozialleben sich radikal reduzierte. Keine sich in den Abend hineinziehenden Dienstbesprechungen mit anschließendem Absacker, keine Konferenzen, bei denen sich ja doch nur immer die gleichen Klugredner spreizten, kein Sport, keine Kollegenabende, keine von Beate organisierten Treffen mit Freunden, keine Kulturevents. Manche fanden das dadurch aufgezwungene Leben furchtbar langweilig. Beate etwa, die aus solchen Erlebnissen ihre Kraft schöpfte. Von einigen Kollegen hörte Bernd Kellert Ähnliches.

Ihm ging es komplett anders. Er hatte die Terminlosigkeit als große Befreiung empfunden. In seinem Beruf hatte er es durchgängig mit Menschen zu tun. Ständig musste er reden und reden. Schweigen zu dürfen, abends nicht mehr rausgehen zu *müssen*, das war etwas, was ihm guttat. Vielleicht war er schon immer so veranlagt gewesen, hatte sie aber einfach nicht ausleben dürfen, seine ‚soziale Genügsamkeit', wie er das vor sich selbst bezeichnete. Mit Bedauern sah er freilich, dass seine Frau unter all den Einschränkungen litt. Aber er konnte doch deswegen nicht so tun, als sei das bei ihm auch so!

Er hatte über die Wochen vier Kilo zugenommen. Vielleicht fünf. Er wusste, dass er dadurch älter aussah. Das sportlich-dynamische Image, das er von sich selbst gehabt hatte, passte irgendwie nicht mehr. ‚Aber du bist halt Mitte fünfzig, alter Junge. Steh dazu!', sagte er sich selbstironisch.

Dummerweise brachte diese Entwicklung jedoch eine Veränderung mit sich, die er zuvor bei vielen Kollegen und Freunden beobachtet und im Stillen belächelt hatte. Die Wangen verbreiterten sich, der Hals entwickelte einen kleinen Wulst unter dem Kinn auf dem Weg zur Doppelfalte. ‚Feist', hatte er das im Blick auf einige Kollegen leichthin genannt. Das Wort gefiel ihm auf einmal nicht mehr.

Aber immerhin: Es gab ein Gegenmittel. Man ließ sich einen Zweiwochenbart stehen. Gepflegt, sauber ausrasiert, aber gerade so, dass man die Alterserscheinungen der Haut nicht mehr erkennen konnte. Und dieser Bart war natürlich grau. Wenn man wohlwollend hinsah – wie seine Frau Beate –, sagte man ‚silbern'.

Manche Kollegen, die Kellert nach der Aufhebung der Corona-Einschränkungen wieder traf, mussten erst einmal genauer hinschauen, bevor sie ihn erkannten. ‚Gereift', nannte er das vor sich selbst. „Gealtert", hielt ihm Beate tadelnd vor. Nun gut, das stimmte ja auch. Die Virus-Pandemie hatte etwas beschleunigt, was sich auch unabhängig davon angebahnt hatte. Bernd Kellert – ein Mann von Mitte fünfzig!

Sichtlich gefiel ihm das Steuern des neuen Autos. Mit wenigen Worten informierte er seine Frau über den Fund in der Orgel. So gut das eben bei den Fahrtgeräuschen ging.

Gar nicht schlecht: Das zwang ihn dazu, sich kurz zu halten. Aber sie war natürlich schon neugierig, warum man ihren Mann so unerwartet von ihrer Seite gerissen hatte.

„Ein Skelett in der Orgel!?“, staunte sie. „Wenn Du es nicht wärst, der mir das erzählt, würde ich es nicht glauben!“ ‚Ich auch nicht‘, dachte Bernd Kellert. ‚Was für ein gefundenes Fressen für die Sensationspresse! Wenn sie denn davon erfährt. Wir müssen alles tun, dass das erst dann passiert, wenn wir den Fall aufgeklärt haben!‘

Zuhause erwartete sie eine Überraschung. Als alteingesessene Friedensberger hatten sie sich vor einigen Jahren ein altes Knechtshaus in Polzingen gekauft, für ihre Bedürfnisse hergerichtet und sich inzwischen gut dort eingelebt. Beate kümmerte sich um den großen Garten, Bernd Kellert werkelte gern am Haus. Klassische Rollen, aber so waren nun einmal ihre Interessen und Fertigkeiten.

Bernd Kellert hatte hinter dem Haus eine große Terrasse angelegt und eine gemütliche Sitzecke eingerichtet. Von dort brannten ihnen die Lichter von drei Kerzen entgegen. Das kleine Auto, das neben der Einfahrt stand, hatte sie aber bereits vorgewarnt: der himmelblaue Lupo ihrer Tochter Jenny.

Richtig: Jenny saß mit dem Rücken zum Haus, strahlte sie an, auf dem Schoß die Katze Pucki, die zufrieden schnurrte und sich nur zu gern streicheln ließ. Die beiden genossen den lauen Montagabend. „Da seid ihr ja!“, begrüßte sie ihre Eltern. Die waren freilich nur zum Teil überrascht. Denn eine weitere Veränderung hatte Corona mit sich gebracht. Jenny, deren Abitur sich in diesem Jahr bereits zum elften Mal jährte, lebte eigentlich in Friedensberg. Hatte das eine oder andere studiert, nicht unbedingt mit übergroßem Ehrgeiz und Zielstrebigkeit, wie ihr Vater immer mal wieder spitz anmerkte.

Einen Bachelorabschluss hatte sie erworben. Danach war sie ein Jahr unterwegs gewesen. ‚Work and Travel'. Wieder zurück, hatte sie ein Masterstudium aufgenommen, das sie gerade abschloss. Sagte sie. Meistens hatte sie in irgendeiner WG gewohnt, war aber mehrfach umgezogen. Das hing auch mit wechselnden Freunden zusammen. Bernd Kellert hatte irgendwann den Überblick verloren und es dann auch aufgegeben. Das war *ihr* Leben! Das sie inzwischen immerhin komplett selbst finanzierte.

Nun, Corona hatte auch für die Neunundzwanzigjährige einiges verändert. Ihre derzeitige WG hatte weder Garten noch Balkon, außerdem fühlte sie sich dort nicht richtig wohl. „Ich werde langsam zu alt für ein solches Leben!", hatte sie mehr als einmal gesagt. Dann schmunzelte ihr Vater vielsagend, was nun wiederum ihr nicht gefiel. Als die Vorgabe des Lock-Down kam, hatte sie kurzerhand zuhause angerufen: „Mama, darf ich zu euch kommen?" Beate, die zufällig das Gespräch entgegengenommen hatte, hatte natürlich sofort zugestimmt.

Klar: Wenn du die Wahl hast zwischen einer engen, muffigen WG ohne Frischluftzugang und einem schönen, nicht zu großen, aber gerade passenden Haus mit eigenem Garten und direktem Zugang zu Wald und Wiesen, fällt die Wahl nicht schwer. Einen festen Freund gab es derzeit auch nicht, der Jenny in Friedensberg gehalten hätte. Wenn es denn schon um einen Rückzug in eine häusliche Umgebung ging, dann sprach alles für das Haus in Polzingen. Auch wenn sie als Kind oder Jugendliche ja nie in diesem Gebäude gewohnt hatte. Ihre Eltern hatten es gekauft, nachdem ihre beiden Kinder die zuvor gemeinsame Wohnung in Friedensberg verlassen hatten. Flügge geworden? Von wegen!

Tobias, der Ältere, lebte schon lange mit seiner Freundin in München. Aber Jenny? Sie hatten sich alle neu aneinander gewöhnen müssen, zu dritt. Und man durfte ja sonst nichts anderes tun, als zu Hause bleiben. Es hatte sich dann jedoch ganz gut eingespielt. „Was für eine geschenkte Zeit!", gestand Beate Kellert ihrem Mann eines Abends. Und auch ihm gefiel diese neue Konstellation, trotz all der auferlegten Verbote und notwendigen Kompromisse. Es war ja nur für eine Übergangszeit. Dachten sie.

Jenny schien auch sehr zufrieden zu sein. Die Beschränkungen waren ja inzwischen aufgehoben worden. Längst konnte sie sich wieder frei bewegen und sie hielt das auch genauso. Mal war sie in Friedensberg in ihrer WG, mal im Elternhaus. Sie behielt das kurzerhand bezogene Gästezimmer einfach bei. Einen Hausschlüssel besaß sie sowieso. Ihre Eltern wunderten sich über diese neue Form von Anhänglichkeit, es war ihnen aber recht.

„Gesternland", sagte sie nun unvermittelt mit erwartungsvollem Gesichtsausdruck. Ihre Eltern schauten sie verblüfft an. „Na, für ‚yesterday'", setzte Jenny nach. „Ich suche doch schon so lange nach einem geeigneten Wort für eine deutsche Übersetzung!" Ihre Eltern wussten, dass sie ihre Masterarbeit im Fach ‚Vergleichende Literaturwissenschaft' schrieb. ‚Was immer das auch sein mag. Wer immer das braucht', dachte Bernd Kellert, ‚und wofür immer das gut sein soll'. Diese Gedanken behielt er aber für sich.

Ihr Thema war die Frage, ob und gegebenenfalls wie man Songs der Beatles ins Deutsche übersetzen konnte. So dass sie singbar blieben, aber eben auch noch erkennbar in Bezug auf die englischen Originale. Das fand Bernd Kellert nun wiederum durchaus interessant. Denn natürlich, mit den Beatles war er aufgewachsen. „Voll eure Generation", hatte

Jenny gemeint, als sie ihren Eltern das erste Mal von diesem Thema erzählte.

Beate hatte lachend protestiert: „Ey, so alt sind wir nun auch wieder nicht. Das waren schon ‚Oldies', als wir diese Songs kennenlernten. Aber natürlich haben wir die rauf und runter gehört, damals. Manche kann ich noch auswendig. Und Papa singt sie manchmal unter der Dusche!" ‚Was stimmt, das stimmt', hatte Kellert gedacht und mitgelacht.

Jenny spielte mit der linken Hand an einer der Kerzen herum, blickte über deren Schein hinaus in die Dunkelheit der lauen Nacht und nahm ihren Gedanken wieder auf: „Ich suche doch schon seit Ewigkeiten nach einer Möglichkeit, wie man ‚yesterday' so übersetzen kann, dass man es singen kann. Mein Lieblingssong von den Beatles, das wisst ihr ja. ‚Ge-hestern' geht ja wohl gar nicht. Und heute Morgen kam ich auf die Idee. Hört mal zu!" Sie sang mit ihrer klaren Altstimme: „Im Gesternland / warn mir Sorgen völlig unbekannt / heut haben sie mich völlig in der Hand / oh, ich glaub an das Gesternland."

„Stark!", staunte Bernd Kellert. „Selbst gedichtet?" „Ja, das ist mir halt so eingefallen", erwiderte seine Tochter geschmeichelt. „Und wie geht's weiter?", fragte Beate. „Moment", überlegte Jenny. Sie wischte die Katze von ihrem Schoß, die sich das maunzend gefallen ließ und gleich zu Bernd Kellert hinüber huschte, der sich zwischenzeitlich in einen der anderen Terrassenstühle niedergelassen hatte. Dann eben den nächsten Schoß.

„Urplötzlich / bin ich nur noch wie mein halbes Ich / dunkle Schatten überfielen mich / das Gesternland kam unmerklich". „Hmm, ein bisschen bemüht, oder?", fragte Jennys Vater dieses Mal nach. „Ja, ich weiß. Das ist noch nicht perfekt", räumte seine Tochter ein. „Aber versuch es mal selbst. Das ist echt sauschwer. Der Zwischengesang ist leichter, finde ich: ‚Warum ging sie fort? / Sie hat keinen Grund genannt / Hab ich sie verletzt? / Ich lebte gern im Gesternla-ha-ha-hand'".

„Na, da bist du ja auf dem besten Weg, Jenny", lobte Beate, die das wirklich gut fand und mitgesummt hatte. Jenny lächelte zufrieden und stimmte nun auch die Schlussverse an: „Im Gesternland / wo ich Liebe noch so einfach fand / baute Liebe sich ein Haus auf Sand / oh, ich glaub an das Gesternland." „Tja, darin bin ich auch unterwegs, im Gesternland", seufzte Bernd Kellert vor sich hin. „Mein aktueller Fall beschäftigt sich mit einem Mord, der zweieinhalb Jahre zurückliegt", erklärte er seiner Tochter. „Das habe ich auch noch nicht gehabt in meinem langen Berufsleben. Morgen früh geht es weiter. Zurück ins Gesternland!"

7.

Auch die Polizeiarbeit hatte sich nach Corona verändert. Die während der Krise eingeführten Videokonferenzen hatten sich durchaus bewährt. Man sparte Anfahrtszeit, konzentrierte sich auf die Sachanliegen, alle hatten ein Interesse an einer kompakten und kurzen Durchführung. Die Polizeipräsidentin Dr. Karin Treumann-Liedke hatte verfügt, dass man an diesem Instrument erst einmal weiterhin festhalten sollte, allen immer wieder neu lautstark artikulierten Bedenken der hausinternen Datenschützer zum Trotz.

Damit waren allerdings gleich zwei Probleme benannt, welche die aktuelle Arbeit von Kriminalhauptkommissar Bernd Kellert erschwerten. Mit dem ersten hatte er sich inzwischen zwar einigermaßen arrangiert, mit eben diesen Videokonferenzen. Aber nein, die liebte er trotzdem immer noch nicht. Das würde auch keine Liebesbeziehung werden, so viel stand fest.

Er konnte es nur mit Mühe ertragen, sich stundenlang vor seinen Laptop zu hocken, konzentriert in Richtung der winzigen, kaum wahrnehmbaren Kamera zu blicken, sich anzuhören, was es mitzuteilen gab und sich selbst – so selten wie möglich – in das Gespräch einzuklinken. Und man selbst kam so unglaubwürdig herüber. Sah verzerrt aus, irgendwie lächerlich. Und wenn man sprach, konnte man nicht die Reaktionen der anderen auf das Gesagte ablesen und intuitiv darauf reagieren.

Er mochte schon die normalen Konferenzen nicht. Aber diese digitale Form war für ihn eigentlich unerträglich. Eigentlich. Man gewöhnte sich an alles. Inzwischen schaffte er es ganz gut, neben dem Konferenzgeschehen auf dem Handy ‚Tetris' zu spielen, ‚Woodblocks', oder was immer sich gerade ergab. Lustig, sich vorzustellen, dass alle anderen Teilnehmer an einer solchen Konferenz das ähnlich machten.

Einige Mal hatte er während einer solchen Konferenz auch nebenbei mit seiner Frau gechattet, die sich wunderte, warum er sich auf diese Art bei ihr meldete. Und geduldig den Chat-Wechsel einige Minuten lang aufrechterhielt. Das war sonst nicht gerade seine Angewohnheit. „Bist du wieder in einer Konferenz?", schrieb sie dann zurück. Er antwortete mit Ausrufezeichen und Smiley.

Daran also hatte sich Bernd Kellert gewöhnt. Zwangsläufig. Dass er aber eine neue Vorgesetzte hatte, eben jene Dr. Karin Treumann-Liedke, das lag ihm immer noch schwer im Magen. Jahrzehntelang war Dr. Werner Jacobs der Leiter der Polizei in Friedensberg gewesen. Sein Chef. Ein Jurist, aber ein Mensch. Sie kannten und schätzten sich. Jacobs war berechenbar, verlässlich und gerecht.

Umgekehrt hatte Werner Jacobs genau gewusst, dass Bernd Kellert sein bester Kriminalist war. Ihr Umgang miteinander war förmlich geblieben, hatte sich zu keiner Freundschaft entwickelt, aber vollkommen reibungslos funktioniert. Kellert musste seinem Chef nichts mehr beweisen und sein Chef spielte sich nicht groß auf.

So war es gewesen. Immer, solange Bernd Kellert denken konnte. Dann hatte Dr. Jacobs bekannt gegeben, dass er ein Jahr früher als erwartet in den Ruhestand gehen würde. Als hätte er geahnt, welches Chaos die Corona-Pandemie auch für seine Behörde mit sich bringen würde. Nachvollziehbar. So viele Jahre eine Polizeiabteilung zu führen, hinterließ Spuren. Alle hatten es ihm gegönnt. Auch Kellert. Aber wie würde es weitergehen?

Die Antwort hieß seit fast einem Jahr Dr. Karin Treumann-Liedke. Wie ihr Vorgänger war auch sie eine promovierte Juristin. Mit einer beachtlichen Berufsbiografie. Dazu Ehefrau und Mutter von zwei Kindern im Schulalter. Ohne Frage kompetent. Aber erstens: einige Jahre jünger als Bernd Kellert. Und wer hat schon gern einen jüngeren Chef? Und zweitens: eine Frau! „Das schmeckt dir einfach nicht, eine Frau als Vorgesetzte zu haben, Bernd“, zog ihn Beate auf. „Alter Macho! Gesteh es dir doch wenigstens ein!“

‚Ja, vielleicht hat sie ja recht‘, räumte Bernd Kellert innerlich ein. Sein Unbehagen blieb. Dabei machte die neue Leiterin bislang alles richtig. Sie war freundlich, klug, bestimmt. Einen Grund zur Klage gab es nicht. Aber er wurde mit ihr nicht warm. Schon die Vorstellung, wie das gehen sollte, fiel ihm schwer. Er hatte sich vorgenommen, sich alle Mühe zu geben. Aber allein die Tatsache, dass er sich das vornehmen musste, zeigte, wie schwer es ihm fiel, die neue Konstellation innerlich zu akzeptieren.

Er war nicht der Einzige. Auch die langjährige Kommissariats-Sekretärin Lena Winter-Drexler hatte sich in den Ruhestand verabschiedet. „Unter einer Frau arbeite ich nicht!“, hatte sie resolut verkündet und ihren Worten Taten folgen lassen. Ohne sich die Nachfolgerin ihres Chefs auch nur anzuschauen. Eigentlich hatte sie vorgehabt, planmäßig mit ihrem obersten Chef das Arbeitsleben zu beschließen. Nun eben – wie dieser – unplanmäßig.

An diesem Dienstagmorgen traf sich so eine noch kaum miteinander vertraute, kleine Runde im Kommissariat – ‚persönlich!‘, hatte es in der Einladungsmail geheißen: Dr. Karin Treumann-Liedke, Bernd Kellert natürlich, Hannah Mellrich, dazu die neue Sekretärin Lisa Nestler, Mitte zwanzig. ‚Dominik, du fehlst mir!‘, schoss es Bernd Kellert in Erinnerung an seinen langjährigen Mitarbeiter Dominik Thiele durch den Kopf.

„Herr Kellert!“, wandte sich die neue Leiterin an den Hauptkommissar. „Ich bin ja so froh, dass Sie sich in diesem heiklen Milieu auskennen. Sie haben ja, wenn ich das richtig mitbekommen habe, schon mehrfach im Bereich der Kirche gearbeitet.“ Kellert nickte. Das ließ sich recht einfach in der Chronik nachlesen.

„Erfolgreich und diskret“, schickte die Leiterin der Friedensberger Polizeibehörde mit einem Lächeln hinterher. „Und das erhoffe ich mir natürlich auch dieses Mal. Wunderbar, wie Sie das gestern gemanagt haben. Noch ist nichts an die Presse gedrungen. Und das soll natürlich auch so bleiben.“

Kellert stimmte ihr zu: „Ja, unbedingt. Hoffentlich halten alle dicht. Ich möchte wirklich vermeiden, dass hier Horden von Journalisten einfallen. Von der Gerüchteküche ganz zu schweigen. Ich denke: so wenig Information nach außen wie möglich. So wenige Beteiligte wie vertretbar. Und ich schwöre alle auf Diskretion ein, darauf können Sie sich verlassen."

War das zu unterwürfig? Zu forsch? Er wusste einfach nicht, welcher Tonfall angesagt war. Es gab keine Normalität, das machte die neue Konstellation für ihn so mühsam. Aber seine Chefin schien darin kein Problem zu sehen: „Wunderbar!", entgegnete sie leichthin. „Sie halten mich einfach auf dem Laufenden, okay? Und wenn Sie etwas brauchen, lassen Sie es mich wissen. Viel Erfolg!"

Damit verabschiedete sie sich. ‚Professionell und freundlich!', dachte Hannah Mellrich. Sie freute sich, in einer von einer Frau geleiteten Abteilung zu arbeiten. „Wie gehen wir also vor?", fragte sie nun. Lena Nestler, die junge Sekretärin, hielt sich zurück. Der auf sie bärbeißig wirkende Kommissar schüchterte sie ganz offensichtlich durch seine bloße Anwesenheit ein. Hannah Mellrich blinzelte ihr aufmunternd zu. Das tat ihr gut.

„Wir sollten zunächst mit diesem französischen Organisten reden. Der reist heute Mittag ab, habe ich gehört. Und das werden wir dem berühmten Mann ja wohl kaum verbieten können, oder? Ähm …", er zögerte. Das passte nicht so recht in sein sonstiges Vorgehen. Warum sprach er nicht weiter? „Könnte sein, dass der nur Französisch spricht. Das hatte ich zwar mal als Schüler, zwei Jahre lang, aber so besonders gut war ich da nicht, wenn ich mich recht erinnere. Und es ist nun doch schon recht lange her."

Hatte Lisa Nestler ein bisschen gegrinst? Kellert kommentierte seine Beobachtung nicht weiter, dachte aber: ‚Meine Güte! Für die bin ich ein alter Sack!'

Hannah Mellrich brachte ihn auf andere Gedanken. „Kein Problem, Chef. Ich bin doch in Speyer aufgewachsen. Rheinland-Pfalz. Da lernen fast alle Französisch. Ist ja nicht weit bis zur Grenze nach Frankreich. Da war ich schon oft. Eigentlich ist das mein Traumland. Die sind ein bisschen anders drauf, die Franzosen. Relaxter. Können das Leben mehr genießen. Gut, sie sind auch chaotischer." Sie rief sich zur Ordnung: „Jedenfalls: Übersetzen, das kann ich, kein Problem." „Wunderbar! Dann los!", kommentierte Kellert, wie immer froh, das Büro verlassen zu können, um ‚richtig zu ermitteln' – wie er das nannte.

8.

Das Domhotel war edel und luxuriös. Weder Bernd Kellert noch Hannah Mellrich würden hier jemals privat absteigen. Viel zu teuer, viel zu elitär. Die Betreiber setzten darauf, die Barockpracht von Dom und Domplatz in das Innere des Hotels zu verlängern. Gold, Plüsch, Kirschbaumtische, verspielte Verzierungen. Sie saßen in einem Seitenflügel des Frühstücksraums. Mathieu Gentreville war wohl in Kellerts Alter, wirkte aber überraschend unscheinbar. Anders als der um sein Künstler-Image besorgte Friedensberger Domorganist Hans-Hendrik Hofbauer. HHH, wie er sich nannte.

Die Unterhaltung entwickelte sich freilich mühsam. Nicht nur, weil sie in schweren, stoffbespannten Sesseln saßen. Der Organist wollte vor allem eins: abreisen. Nur der Form halber ließ er das Gespräch über sich ergehen. Hannah Mellrich übersetzte, so gut es ging. Ihr Französisch war wirklich ausgezeichnet, soweit Kellert das beurteilen konnte. Aber übersetz mal Halbsätze, stockende Äußerungen, hingemurmelte Wortfolgen. ‚Das wäre ein Thema für Jenny!', dachte Kellert.

Ja, der weltberühmte Organist sei das erste Mal überhaupt in Friedensberg. Ja, es gefalle ihm hier, und die Orgel sei wirklich sensationell. Hier geriet er ganz kurz ins Schwärmen. Ja, er lasse sich vor seinen Konzerten immer die Orgeln genau zeigen, auf denen er danach spielen würde. Nein, nichts sei ihm als ungewöhnlich aufgefallen, rein gar nichts. Ja, er habe einen kurzen Blick in diese seltsame Kammer geworfen, deren Funktion er sich auch nicht erklären könne. Und ja, er habe diese Leiche gesehen – hier flüsterte er. Nein, er habe niemandem etwas davon erzählt und habe das auch nicht vor. All das lenke nur von der Musik ab und darauf, allein darauf komme es doch an!

Warum sie nicht sofort nach dem Fund die Polizei angerufen haben? Da sei er doch nicht zuständig, das sei doch ganz allein die Sache seiner Gastgeber gewesen. Außerdem hätte das doch die Durchführung des Konzerts gefährdet. Kellert, zunehmend verärgert, spürte, dass dieses Gespräch nicht weiterführte, brach es ab, bedankte sich im Rahmen der erwarteten Höflichkeitsetikette und verließ zusammen mit seiner Mitarbeiterin das Hotel. „Irgendetwas Besonderes bemerkt?", fragte er in Kurzform. Aber sie schüttelte nur den Kopf. „Nichts, Chef!"

„Das wird hoffentlich nicht so bleiben", sinnierte Kellert, blickte auf seine Armbanduhr und nickte. „Ja, das müsste passen!", kommentierte er. Hannah Mellrich hatte sich mittlerweile daran gewöhnt, dass sie nicht im Vorhinein über alle Schritte ihres Chefs informiert wurde. Sie fügte sich. Stellte sich schnell auf Situationen ein, auf die sie sich nicht vorbereiten konnte. Draußen empfing sie helles Sonnenlicht. Der Juni zeigte sich von seiner schönsten Seite. ‚Ein Cappuccino in einem der Straßencafés, das wäre was!', ging es ihr durch den Kopf. Aber daran war natürlich nicht zu denken.

Mit schnellen Schritten eilte Kellert über den von nur schwach frequentierten Marktständen gesäumten Platz, prüfte kurz die Beschriftungen an einem bronzefarbenen Schild rechts von einer großen Eingangstür und ging dann zielstrebig in das von ihm anvisierte dreistöckige Anwesen, das sich stimmig in die Barockfassaden der Umgebung des Domplatzes einfügte. „Domvikariat", las Hannah Mellrich beim Vorbeigehen. ‚Aha, es geht also wohl zu diesem Herrn Zinngruber', schlussfolgerte sie. Ihr innerer Stichwortzettel rief die imaginären Eintragungen auf: ‚Hager, lang aufgeschossen, asketisch, humorlos, aufmerksam, genauer Beobachter, präziser Beschreiber.'

Diese Erwartungen bestätigten sich sofort, als die beiden Polizeibeamten dem Domvikar gegenübersaßen. Er hatte sie in einen Raum im Erdgeschoss geführt, der offensichtlich primär als Bibliothek diente, und ihnen einen Kaffee servieren lassen. Hohe Bücherregale nutzten alle erdenklichen Wandflächen und waren bis zum letzten Platz gefüllt. Schwere, ledergebundene Bände bestimmten das Bild. ‚Liest das irgendjemand? Braucht das irgendjemand?', fragte sich Hannah Mellrich, während sie einen Schluck des ungesüßten Getränks zu sich nahm. Ein Koffeinschub fuhr ihr durch den Körper.

„Sie haben da etwas gesagt, Herr Domvikar, das mir nicht aus dem Kopf geht", nahm Kellert das Gespräch auf, nachdem sie einige Höflichkeitsfloskeln gewechselt und sich kurz über den gestrigen Fund ausgetauscht hatten. „Habe ich das richtig in Erinnerung? ‚Denkmalschutz und Gleichberechtigung, das sind zwei konfliktbeladene Ämter. Mit denen man sich nicht nur Freunde macht'?"

Zinngrubers Miene verriet weder Überraschung noch Ärger. Er trug wieder seinen schwarzen Anzug, das weiße Hemd, den enganliegenden Priesterkragen. ‚Offenbar eine Art Uniform hier', registrierte Hannah Mellrich. ‚Das tragen sie hier alle. Aber sein Kinn sieht dabei ein bisschen aus wie das von einer Schildkröte. Auf einem Giraffenhals'. Sie hatte gelernt, rein innerlich zu schmunzeln. Von außen sah niemand, was sie dachte. ‚Besser so', ging es ihr durch den Kopf. ‚Gott: Wenn der Gedanken lesen könnte!'

Das konnte Domvikar Johannes Zinngruber nicht. Aber er erinnerte sich an seine Worte: „Ja, genau. So ähnlich habe ich das wohl gesagt. Und es stimmt. Für derartige Ämter muss man geboren sein. Also für mich wäre das nichts. Ich bin eher der Vermittler. Der Ausgleicher. Ich nehme an" – hier zog sich ein dünnes Lächeln über seinen Mund –, „deswegen sind Sie jetzt auch hier bei mir." Kellert erwiderte das Lächeln und führte den Satz weiter fort „... und nicht bei Ihrem Kollegen Dr. Breskamp, richtig." ‚Oh, das ist aber persönlich. Warum sagt er das?', wunderte sich Kellerts Mitarbeiterin. ‚Will er Vertraulichkeit aufbauen? Oder war das ein Versehen? Bei Bernd Kellert!?'

Zinngrubers Lächeln vertiefte sich, er kommentierte diesen Satz nicht, seine dunkelbraunen Augen blitzten aber kurz auf. ‚Auch eine Art von Zustimmung!', dachte Hannah Mellrich. „Sehen Sie", setzte der Domvikar an, „als Denkmalpfleger" – er hielt inne, blickte zu der Polizistin und korrigierte sich – „oder Denkmalpflegerin ist es ihre Aufgabe, altes Baugut nicht nur zu erhalten, sondern so zu pflegen, dass es für die Nachwelt erhalten bleibt. Das ist aber nicht immer im Sinne der aktuellen Besitzer. Auch nicht, wenn die Besitzerin die römisch-katholische Kirche ist."

Er räusperte sich. „Manche kirchliche Denkmalpflegende arrangieren sich. Versuchen das Historische und Künstlerische mit dem Pragmatischen zu verbinden. Haben einen Sinn für die zur Verfügung stehenden Finanzmittel und wissen um die Notwendigkeit, Gebäude auch konkret zu nutzen. Frau Dr. Ketschbaumer" – er seufzte – „war anders. Für sie zählte nur der Erhalt der historischen Bausubstanz. Keine Kompromisse. Da wurde manch ein Altenheim nicht gebaut, manch ein Kindergartenprojekt im Bistum gestrichen, weil sie ihr Veto einlegte. Nichts durfte abgerissen werden."

Er sprach konzentriert, präzise und ohne große Variation der Sprachmelodie. Aber man konnte ihm gut folgen. Ein geborener Dozent. „Heute haben wir mehr alte Klostergebäude, historische Verwaltungstrakte, ehemalige kirchliche Schulen als andere Bistümer – aber viele von ihnen ohne Funktion. Man kann sie besichtigen, sonst nichts. Pastorale Erwägungen waren in den Augen von Frau Dr. Ketschbaumer sinnlos. ‚In fünfzig Jahren fragt niemand mehr, wer da wohnte oder wozu das diente', sagte sie oft. ‚Aber die Gebäude, die wird man dann noch sehen und bewundern'."

Johannes Zinngruber schüttelte kaum merklich den Kopf. „Sie war berüchtigt im Bistum, die gute Sabine Ketschbaumer. Wenn ein Pfarrer ein Bauvorhaben ans Bistum schickte, hieß es oft hinter vorgehaltener Hand: ‚Aber bitte nicht die Ketschbaumer hinzuziehen.'" „Das verstehe ich nicht ganz", wandte Hannah Mellrich ein. „So viel Macht kann sie doch gar nicht gehabt haben. Wenn es gute Argumente gab, dann konnten doch das Bistum oder die politischen Gremien vor Ort sich über vorgebrachte Bedenken hinwegsetzen. Oder nicht?"

„Natürlich, theoretisch haben Sie recht“, bestätigte der Domvikar mit nachsichtigem Lächeln. „Aber Sie kennen die Gepflogenheiten der Branche eben nicht. Verhindern lassen sich Bauprojekte nicht, wenn es wirklich nur schwache Gegenargumente von Seiten des Denkmalschutzes gibt. Aber sie können alles verzögern. Ein Veto reicht, und ein Projekt wird für neun Monate gestoppt. Ein ausführliches Gegengutachten, und schon vergehen mal ganz schnell gleich drei Jahre. Und mehr.“

Er hob die rechte Hand und ließ sie wieder fallen. „Aber das bringt die Pläne durcheinander und wird viel zu teuer. Darauf lässt sich kein Bauträger ein. Genau das wusste die gute Ketschbaumer. Und spielte ihre Karten klug aus. Nichts, rein gar nichts wurde im Bistum ohne ihre Zustimmung gebaut. Und sie sonnte sich in ihrer Macht. Die sie ihrem Verständnis nach natürlich ausschließlich im Sinne ihres Auftrags ausübte. Das würde ich ihr einfach einmal zugutehalten. Ja, so war das!“

„Und das hat nicht allen gefallen ...?“, führte Kellert den Gedanken fort. „Das hat viele ganz furchtbar geärgert, sagen wir es direkt“, stimmte Zinngrube sofort zu. „Sie müssen ja wissen, wie die Umstände damals waren, deshalb sage ich das so direkt. Was soll ich Sie da lange herumrecherchieren lassen? Da haben viele die Hände in den Taschen zu Fäusten geballt. Aber sie konnten nichts machen. Schon der Gedanke einer Intervention der Denkmalschützerin lähmte den ganzen Betrieb.“

‚Aha, soviel zum Thema Macht in der Kirche‘, dachte Hannah Mellrich überrascht. ‚Die Wirklichkeit ist wieder einmal ungleich komplexer als das, was man von außen wahrnimmt.‘ „Und als Gleichstellungsbeauftragte?“, fragte sie.

Dieses Mal gelang es dem Domvikar nicht, seinen Gesichtsausdruck zu kontrollieren. War das Widerwille? Überdruss? „Hören Sie, verstehen Sie mich nicht falsch, Frau ..." – er suchte nach dem Namen. „Mellrich, Hannah Mellrich!", half sie seinem Gedächtnis auf die Spur. „Richtig, entschuldigen Sie: Frau Mellrich! Ich ahne, für wie rückständig Sie die katholische Kirche halten. Angesichts der Art, wie wir Frauen den Zugang zu wichtigen Ämtern verwehren."

Er blickte sie mit um Entschuldigung bittender Miene an. „Ja, das kann man kritisch sehen. Das muss man vielleicht sogar. Viele von uns sehen das durchaus auch mit Skepsis, glauben Sie mir. Kurz und gut: Ich weiß, dass wir eine Gleichstellungsbeauftragte benötigen. Unbedingt. Gerade in der Kirche. Und dass diese primär das sein muss, was man früher eine ‚Frauenbeauftragte' nannte. Ein Begriff, der heute eben nicht mehr en vogue ist. Politisch nicht mehr angesagt. Von mir aus."

Bernd Kellert war überrascht. Erstens darüber, dass der Kleriker sich nun tatsächlich fast ausschließlich an seine Mitarbeiterin gewandt hatte, sodass er – der Chef – sich plötzlich eher in der Beobachterrolle fand. Und zweitens, dass der so selbstkontrolliert wirkende, hagere Asket nun doch so etwas wie Emotionen zeigte. Die bartstoppelgrauen Wangen färbten sich, fast war eine winzige Spur von Rot zu erkennen. ‚Nun gut. Lass sie!', gab sich Kellert im Blick auf Hannah Mellrich selbst auf den Weg.

Johannes Zinngruber hatte längst weitergesprochen: „Aber sie ging einfach zu weit. Man konnte keinen vernünftigen Satz öffentlich aussprechen, ohne dass man sich innerlich fragte: ‚War das jetzt sexistisch?' oder ‚Was würde Sabine Ketschbaumer dazu sagen?' Nichts gegen bewusste und bedachte Sprache, wirklich nicht. Ich sagte ja schon:

Das ist gerade in der Kirche völlig unverzichtbar. Aber wir waren völlig verkrampft. Das ging vielen, wenn nicht allen Kollegen so. Das war schon verrückt."

Er kratzte sich am Kinn. „Wir sind halt völlig verstört durch diese unsäglichen Missbrauchsgeschichten. Unfassbar. Auch für mich. Wissen Sie: Ich bin hier im Dom als Beichtvater tätig. Das mache ich gern: die Beichte hören, Menschen auf dem Weg ihres Versagens und Bereuens begleiten. Ihnen Wege zu einem Neuanfang weisen. Und da höre ich einiges, glauben Sie mir! Aber *das*, das hätte ich nicht für möglich gehalten. Nicht in diesem Ausmaß."

Zinngruber kämpfte mit seiner Stimme, schluckte, knetete die Lippen. Dann hatte er sich wieder gefangen. „Nur, bitte, verstehen Sie, was ich sagen will: Wenn in den letzten Jahren bei uns im kirchlichen Kontext auch nur der geringste Gedanke an Sexismus auftauchte: im Umgang mit Frauen, im Verhalten, in der Sprache, oder wenn es um Stellenbesetzungen ging – da warst du völlig hilflos. Da lief dann der ganze Apparat heiß."

Er selbst hatte sich warm geredet. Die fahlen Wangen hatten wieder einmal eine dezente Rottönung angenommen. Dabei hatte er sich jedoch stets unter Kontrolle. „Der bloße Verdacht genügte, und du warst desavouiert. Erledigt. Und auch das wusste die gute Frau Dr. ganz genau. Und hat es für ihre Belange genutzt. Ob immer im Interesse ihres Auftrags oder schlicht für ihr Ego, das lasse ich hier einmal dahingestellt. Eines steht fest: Sie wusste, wie man mit Macht umgeht."

Der Domvikar blickte seinen beiden Gesprächspartnern tief und ernst in die Augen „Sie merken es schon: Ich spreche ganz offen und ungeschützt. Sie werden es schon richtig verstehen, da bin ich mir sicher. Reden wir nicht darum herum: Viele waren erleichtert, als Frau Ketschbaumer vor zweieinhalb Jahren verschwand. Nein, ich kann mir nicht vorstellen, dass ihr einer den Tod gewünscht hat. Aber erleichtert – erleichtert waren viele."

„Ich bin Ihnen sehr verbunden, Herr Zinngruber, dass Sie so offen zu uns sind", Kellert beugte sich vor und drückte ihm die Hand. Eine Berührung, die den Kleriker offensichtlich überraschte. Aber der Kommissar fügte an: „Das hilft uns *wirklich* weiter. Sie wissen, dass Sie sich auf unsere absolute Verschwiegenheit verlassen können. Und wir wollen keinen Staub aufwirbeln. Nicht dort, wo es sich vermeiden lässt."

Kellert lehnte sich wieder zurück. „An einem Punkt muss ich Ihnen aber leider widersprechen. *Einen* Menschen muss es gegeben haben, der Frau Ketschbaumer den Tod nicht nur gewünscht, sondern ihn auch direkt herbeigeführt hat. Deshalb sind wir hier. Leider." Zinngruber schaute ihn an, senkte den Blick, rieb sich das Kinn, nickte, schwieg. „Ja", sagte er dann. „So muss es wohl gewesen sein." Er dachte nach und gab zu bedenken: „Wobei das Motiv nicht allein in ihren dienstlichen Belangen zu finden sein muss. Sie sollten die anderen Möglichkeiten nicht ganz aus den Augen lassen!"

„Keine Sorge. Das werden wir schon nicht, Herr Zinngruber", erwiderte Hannah Mellrich selbstbewusst. Immer noch empfand sie sich als die vordringlich Angesprochene. „Was ich aber noch nicht genau verstehe: Waren das nicht schlicht und einfach die Aufgaben ihrer Ämter? *Musste* sie das nicht genau so tun? Wie hat sich all das denn in der Zeit nach ihrem Verschwinden entwickelt? Haben sich die Fronten entspannt?" ‚Jetzt auch du, Hannah! Fragenhäufung!', ermahnte sie sich innerlich.

Aber der Angesprochene blieb ganz gelassen, lächelte sogar schwer deutbar in sich hinein. „Ach, das ist gar nicht mehr mit damals zu vergleichen“, führte er aus, als sei das völlig offensichtlich. „Frau Willebrandt, die jetzige Leiterin des bischöflichen Amtes für Denkmalschutz, ist ein ganz anderer Typ. Sie haben Sie ja bereits kennengelernt. Fachlich auch top, keine Frage. Aber zurückhaltend. Überlegend. Kompromissbereit. Ganz ehrlich: Darauf haben wir bei der Personalauswahl auch schon geachtet. Ein gebranntes Kind ..., na, Sie wissen schon!“

„Und wie ist das mit der Gleichstellung?“, bohrte Hannah Mellrich nach. „Die wollte Frau Willebrandt von Anfang an nicht übernehmen“, entgegnete der Geistliche. „Das hat ja auch mit ihrer Stelle erst einmal gar nichts zu tun. Die hat jetzt Ordinariatsrätin Flemming-Berlinger inne, die Leiterin des Schulreferats.“ Etwas überraschend sprach er nicht weiter. „... die ...?“ bot ihm die Polizistin eine rhetorische Weiterführung seines Satzes an.

Er brach nun doch in ein kurzes Lachen aus. „Touché! Sie haben mich erwischt. Ja, ich wollte noch etwas ergänzen. Also gut: ... die eher ein klassisches Frauenbild verkörpert. Auch hier, nicht missverstehen, bitte! Eine selbstbewusste Dame, top qualifiziert, nicht zufällig Leiterin des komplizierten Schulreferates im Bistum. Aber ...“ – er suchte sichtlich nach einer Formulierung –, „aber, sagen wir mal so: alles andere als eine klassische Feministin. Eher eine Verfechterin des traditionellen katholischen Frauenbildes. Ohne revolutionäre Ideen. Ach Gott, wenn sie das jetzt hören würde, würde sie mir wahrscheinlich den Kopf abreißen. Verstehen Sie denn, was ich zu sagen versuche?“

Hannah Mellrich musste nun wirklich breit grinsen. „Vollkommen, keine Sorge!“ „Eher Maria 1.0 als Maria 2.0“, murmelte Kellert vor sich hin. Der Domvikar hatte ihn nicht richtig verstanden. „Wie bitte?“, fragte er nach und hielt sich die Hand muschelförmig an das linke Ohr. ‚Aha, auch auf dem Weg zur Schwerhörigkeit‘, dachte Kellert, der diese Geste gut von sich selbst kannte.

„Ach, nichts“, winkte der Kommissar ab, der sich kurz an seinen letzten Fall erinnert hatte. Damals war ein Pfarrer ermordet worden. Der Pfarrer seiner eigenen Ortsgemeinde in Polzingen. Wo er nolens volens tief in die inneren Verquickungen der Kirche, die eigentlich auch seine eigene war, vorgedrungen war. Lange her. Aber einige Erinnerungsfetzen waren hängen geblieben.

„Ihre promovierten Kollegen, der Herr Dr. Breskamp und die Frau Dr. Ketschbaumer, waren ja wohl nicht die allerbesten Freunde, oder?“, meinte Kellert dann wie nebenbei. Zinngruber lachte, zumindest deutete er so etwas wie ein Lachen an. „Ja, das merkt man, nicht wahr?“, stimmte er dann zu. „Der gute Franz Joseph ist einfach ein bisschen impulsiv. So ist er nun einmal, mein geschätzter Mitbruder im geistlichen Amt“, räumte er ein.

Er wurde wieder ernst. „Aber Frau Dr. war das auch. Impulsiv. Auf ihre Art. Die waren wie Katze und Hund. Da musste man schon das ein oder andere Mal vermittelnd eingreifen. Also nicht ‚man‘, sondern ich. Aber ich hatte immer den Eindruck, dass sie sich eigentlich ganz gut verstanden. Mit wem streitet man am liebsten? Mit denen, denen man am ähnlichsten ist. So ist es doch, oder?“ Er verstummte.

Kellert dachte einige Momente lang nach. „Danke!“, sagte er dann sehr betont. „Danke, Herr Zinngruber. Sie ersparen uns unendlich viel Arbeit und dem Umfeld viele völlig unnötige Fragerei. Ich weiß nur zu gut, dass das alles andere als selbstverständlich ist. Und Sie einiges an Überwindung kosten wird. Aber ich muss Sie noch um einen weiteren Gefallen bitten. In unserem beiderseitigen Interesse." Der Domvikar beugte sich zu ihm hinunter, lächelte so, dass es fast schon warmherzig wirkte, und ermunterte ihn: „Nun, heraus damit!"

„Bitte überlegen Sie in aller Ruhe. Nehmen Sie sich Zeit. Gab es Konflikte, die herausragten aus den ja wohl alltäglichen Kleinkriegen der guten Frau Ketschbaumer. Ich brauche Namen. Nein!" – hier wies er sein Gegenüber zurück, der mit den Händen spontan eine abwehrende Geste machte –, „nicht im Sinne von Denunziation. Da sind wir uns doch völlig einig. Ich schaue genau hin, mit aller Diskretion und Vorsicht. Ich will nicht ‚einen Fall lösen', koste es was es wolle, sondern den wahren Täter oder die wahre Täterin finden. Dabei können Sie mir helfen. Fragen Sie vorsichtig nach. Notieren Sie, was Ihnen auffällt. Sie, von innen, können das viel besser als ich von außen."

Domvikar Zinngruber biss sich auf die ohnedies dünnen Lippen, überlegte, wog ab, blickte starr vor sich hin, nickte dann und sagte leise: „Sie haben recht. Aber ich kann Ihnen nichts versprechen!" „Das sollen Sie auch gar nicht", erwiderte Kellert. „Aber ich, ich kann Ihnen etwas im Gegenzug versprechen: Wir werden auch in alle anderen Richtungen ermitteln." Die beiden Kriminalisten verließen den Raum mit dem Gefühl, einen unerwartet großen Schritt vorangekommen zu sein. Und einen integren Mann kennengelernt zu haben.

9.

Auf dem Domplatz empfing sie das geschäftige Treiben eines Markttags. Die Aussicht auf frisches Obst und Gemüse aus der Region trieb die Menschen zu einem Bummel, zu kleinen Gesprächen, zu geplanten oder spontanen Einkäufen hier und dort. All das war in Zeiten von Corona unmöglich gewesen. Die Leute genossen es sichtlich, sich wieder frei, ungezwungen und ohne Mundschutz bewegen und begegnen zu können.

„Na, kommen Sie, Hannah, eine kleine Pause haben wir uns verdient“, schlug Kellert vor und steuerte ein kleines Tischchen in einem der zahlreichen Straßencafés an. Immer noch schwankte seine Anrede der Kollegin zwischen Sie und Du, in jedem Fall aber beim Vornamen. Während sie ihren Chef durchgehend siezte, meistens mit eben dieser Anrede: ‚Chef‘. Das hatte sich eingespielt, das passte.

„Ich habe heute noch gar nichts gefrühstückt“, erklärte der Kommissar, während er sich zu einem Latte Macchiato ein Mohnbrötchen, Butter und Marmelade bestellte. Seine Mitarbeiterin beließ es bei dem von ihr lange herbeigesehnten doppelten Cappuccino. Beide hatten sich leicht schräg nebeneinandergesetzt, sodass sie das bunte Treiben auf dem Platz unter dem strahlend blauen Junihimmel beobachten konnten. Sie ließen die Eindrücke auf sich wirken, ohne etwas zu sagen. Sie waren inzwischen in ihrem beruflichen Alltag so vertraut miteinander, dass Schweigen nichts Peinliches und Verkrampftes mehr an sich hatte. Das hatte einige Zeit gebraucht.

„Sie war wohl nicht gerade beliebt, diese Dr. Ketschbaumer“, sinnierte Kellert, während er sich sein Brötchen bestrich. „Was unsere Arbeit nicht unbedingt leichter macht!“, ergänzte Hannah Mellrich zwischen zwei genussvollen Schlucken ihres Cappuccinos. Ihr Handy klingelte. Sie setzte die Tasse ab, zog das Mobiltelefon hervor, warf einen kurzen Blick auf das Display, öffnete die eingegangene Nachricht und las. Ziemlich lange. „Hm?“, knurrte ihr Chef, während er an seinem Brötchen kaute, nachdem sie das Handy wieder weggesteckt hatte.

„Interessant!“, gab Hannah Mellrich gleich zu Beginn eine Bewertung ab und steigerte damit die Aufmerksamkeit. „Also, das war die Gerichtsmedizin. Die sollten Sie mal loben, Chef, die haben wirklich Tempo gemacht. Mit folgenden Ergebnissen: Erstens steht nun definitiv fest, dass es sich bei der Toten tatsächlich um Sabine Ketschbaumer handelt. Kein Zweifel.“ Kellert brummte nickend. Das war nun weniger interessant als angekündigt, davon waren sie ja fest ausgegangen.

„Ja, aber nun kommt's“, führte die Kommissarin ihre Erläuterungen fort. „Sie ist tatsächlich ermordet worden. Sie starb definitiv nicht an Austrocknung, Verdursten oder Verhungern, das wäre ja dann möglicherweise ein tragischer Unglücksfall. Irgendjemand hätte sie dort oben in der Orgel aus Versehen eingeschlossen, oder so. Wäre ja auch möglich gewesen.“ „Hm.“ Wieder knurrte Kellert nickend und mit vollem Mund vor sich hin, was wohl so viel hieß wie: ‚Auch das haben wir uns schon gedacht, oder?‘ So übersetzte das Hannah Mellrich jedenfalls für sich.

„Also: Der Schädel wies eine starke Fraktur auf. Hervorgerufen entweder durch einen heftigen Schlag mit einem scharfkantigen Gegenstand oder möglicherweise auch durch einen Sturz auf eine ähnlich geformte Kante“, fuhr sie ungerührt fort. „Die Gerichtsmedizin, genauer: Dr. Schneider, tippt eher auf einen Schlag, will sich aber nicht festlegen. Auch nicht darüber, ob diese Fraktur tatsächlich unmittelbar zum Tod führte. Oder ob das Opfer dann noch einige Zeit überlebte." Sie blickte ihren Chef durchdringend an: „Was natürlich einige fürchterliche Möglichkeiten offenlässt. Dass man sie da hat sterben lassen, in diesem Kabuff ..."

„Genauer kriegen wir das nicht?", fragte Kellert nach. Hannah Mellrich blickte ihn skeptisch an: „Nach mehr als zweieinhalb Jahren? Das kann ich mir nicht vorstellen. Aber ich werde bei Dr. Schneider nachfragen." „Ja, mach das. Nicht vergessen!", schob Kellert unnötigerweise nach, wieder einmal ins ‚Du' verfallend.

Hannah Mellrich hatte einen Verdacht. Sobald der Hauch der Möglichkeit entstand, dass die Anrede in einem persönlichen Rahmen stattfand, sagte er ‚Sie'. Das schaffte Distanz. Ging es um dienstliche Belange, reichte ihm das ‚Du'. Sie arbeitete insgeheim weiter an einem ausgefeilten psychologischen Profil ihres Chefs.

Neugierig blickte die Polizistin auf ihren Vorgesetzten, der die Rechnung natürlich allein übernommen hatte. Sie gingen quer über den Marktplatz, schlängelten sich durch die Marktbesucher. Von links zog sich eine Duftspur von französischem Käse durch die Luft, von rechts die Ahnung von frischem Backwerk. Überall leuchteten prallrote Erdbeeren, gelegentlich lockten auch bereits erste Kirschen zum Kauf.

Mithilfe einer Fußgängerampel überquerten sie die völlig verstopfte Ringstraße. Die war zwar immer schon viel befahren gewesen, aber seit ‚Corona' war die Situation fast unerträglich geworden. Unzählige der neu gekauften Wohnmobile drängten in touristisch interessante Städte wie Friedensberg auf der Suche nach einer Abstellmöglichkeit.

Die gab es auch in ausreichender Zahl, aber eben draußen, vor der Stadt. Viele der zahlreichen Neubesitzer dieser sperrigen Gefährte kannten sich mit den Gepflogenheiten aber noch nicht aus. Sie wollten so nah wie möglich an die Stätten ihrer touristischen Begierden heranfahren – Burgen, Schlösser, Kirchen. Und landeten dann entweder auf diesen heillos überforderten Ringstraßen oder in engen Sackgassen, wo sie die ausladenenden Wohnmobile kaum noch wenden konnten.

„Überall stehen diese Dinger jetzt herum", knurrte Kellert mit einem missbilligenden Blick auf die bestenfalls im Schritttempo vorrückenden Gefährte. „Sogar bei uns in Polzingen. In unserer Straße stehen allein drei. Den kennen Sie ja, Hannah, unseren schmalen Sanddornweg. Eben: ‚Weg'! Nicht ‚Parkplatz'! Nicht ‚Straße'! Da kommst du kaum vorbei. Wenn dann einer noch seinen guten, alten Wohnwagen dazwischen abstellt, möglichst noch auf der anderen Straßenseite, ist alles endgültig dicht."

Hannah Mellrich hörte sich die Überlegungen ihres Chefs an. Die volle Dramaturgie des geschilderten Missstandes leuchtete ihr nicht ein. ‚*Die* Sorgen möchte ich haben!', dachte sie. Aber Kellert sprach tatsächlich einfach vor sich hin, ohne eine Zuhörerin zu benötigen. Auch kleiner Ärger musste irgendwann an die Luft. „Deswegen habe ich mich jetzt sogar mit unseren Nachbarn verkracht", fuhr er fort. „So, wie die ihr Wohnmobil parkten, kamen wir ja kaum noch aus unserer Ausfahrt. Da war dann mal eine deutliche Ansage fällig. Nun herrscht Ruhe!"

„Und jetzt?", fragte Hannah Mellrich nach einer wortlosen Gehminute, überrascht über die Einblicke in den kleinbürgerlichen Alltag, den es im Leben ihres Chefs eben auch gab. „Zur jetzigen Leiterin des Amtes für Denkmalschutz, zu dieser Frau Willebrandt“, gab Kellert knapp zurück, ohne weitere Erklärungen hinzuzufügen.

‚Also gut!‘, fügte sich seine Assistentin. In diesem Teil der Altstadt kannte sie sich nicht gut aus. Hierher kam sie normalerweise nie. Ohne dass sie das wusste, dienten fast alle Gebäude ringsum irgendwelchen kirchlichen Zwecken. Zwei Straßen weiter lag das Priesterseminar, etwas weiter draußen an der Ringstraße die Theologische Fakultät, hier Bischofspalais, Liturgisches und Katechetisches Institut, alles in Sichtweite des Doms.

Kellert steuerte sie zielsicher zu einem ehemaligen Domherrenhof, mindestens dreihundert Jahre alt, aber natürlich mehrfach renoviert und an seine jeweilige Funktion angepasst. Heute diente er als Bürogebäude. Nach Spuren des ehemaligen herrschaftlichen Prunks musste man suchen. Der Schriftzug „Generalvikariat Bistum Friedensberg“ prangte über dem Eingang. Ansonsten deutete von außen nichts darauf hin, dass hier ein katholisches Bistum verwaltet und organisiert wurde. Aber hier, im Generalvikariat, schlug das Herz des Bistums. Hier war der Sitz der Verwaltung, der maßgeblichen Referate, hier wurden die grundlegenden Entscheidungen getroffen.

„Sie kennen sich aus?“, fragte Hannah Mellrich ihren Chef, der sich nicht nach dem Weg erkundigen musste. „Ja, hier war ich schon einmal“, erwiderte dieser. „Das ist jetzt aber schon ein Weilchen her. Aber es hat sich nicht viel verändert, scheint mir.“ Seine Mitarbeiterin war insgeheim ein wenig enttäuscht. Sie hatte erwartet, dass das Amt für Denkmalschutz in einem historisch wertvollen und architektonisch reizvollen Gebäude untergebracht wäre. In das man normalerweise nicht hineinkam. Der von ihnen zielsicher durchschrittene Funktionsbau wirkte letztlich profillos und austauschbar.

‚Aha, er hat unser Kommen angemeldet. Wir werden erwartet', registrierte Hannah Mellrich. Wenig später saßen sie – wieder einmal – in einem zugleich stilvoll wie funktional eingerichteten Büro. Einige alte Stiche, Bilder mit Friedensberger Motiven, schmückten die Wände dort, wo die Regale Platz dafür ließen.

„Ich nehme an, Sie werden nicht nur lobende Worte über Frau Dr. Ketschbaumer hören", sinnierte Dorothee Willebrandt gerade über ihre Vorgängerin. „Aber Vorsicht!" Die damenhaft, zurückhaltend auftretende, fein formulierende Archivarin und Denkmalschützerin sprach leise, aber bestimmt: „Vergessen Sie nie: Als Frau in dieser Institution Kirche wirst du von vornherein skeptisch aufgenommen. Gerade, wenn du dich nicht an vorgegebene Verhaltensmuster hältst. Und das", sie lächelte, „das hat Frau Dr. Ketschbaumer nicht getan, soweit ich das im Nachhinein beurteilen kann."

„Sehen Sie", fuhr sie fort. „Ganz offensichtlich wusste sie, was sie wollte. Und war stark genug, manches davon durchzusetzen. Bei Männern nennt man das Führungsstärke, bei uns Frauen allzu oft Selbstsucht oder Arroganz. Also bitte: Bleiben Sie skeptisch, wenn sie allzu eindeutige, negative Urteile über meine Vorgängerin hören. Das, zumindest, sind wir ihr schuldig, meine ich."

Kellert und Mellrich blickten sich ganz kurz an. ‚Aha. Eine wichtige Warnung!' Nicht ohne Berechtigung, das war ihnen schon jetzt klar. „Nun gut, danke für den Hinweis", erwiderte Kellert. „Wir werden versuchen, uns daran zu erinnern, falls nötig. Aber fest steht, dass es schon einige heftige Konflikte in ihren Arbeitsfeldern gab. Also genau gesagt: Hier!" Er ließ seine rechte Hand durch den Raum schweifen.

„Ja, aber natürlich. Und das ist bis heute so geblieben. Es geht bei unserer Arbeit eben auch um viel Geld. Wo investieren wir, welche Projekte werden nicht verfolgt? Wer erhält Unterstützung, wem verweigern wir die Zusammenarbeit. Das geht nicht ohne Konflikte. Wir versuchen" – sie verbesserte sich –, „also *ich* versuche, so fair und transparent wie möglich vorzugehen. Aber natürlich gelingt das nicht immer. Und selbst wenn, dann empfinden unsere Kunden das aus ihrer subjektiven Sicht natürlich nicht immer genauso."

„Gut, das leuchtet mir ein", gab der Kommissar zurück. „Aber gab es irgendeinen herausragenden Streit, irgendetwas, von dem Sie gehört haben, das uns weiterbringen könnte? Wir suchen ein mögliches Mordmotiv, das ist Ihnen natürlich klar."

Dorothee Willebrandt nahm ihre halbmondförmige Lesebrille ab und strich sich übers Kinn. „Darüber denke ich natürlich auch seit gestern Abend nach", räumte sie ein. „Aber Sie wissen ja: Ich bin erst seit zwei Jahren hier in Friedensberg. Ich kam aus Göttingen, das ist eine andere Welt. Und ich hatte meine Vorgängerin nie persönlich kennengelernt. Warten Sie ..."

Sie stand auf, ging zu einem Regal, suchte kurz herum, zog dann einen großen, aufwendig gestalteten Bildband hervor. Sie legte ihn auf das Tischchen, um das herum ihre drei Stühle gestellt waren, und erläuterte: „Schauen Sie, eines ihrer Bücher. Die habe ich natürlich gelesen." „Barock in Friedensberg", lautete der Titel, hineinmontiert in eine Fotocollage von Dom und Schloss. Und oben in verschnörkelten, großen, selbstbewusst gesetzten Buchstaben der Name der Autorin: „Sabine Ketschbaumer".

„Das ist nur einer ihrer Bände", bestätige die Nachfolgerin. „Es gibt bestimmt mehr als zehn. Gezählt habe ich sie nicht. Sie schrieb viel und gut, und sie war glänzend vernetzt hier in Friedensberg. Was glauben Sie, was der Druck eines solchen bebilderten Bandes kostet? Der Verkauf deckt vielleicht zehn Prozent der Kosten. Da brauchst du Geldgeber, Sponsoren, Förderer. Und die hatte Frau Ketschbaumer. Ich, ich bemühe mich bislang vergeblich um derartige Kontakte und Geldmittel, verstehen Sie? Mich kennt hier keiner. Warum sollte man einen Band von Dorothee Willebrandt fördern? Friedensberg lässt Menschen von außen nicht so leicht hinein."

‚So, ist das so?', wunderte sich Kellert, der ja ein Sohn dieser Stadt war. ‚Wir wissen, wovon wir reden', dachte hingegen Hannah Mellrich, die vor vier Jahren hierhergezogen war. Die Denkmalschützerin wirkte leicht verbittert, lächelte aber wieder, strich über das Hochglanzcover des Bandes und besann sich.

„Gut, das wollen Sie gar nicht wissen. Sie haben nach einer besonderen Auseinandersetzung gefragt. Ja, also, man hat mir gesagt, dass Sie vielleicht einmal mit der Firma ‚Grunert & Grabmeier' sprechen sollten. Eine Erbangelegenheit. Ziemlich kompliziert, wenn ich das richtig verstanden habe. Damit Sie einen Einblick bekommen, wie die Arbeit meiner Abteilung funktioniert und wahrgenommen wird. Am besten, ohne vorher Informationen herauszugeben."

Kellert runzelte die Stirn: „*Man* hat Ihnen das gesagt?", fragte er zurück. Dorothee Willebrandt rutschte auf ihrem Stuhl herum. Die Nachfrage war ihr offensichtlich unangenehm. „Nun, Prälat Zinngruber hat mich darauf angesprochen. Wenn Sie es denn genau wissen wollen. Direkt wollte er das Ihnen offensichtlich nicht sagen, keine Ahnung, warum." Kellert brummte etwas Unverständliches vor sich hin. „Grunert & Grabmeier?“, vergewisserte er sich. Sein Gegenüber nickte.

„Es gibt aber noch eine andere Angelegenheit, auf die ich Sie aufmerksam machen möchte“, fügte die Leiterin des bischöflichen Denkmalschutzamtes hinzu. „Ich sollte Ihnen das schon erzählen, glaube ich. Denn die Sache betrifft meinen Zuständigkeitsbereich bis heute. Es geht zurück in die Zeit der Orgelrestaurierung. Sie merken schon, da sind wir mitten in dem Geschehen, das Sie umtreibt.“ In der Tat, Kellert war kaum merklich zusammengezuckt und hatte sich auf seinem Stuhl etwas weiter nach vorn gesetzt.

„Sie haben gestern Abend schon gehört, dass es da wild zugegangen sein muss. Wovon ich ja auch nur vom Hörensagen und aus den Akten weiß. Mit Gutachten, Gegengutachten, Vertröstungen, Verzögerungen, Klagen ... Kurzum: Es dauerte alles viel länger und es wurde letztlich viel teurer als geplant.“ „Und warum?“, warf Hannah Mellrich ungeduldig ein.

„Genau, das ist die Frage“, griff Dorothee Willebrandt diesen Einwurf auf. „Ich habe das heute Morgen nachzuvollziehen versucht“ – sie wies mit der rechten Hand auf mehrere, aufgeschlagene Aktenordner und Dokumentenmappen, die sich auf einem separat stehenden Schreibtisch unter dem rechten Fenster des Raumes auftürmten. Der Rest des Zimmers war penibel aufgeräumt. Allein dieser Schreibtisch fiel aus dem Rahmen.

„Es war wohl so“, fasste sie ihre Erkenntnisse zusammen. „Es gab zwei konkurrierende Firmen, die sich um die Restaurierung der Orgel bewarben und auch eine echte Chance auf die Auftragserteilung hatten. ‚Steinmetz & Co.‘ hier aus Friedensberg und ‚Kraus, Flöther & Grings‘ aus Eichstätt.

Beide berühmte, etablierte, in der Branche hochgeschätzte, renommierte Unternehmen."

Ihre rechte Hand nestelte an der Kette der um ihren Hals hängenden Halbmondbrille. „Nun, ‚Kraus, Flöther & Grings' schienen zunächst das Rennen gemacht zu haben. Die Pläne waren ausgearbeitet, die Berechnungen eingereicht, alles war so weit vorangeschritten, wie es normalerweise nur erfolgt, wenn dann auch der Auftrag erteilt wird. Und es ging um mehrere Millionen. Damit konnte eine mittelständische Firma schon zwei oder drei Jahre arbeiten."

„Aber?", warf Kellert ein, als Dorothee Willebrandt verstummte, zu den Akten hinüberblickte und kurz zu überlegen schien, ob sie irgendwelche Unterlagen herbeischaffen sollte. Sie entschied sich schließlich dagegen. „Dann bekam doch ‚Steinmetz & Co.' den Zuschlag", antwortete sie. „Das ortsansässige Unternehmen. Dessen Angebot war letztlich um 120.000 Euro günstiger. Und genauso qualifiziert."

„Und wo liegt das Problem?", wollte Hannah Mellrich wissen. „Ja, wo?" Die Denkmalschützerin verzog das Gesicht. „Zwei gibt es. Zwei Probleme!" Ihre Hand wies erneut zu dem Schreibtisch mit den Akten. „Woher wusste ‚Steinmetz & Co.' von der Höhe des Gegenangebots? Warum reichten sie so spät ein noch einmal preisreduziertes zweites Angebot ein, als schon fast alles entschieden war zugunsten des Konkurrenten? Hatten da irgendwelche internen Friedensberger Kommunikationswege einen kleinen Hinweis gegeben? Das wäre wettbewerbsverzerrendes Verhalten, also illegal."

Sie lehnte sich in ihrem Stuhl zurück und kommentierte ihre Überlegungen: „Hören Sie? Das sind Fragen, die ich stelle, Spekulationen. Mehr nicht. Ich war nicht dabei. Die Akten lassen verschiedene Deutungen zu. Nichts davon hätte vor Gericht Bestand. Nur dass wir uns richtig verstehen!“ Kellert nickte und beruhigte sie: „Völlig klar. Wir suchen nach Möglichkeiten. Nichts mehr und nichts weniger.“

„Gut!“, zufrieden blickte Dorothee Willebrandt auf ihre beiden Gesprächspartner. „Es scheint jedenfalls so, dass man die Auftragserteilung dann nicht mehr infrage gestellt hat. ‚Kraus, Flöther & Grings‘ erhielten keine Chance mehr, ihrerseits ein zweites, überarbeitetes Angebot nachzureichen. Das wäre durchaus ein branchenübliches Verfahren gewesen. Nein: Eine Friedensberger Firma restauriert am Friedensberger Dom die Orgel. Das passt doch.“ „Ich höre ein ‚aber‘…“, warf Hannah Mellrich ein.

„Das gibt es auch“, bestätigte die Denkmalschützerin. „Das ist das zweite Problem an der Geschichte. Ein halbes Jahr später gingen ‚Kraus, Flöther & Grings‘ pleite. Eine Traditionsfirma seit einhundertachtzig Jahren. Mit dem Auftrag aus Friedensberg hätte sich der Konkurs abwenden lassen. Die Verbitterung dort können sie sich vielleicht vorstellen. Ganz unmittelbar gingen zwölf Arbeitsplätze verloren, aber vor allem schmerzte es natürlich, dass jetzt, in dieser Generation, alles zu Ende ging.“

„Sie können sich da offensichtlich erstaunlich gut einfühlen“, stellte Kellert fest. Dorothee Willebrandt wurde rot. „Ach, merkt man das?“, sie rutschte auf ihrem Stuhl herum, suchte eine neue Sitzposition. „Na gut, warum sollte ich das verheimlichen? Ich habe mit Carolin Flöther zusammen studiert. Vier Semester. ‚Flöther‘, der mittlere Name der Firma, Sie wissen schon. In Eichstätt. Eine überschaubare Uni, eine heimelige Stadt. Ein Städtchen, genauer gesagt.“

Sie ließ die inneren Bilder vor ihrem geistigen Auge vorüberziehen: „Das hat mir damals gefallen. Das Katholische hat mich irgendwie fasziniert. Ich kam ja aus Niedersachsen.

Sie, Carolin, stammte von dort. Hat die ganze Zeit bei ihren Eltern gewohnt, wenn ich mich recht erinnere. Ich kannte auch ihre Schwester, die Michi. Ich bin dann nach dem Vordiplom zurück nach Göttingen gegangen. Aber wir halten immer noch Kontakt, die Carolin und ich. Und so habe ich das Drama sozusagen aus nächster Nähe mitbekommen."

Dorothee Willebrandt sinnierte den spontan aufgetauchten Motiven nach. Aber Hannah Mellrich ging ein Gedanke nicht aus dem Kopf: „Darf ich mal etwas völlig Spekulatives fragen? Sie müssen ja nicht antworten. Wenn *Sie* damals zuständig gewesen wären. Und hätten über die Vergabe des Auftrags mitentscheiden können. Hätten Sie versucht, sich ihrerseits für die Firma ihrer Studienfreundin einzusetzen?"

Kellert verzog das Gesicht. Das war ihm viel zu spekulativ. Dorothee Willebrandt bemerkte seine Bedenken gegen diese Frage, aber sie beschwichtigte ihn: „Lassen Sie ruhig. Das ist eine berechtigte Überlegung." Sie dachte nach, kniff die Augen zusammen. „Vielleicht schon", gab sie dann zu. „Ich weiß es nicht. Aber ich kann das nicht völlig ausschließen. Das wäre unehrlich." „Danke", lächelte die Kommissarin ihr zu. „Das zeigt uns aber doch, dass wir damit rechnen sollten, dass es auch damals ähnliche Vorteilsnahmen gegeben haben könnte." Nachdenklich versanken alle drei in ihren eigenen Gedanken.

10.

„Hannah, Du solltest Dich mal um das Privatleben dieser guten Frau Dr. Ketschbaumer kümmern. Wir sollten einfach mehr über sie wissen: Freunde, Partner oder Partnerinnen, Familie, Vermögensverhältnisse, die ganze Liste halt. Schaffst

Du das heute Nachmittag?“ Bernd Kellert und seine Mitarbeiterin schlenderten über den Wochenmarkt zurück in Richtung Polizeipräsidium. Ihre Köpfe schwirrten von all dem Gehörten. Zeit für eine kleine Mittagspause. „Ich schau mal, was ich herausfinden kann“, antwortete Hannah Mellrich.

Die Schritte des Kommissars führten ihn zu einem kleinen Park hinter dem Schloss. Da gab es einige eher versteckte Ecken, in denen er ganz gern seine Pausen verbrachte, wenn es das Wetter erlaubte. Der Strom der Passanten, Einkaufenden und Touristen zog vorn an den Prachträumen des Barockbaus vorbei. Er wandte sich hinter dem Gebäude durch ein unscheinbares Törchen nach rechts. Er hatte sich mit seiner Frau verabredet.

Beate Kellert betrieb seit einigen Jahren mit zwei Kolleginnen ein gut gehendes Steuerberatungsbüro in Friedensberg. Ab und zu, wenn es die Zeitpläne der Kellerts ermöglichten, trafen sie sich entweder zu einem Kaffee auf dem Marktplatz oder eben hier. Um sich auszutauschen, Frust aus dem Arbeitsalltag abzulassen oder einfach, um schweigend die halbe Stunde miteinander zu verbringen. Wie heute. Glück gehabt! ‚Ihre‘ Bank war frei.

Kurz danach traf auch Beate ein. Sie sah deutlich jünger aus als ihr Mann. Mit Anfang fünfzig blühte sie noch einmal neu auf. Die Kindererziehung war abgeschlossen, der eigene Weg gefunden, ein neuer, eigengewählter Beruf, ein neuer Lebensort im eigenen Haus – und der immer noch gleiche Ehemann. Genau diese Mischung passte zu ihr. Da sie jetzt, ‚nach Corona‘, auch wieder all die ihr so wichtigen Sozialkontakte pflegen konnte, ging es ihr „ehrlich, rundherum gut“, so ihre Antwort auf die Frage, die ihr Mann ihr zur Begrüßung gestellt hatte, eigentlich ohne die Erwartung einer Antwort.

„Da, ich habe Dir was mitgebracht“, ergänzte sie und streckte ihm ein Kuvert entgegen. „Von Jenny“, fügte sie hinzu. Bernd Kellert, neugierig geworden, öffnete den Umschlag, zog ein Blatt heraus und las die handgeschriebene Widmung. „Lieber Papa, kleines Zeugnis von meiner Arbeit heute Nacht. Wie findest Du's?“ Er wusste, dass seine Tochter nachts zwischen zehn und zwei am besten arbeiten konnte. Und dann morgens natürlich am liebsten lange schlief, was für ihn, den passionierten Frühaufsteher, ein Gräuel war. Aber so lebten sie eben mit verschobenen Tagesrhythmen.

Neugierig entfaltete er das Blatt. Natürlich: Wieder ein Beatles-Song! Dieses Mal einer seiner Favoriten: „Penny Lane“. ‚Hm, sehr spezifisch englisch. Liverpool zur Jugendzeit von Paul McCartney. Wie kann man das übertragen?‘, überlegte er, während er sich einen Apfelschnitz in den Mund schob, den ihm seine Frau herübergereicht hatte: *In Penny Lane zeigt ein Frisör in seinem Schaufenster die Bilder von den Leuten, die er gern frisiert, und sie kommen auf ein Pläuschchen rasch vorbei und sagen: „Hi!“*

‚Hmm, ganz schön frei übersetzt!‘, dachte der Kommissar. Leise sang er die Strophe vor sich hin, begleitet von belustigten Blicken seiner Frau. Ja, das ging. Das passte. Er musste grinsen. ‚Versuchen wir Strophe zwei!‘ Dieses Mal versuchte er gleich eine Art Sprechgesang: *An der Ecke wohnt ein Banker mit 'nem Motorrad, die Kinder machen heimlich Scherze über ihn, im Regen geht er ohne Mantel raus, doch es macht ihm nichts aus.*

„Gut, was die Jenny da gemacht hat!“, kommentierte Bernd Kellert und machte sich mutig und halblaut an den Refrain: *Penny Lane, dich seh und hör ich ganz genau, dort, unter dem Vorstadthimmelblau sitze ich – und bin schon wieder fort.*

Neugierig schaute eine ältere Dame, die gerade um die Ecke bog, auf den grauhaarigen Sänger, schüttelte den Kopf und kehrte lieber wieder um. Beate lachte laut. „Du als Sänger, Bernd! Siehst Du, welchen Erfolg das bringt! Dann doch lieber ‚Let it be!'“

„Was aber nicht ‚Lass es sein' im Sinne von ‚Lass es bleiben' heißt,“ fiel ihr Bernd Kellert ins Wort, „sondern im Gegenteil: ‚Lass es zu!' Aber das weißt Du natürlich!“ Er lachte mit. „Schön jedenfalls: ‚Unter dem Vorstadthimmelblau“ für „blue suburban skies“, das gefällt mir. Passt zu diesem Tag. Er überflog die weiteren Strophenentwürfe seiner Tochter. „Es wird!“, kommentierte er. „Dieses Mal klappt's mit dem Abschluss!“

Sie tauschten sich über den Teil der Morgenereignisse aus, der für den anderen von Belang sein konnte und schwiegen dann. Lange. Beate legte ihrem Mann die Hand auf den Oberschenkel. Er strich sanft darüber. Beide lauschten den Amseln, folgten mit den Augen den wilden Flugkunststücken der Mauersegler und staunten wieder einmal darüber, wie ruhig es hier war, mitten im Herzen Friedensbergs.

„Und, was hast du jetzt vor?“, fragte Beate schließlich. „Ich habe da noch eine Spur, der ich nachgehen will“, entgegnete ihr Mann. „Mal sehen, ob ich da die richtigen Leute treffe. Eine Erbangelegenheit. Und Du weißt ja, wie heikel die sind. Übers Erbe zerstreiten sich selbst lebenslang eng verbundene Geschwister oder andere Verwandte. Da geht es nicht nur ums Geld, das auch, aber eben vor allem untergründig um das Andenken an die Verstorbenen. Häufig um das Gefühl, immer schon zu kurz gekommen zu sein.“

Er strich sich über das bartstoppelige Kinn. „Erinnerst Du Dich an Deine Cousins? Albert und Werner?“ Beate lachte kurz auf und schüttelte den Kopf. Eine unangenehme

Erinnerung. Ihr Mann sprach weiter: „Meine Güte, was haben die sich gefetzt! Da ging es um versteckte oder offen daliegende Macht. Da mischten sich die Gefühle. Nähe und Wut. Gemeinsamkeit und Eifersucht. So ist das oft. Leider. Aber“ – er streckte sich – „ich fühle mich einigermaßen gestärkt. Das hat gut getan! Danke! Bis heute Abend.“ Er drückte seiner Frau einen flüchtigen Kuss auf die Lippen und war schon um die Ecke verschwunden.

Doch, Bernd Kellert kannte dieses alte Villenviertel von Friedensberg durchaus. Es befand sich nur wenige Gehminuten vom Domplatz und vom Schloss entfernt. Normalerweise gab es jedoch keinerlei Anlass für ihn, durch diese verwunschenen, stillen, ein wenig unheimlich wirkenden Straßen zu gehen oder zu fahren. Rechts und links hohe Mauern oder seit Jahrzehnten zugewachsene, undurchdringliche Hecken.

Hohe Laubbäume warfen lange Schatten. Linden, Ulmen, Weiden, Pappeln, Kastanien, Birken, seltener Eichen oder Buchen. Zwar eine breite Straße, aber die Beschilderung wies überdeutlich darauf hin, dass das Parken an den Straßenrändern verboten war. Die hier üblichen, überdimensionierten Autos verschwanden hinter den sich öffnenden großen Toren. Fußgänger gab es kaum, abgesehen von gelegentlichen älteren Damen, die ihre Hunde spazieren führten, und Boten, die Waren ablieferten.

Ein früherer Fall hatte den Kommissar einmal in diese Gegend geführt. Er erinnerte sich mit leichter Beklemmung an den Besuch in einer dieser alten, mindestens einhundertjährigen Villen. Nach Jahren führte ihn der Weg nun zurück in das Viertel: Hölderlinallee 24. Eine lange, fast drei Meter hohe, weißgetünchte Mauer, oben gesichert durch Stacheldrahtrollen, gespickt mit Glasscherben. Dahinter das sanfte, aber beständige Rauschen der alten Bäume im leichten Juniwind. Schließlich ein breites, doppelflügeliges, gut befestigtes Tor, rechts und links von Sicherheitskameras gekrönt.

An der Mauer rechts protzte ein blankpoliertes, messingfarbenes Schild: „Grunert & Grabmeier. Exklusivimmobilien. Termine nur nach Vereinbarung". Keine Telefonnummer oder Mailadresse. Wer hier Einlass begehrte, musste von vornherein wissen, welche Form der Kontaktaufnahme hier üblich war und erwartet wurde. ‚Das wollen wir doch mal sehen', knurrte Bernd Kellert und drückte auf den Klingelknopf neben dem Schild. ‚Na also!', dachte er wenig später mit innerer Genugtuung. ‚So ein Polizeiausweis wirkt manchmal Wunder.' Ein leichtes, zufriedenes Grinsen umspielte seine Mundwinkel. ‚Verbunden mit ein paar klaren Ansagen.'

Viereinhalb Meter hohe Räume haben gewiss ihren Charme. Man richtet sich auf und schaut automatisch nach oben. Fühlt sich groß und wichtig. Erst recht, wenn die Wände mit feiner, grün-goldener Textiltapete bespannt sind und man in behaglichen, aber gewiss antiken Mahagonisesseln sitzt. Oder fühlt man sich selbst klein und fremd am Platz? Ist das der erwünschte Effekt? Bernd Kellert war sich nicht sicher. Klar war ihm allerdings, dass er und seinesgleichen nicht zu den normalen Gesprächspartnern in diesem weiten Raum gehörten, der aus drei Fenstern Blicke in die kühlen Weiten des grenzenlos wirkenden Gartens ermöglichte. Egal, jetzt war er hier.

„Dieses Haus war, wenn ich recht informiert bin, Eigentum der Kirche, richtig?", begann er das Gespräch. „Sind Sie, Herr Kommissar, sind Sie", versicherte ihm sein Gegenüber, Alexander Grunert, Mitbesitzer von Haus und Firma. Als er gehört hatte, dass Polizei im Haus sei, hatte er es sich nicht nehmen lassen, selbst nach dem Rechten zu schauen.

Man weiß ja nie: Schlechte Werbung konnte eine Firma wie diese, deren Kapital ihr guter Name war, nicht gebrauchen.

„Aber Sie hätten sehen sollen, in welchem Zustand das Haus damals war, als wir es übernahmen", fügte der Makler hinzu. ‚Sein Äußeres passt perfekt', ging es Kellert durch den Kopf. Schlank, bestens gepflegt, knapp sechzigjährig, aber mit noch vollem, leicht bräunlich gefärbtem Haar, charmant, eine leichte Spur jovial und eloquent. ‚Ja, der verkauft, was er will. Das glaube ich sofort.' Aber der Kommissar war nicht hier, um etwas zu kaufen. Er brauchte Informationen.

Freundlich lächelnd – das hoffte er zumindest – fragte er zurück: „Wie denn? Bitte schildern Sie es mir!" Grunert nickte, hob die rechte Hand und ließ sie einmal durch den weiten Raum kreisen. „Das alles gehörte ursprünglich den Pieburgers, Sie wissen schon: alte Friedensberger Baufirma." Nein, Kellert wusste das nicht, aber das war kein Grund, den Makler zu unterbrechen.

„Wie das so ist", fuhr der auch schon fort. „Heinrich Pieburger, der Alte, baut die Firma auf. Ein Imperium kann man auch sagen. Kauft dieses Haus, baut es komplett um, macht eine repräsentative Villa daraus. Peter, der Sohn, erbt das Ganze 1956, führt die Geschäfte weiter, ist zunächst erfolgreich, aber zu Beginn der achtziger Jahre werden die wirtschaftlichen Bedingungen schwieriger. Drei Töchter, kein Sohn. Alle drei zerstreiten sich mit dem Vater, gehen eigene Wege. Die eine in die USA, die zweite nach Flensburg, die dritte nach Würzburg. Ärztin, Rechtsanwältin, Malerin. Da verrate ich keine Geheimnisse, das ist ja bekannt."

‚Aha?', dachte Kellert, schwieg aber. „Ich habe es gleich", kommentierte Alexander Grunert, der das kurze Zögern seines Gesprächspartners durchaus bemerkt hatte. „Also: Der Alte lebt achtzehn Jahre als Witwer, überlässt die Firmenleitung einem Neffen, der schafft noch gute fünf Jahre, dann wird der Betrieb zerschlagen. Finanziell kommt die Familie einigermaßen gut davon. Aber am Haus hier macht der Alte nichts mehr. Stirbt vor fünf Jahren. Und vererbt seinen ganzen Besitz der katholischen Kirche. Ja, fromm war er eben, der Peter. Wie schon der Vater. Regelmäßiger Kirchgänger bis zuletzt. Gestützt auf seinen Rollator. Das Bild war bekannt: Peter Pieburger, sonntags um neun Uhr vierzig und um elf Uhr zwanzig. Von hier bis zum Dom und wieder zurück. Da kannte er nichts."

„Nun bin ich aber doch gespannt, wie Sie und Ihre Firma ins Spiel kommen!", warf Kellert ein. Die Familiengeschichte der Pieburgers könnte er zur Not leicht nachlesen. Ja, das würde er auch in jedem Fall tun! „Genau, jetzt wird es spannend", nickte Grunert und rückte auf seinem Sessel zwei Zentimeter nach vorn. „Also: Natürlich freut sich die Kirche über das Erbe, klar. Und irgendein Herr Prälat wird da wohl schon jahrelang seine Fäden gesponnen haben. Seine Schäfchen ins Trockene gebracht haben. Als ‚guter Hirt', sozusagen. Natürlich nicht für sich persönlich, sondern für ‚Mutter Kirche'. Sollen sie, sollen sie. Ich habe nichts dagegen, das passiert überall. Das machen andere genauso."

„Aber?", nahm Kellert das unausgesprochene Fragezeichen auf. „Dann kam der Denkmalschutz dazwischen. Das Bistum hat da eine eigene Abteilung, wissen Sie?", spann der Makler seinen Erzählfaden weiter. ‚Weiß ich', dachte Kellert, warf aber ein: „Frau Dr. Ketschbaumer, richtig?" Grunert zog die Augenbrauen hoch und fixierte sein Gegenüber noch einmal mit neuem Interesse. Den konkreten Anlass seines Besuches hatte der Kommissar bislang noch nicht erwähnt.

„Richtig!", pflichtete der Makler nun nachdenklich bei, „genau die. Die Leiterin damals. *Bad*" – er sprach das Wort englisch aus –, „wie es der Name der Behörde schon befürchten lässt." Kellert blickte ihn irritiert an. „Na, Bischöfliches Amt für Denkmalschutz, BAD. In unserem Falle eben *bad*." Grunert lächelte in sich hinein und fuhr fort. „Die gute damalige Leiterin dieser Behörde befand sofort, dass es ein Gutachten geben müsste, ob das Haus unter Denkmalschutz zu stellen sei. Was dann ja auch ein Jahr später passierte." Er verstummte.

„Ich verstehe immer noch nicht, was Ihre Firma mit der Angelegenheit zu tun hat", meinte Kellert. Der Immobilienmakler zögerte, blickte dem Kommissar dann in die Augen und sagte: „Gut, ich will ganz offen mit Ihnen sein." ‚Das sagt man aber nur, wenn das Gegenteil zutrifft', dachte Kellert amüsiert. ‚Doch nicht ganz so professionell, der Gute, wie er gern vorgibt'. „Ich kenne die Therese seit meiner Kindheit. Also Therese Pieburger, die älteste der drei Töchter. Wir waren schon zusammen im Kindergarten, drüben bei St. Michael. Und sie hatte mich schon seit Längerem gefragt, ob ich – ob *wir* hier – das Haus nicht von der Kirche zurückkaufen könnten. Um dann das Beste daraus zu machen. Und die drei Mädels zu gleichen Teilen auszubezahlen."

Er seufzte. „Das war alles besprochen. Wir hatten unsere Pläne, alles längst fertig in der Schublade. Die Töchter hatten alle zugestimmt. Wenigstens einmal, in diesem Punkt, waren sie sich einig. Dann zog sich das Ganze hin. Vierundneunzig ist er geworden, der Peter. Und dann kam plötzlich diese Dame vom Denkmalschutz. Wissen Sie: Das Bistum hätte uns das Haus sofort verkauft. Die haben sich ja an der Börse verspekuliert. Vierzig Millionen Euro in den Sand gesetzt. Das muss man sich einmal vorstellen! Dilettanten! Sie hätten den Töchtern aber sofort den Pflichtteil ausbezahlen müssen.

Das passte also schon einmal gar nicht. Und sie brauchten Geld, schnell, direkt."

Grunert lehnte sich zurück. „Wir haben dem Bistum ein überaus faires Angebot vorgelegt und hätten den drei Töchtern damit wenigstens ihren Pflichtteil sichern können. Wenn der Hauptbatzen schon bei der Kirche bleiben sollte. Aber da hat die gute Frau Dr. – das war ihr Spitzname, einfach so: Frau Dr. – nicht mitgespielt."

‚Jetzt nähern wir uns dem Kern', dachte Kellert. „Ein denkmalgeschütztes Haus kann man nicht so einfach verkaufen", erläuterte Grunert. „Und es dauert ewig, bis das Verfahren hinsichtlich der Schutzwürdigkeit abgeschlossen ist. Den drei Schwestern blieb nichts als Warten." „Was ihnen aber nicht so schwergefallen sein dürfte, oder?", warf Kellert ein. „Es klingt doch nicht so, als ob die auf das Erbe angewiesen wären."

„Ja und nein", erwiderte der Makler. „Therese geht es glänzend. Finanziell. Auch Marie-Sophie, die Rechtsanwältin, ist bestens versorgt. Der Mann ist im Vorstand von VZP." Er rieb Daumen und Zeigefinger der rechten Hand, was Kellert natürlich verstand, auch wenn ihm unklar blieb, was nun VZP genau bedeutete. Egal.

„Ja, aber Judit, die Jüngste. Malerin, das habe ich ja schon erwähnt. Die wollte gerade ihre erste eigene Galerie aufmachen. Alleinstehend und immer knapp bei Kasse. Künstlerin halt. Das väterliche Geld war ihre einzige realistische Perspektive. Selbst der Pflichtanteil hätte ihr auf Jahre nicht nur die Galerie ermöglicht, sondern auch ein gutes Auskommen gesichert. Und damit hatte sie auch fest geplant. Diese spezielle Information gebe ich Ihnen aber nur im Vertrauen. Ich setzte auf Ihre polizeiliche Verschwiegenheit."

„Und das können Sie auch guten Gewissens tun“, beruhigte ihn Kellert. „Also?“ „Nun, Judit Pieburger hat Himmel und Hölle in Bewegung gesetzt, um das Denkmalschutzverfahren abzuwürgen, das können Sie sich ja vorstellen. Und sie ist immer noch bestens vernetzt, hier in Friedensberg. Die alteingesessenen Familien kennen sich und halten zusammen.“

Kellert schaute neugierig. Sein Gegenüber fuhr ungerührt fort: „Und dann hat sie Druck ausgeübt. Auf den Bischof. Den Generalvikar. Auf Frau Dr. Ketschbaumer direkt. Ich will da nicht in die Details gehen, aber: Da gab es schon böses Blut, damals.“

Er nippte an dem Glas mit Mineralwasser, das man ihnen auf dem antiken Beistelltisch bereitgestellt hatte. „Und dann“, er streckte sich, „kam mir die gute Idee, eine Gesellschaft zu gründen, getragen gemeinsam vom Bistum und unserer Firma. Diese Gesellschaft hat das Haus dann übernommen und trägt es noch bis heute. Uns obliegt die Verantwortung für die Denkmalschutzauflagen, die Renovierung, den Erhalt, schließlich auch die Nutzung. Die Gesellschaft zahlte den nach oben gerundeten Pflichtanteil aus, die Töchter waren zufrieden. Die Kirche auch. Wir ebenfalls.“

Kellert schüttelte ungläubig den Kopf. „Das klingt fast zu gut, um wahr zu sein. Wo ist der Pferdefuß?“ Grunert nickte kaum merklich, verzog den Mund und überlegte. Dann rang er sich durch: „Stimmt, Ihnen bleibt nichts verborgen. Na, warum auch? Ich verrate Ihnen keine Interna, all das ist in den Friedensberger Kreisen bestens bekannt. Zwei ‚Abers‘ gab es tatsächlich. Zum einen hat die gute Judit der Frau Dr. Ketschbaumer schon gehörig Druck gemacht. Gedroht. Dass sie für ihre Entlassung sorgen würde, wenn sie sich nicht füge. Verleumdet. Gerüchte verbreitet über einen angeblich unlauteren Lebenswandel. Das war schon grenzwertig. Viele sagen: weit darüber hinaus. Unappetitlich. Aber Sie wissen ja: Künstler ticken ein bisschen anders."

„Und zweitens?", warf Kellert ein. „Zweitens war die Frau Dr. auch nicht gerade zart besaitet, wenn ich das einmal so ausdrücken darf." Er hüstelte. „Sie hat ihrerseits mehr als einmal gedroht, die ganze Sache platzen zu lassen. Den ausgehandelten Kompromiss letztlich doch zu boykottieren. ‚Eine Bombe hochgehen zu lassen', so hat sie das bezeichnet. ‚Da werden sich noch alle wundern.' Da war ich einmal Ohrenzeuge, Herr Kommissar, das kann ich beschwören. Das war in der Pause von ‚Figaro', der lief damals hier in der Oper."

Der Makler lächelte. „Nicht, dass das nötig wäre! Dass ich etwas beschwören müsste! Denn da kam letztlich nie etwas. Kein Vorwurf, kein Gerücht, keine neuen Fakten. Wie denn auch? Ich kann mir beim besten Willen nicht vorstellen, was für eine ‚Bombe' das gewesen sein sollte. Das ist letztlich alles fair abgelaufen, damals. Hart, aber fair."

‚Dass du das so darstellst, kann ich nun meinerseits mir gut vorstellen', dachte Kellert. Sagte aber nichts. „Die ist dann ja auch aus Friedensberg weggezogen, die Dr. Ketschbaumer. Von heute auf morgen. Und mit ihrer Nachfolgerin kommen wir sehr gut zurecht. Kompetent und zurückhaltend, so soll es sein." ‚Aha, das ist also dein Bild von Frauen in öffentlichen Positionen', dachte Kellert, von der eigenen Frau und Tochter für derartige männliche Rollenzuschreibungen sensibilisiert.

Mit der Floskel „Danke für Ihre Offenheit" hatte sich Kellert verabschiedet, bewusst, dass auch er hier alles andere als ehrlich war. Auf jeden Fall atmete er erst einmal kräftig durch, nachdem sich die Doppelflügel des Tors wieder automatisch hinter ihm geschlossen hatten. Er verspürte unerwartet das Bedürfnis, sich jetzt die Hände zu desinfizieren, wie damals, während der ‚Corona'-Krise. Ein völlig irrationaler Gedanke, den er gleich wieder verwarf.

Warum wollte dieser Prälat Zinngruber, dass er sich mit dieser Sache befasste? Wollte er ihm wirklich nur einen Einblick in die tägliche und mühsame Arbeit des BAD – Kellert musste lächeln, als er das dachte – verschaffen? Oder steckte mehr dahinter? ‚Da gibt es einiges zu recherchieren', überlegte er im Blick auf die nächsten Arbeitsschritte. ‚Noch mehr Arbeit für Dich, Hannah.'

11.

Eine knappe Viertelstunde, länger brauchte Bernd Kellert nicht für den Fußweg zurück ins Stadtzentrum. Er hing seinen Gedanken nach und ließ sich Zeit. ‚Selbstbewusst war sie, die gute Frau Dr.', dachte er, ‚streitbar, würden andere dazu sagen. Ging keinem Konflikt aus dem Weg. Aber welcher davon führte zu ihrem Tod? Ausgerechnet in der Orgel? Gar kein schlechter Ort, um eine Leiche verschwinden zu lassen, wenn man genauer darüber nachdenkt. Auf Zeit. Das konnte aber nur jemand wissen, der sich im Dom sehr gut auskennt. Und weiß, dass er winters geschlossen ist.'

Als er in seinem Büro ankam, fand er niemanden vor. Hannah Mellrich war offensichtlich noch unterwegs und Lisa Nestler, die neue Sekretärin, hatte bereits Feierabend gemacht. ‚Ihr gutes Recht', dachte Kellert. Er setzte sich an seinen unaufgeräumten Schreibtisch, öffnete das Internet und gab die Schlagwörter „Pieburger" und „Friedensberg" in die Suchmaschine ein. Er pfiff durch die Zähne: reichlich Lesestoff. Er scrollte vor, zurück, las hier, überflog da, machte sich Notizen.

Auf einmal klingelte das Diensttelefon. Da kein anderer im Büro war, nahm er ab: „Ja!" Er lauschte eine Weile, machte ein fragendes Gesicht, sagte dann: „Okay, soll hochkommen!" Kurz danach klopfte es an der Bürotür. Ein unsicher wirkender Brillenträger, Ende vierzig, korpulent, mittelgroß und mit Stirnglatze betrat den Raum. Er blieb stehen, schaute sich suchend um und setzte sich schließlich umständlich auf den ihm zugewiesenen Stuhl. „Kellert, ich bin hier der Dienststellenleiter", stellt der Kommissar sich vor. „Sie wollten mich sprechen?"

„Ja", entrang sich der sichtlich nach Worten suchende Gegenüber. „Es ist so. Wir haben im Ordinariat davon gehört, dass man Frau Dr. Ketschbaumer gefunden hat ..." Er stockte. „Also, die Leiche. Und dass die Polizei nun natürlich überall herumfragt. Das müssen Sie ja. Und dabei fiel auch Ihr Name, Herr Kommissar. Ja, und da dachte ich, ich komme lieber aus eigenem Antrieb hierher." Er blickte sich mit gehetztem Blick im Raum um. „Und nun bin ich da", fügte er unnötigerweise hinzu.

„Schön!", entgegnete Kellert in trockenem Tonfall. Auf derartige Verzögerungen hatte er am Ende dieses Tages nur wenig Lust. Außerdem gefiel es ihm gar nicht, dass sich die Nachricht von der Auffindung der Leiche nun doch herumzusprechen begann. Damit hatte er zwar gerechnet, aber irgendwie doch noch auf einige weitere Tage ruhigeren Arbeitens gehofft. „Und wer sind Sie? Und was kann ich für Sie tun?", schob er leicht genervt nach.

„Ach, um Gottes willen! Das habe ich in der Aufregung ja ganz vergessen. Sie müssen schon entschuldigen, aber ich war noch nie auf einer Polizeistation. Und hatte das eigentlich auch nie vor. Gerhard Schmitt, ist mein Name, Schmitt mit Doppel-t. Ich arbeite im bischöflichen Ordinariat. Bin dort Sachbearbeiter im Personalbüro. Und da sind wir schon beim Thema ..."

Er schluckte. Kellert ließ ihn reden. ‚Je eher ich weiß, warum der hier ist, desto besser', dachte er. „Sehen Sie", Gerhard Schmitt blickte kurz zu Kellert, wandte dann den Blick ab, drehte dabei mit den Fingern der linken Hand am rechts getragenen Ehering. „Ich bin eigentlich ausgebildeter Bürotechniker. Habe einen Bachelor in Kunstgeschichte. Und einen Abschluss in Büromanagement. Und wo arbeite ich: als Sachbearbeiter in der Personalabteilung!"

‚Ach je, wieder mal so ein beruflich nicht zum Zuge Gekommener', dachte Kellert, ‚der dafür natürlich die Bosheit und Gemeinheit aller anderen verantwortlich macht'. Mit diesen Typen hatte der Kommissar schon oft zu tun gehabt. Er wusste, welche Wut sich unter dem Gefühl der beruflichen Benachteiligung anstauen und welche Explosivität sich daraus entwickeln konnte. Und dass oft genug eigene Unzulänglichkeiten für die verpasste ‚Karriere' verantwortlich waren. Nicht immer, aber oft. Auf eine diesbezügliche Einsicht konnte man bei den Betroffenen jedoch lange warten.

Vor mehreren Jahren hatte er in seinem eigenen Kommissariat einmal einen solchen Fall gehabt. Sehr unangenehm war das gewesen. Sehr. Am Ende ließ sich das Problem nur durch eine halbwegs freiwillige Wegbewerbung des Mitarbeiters lösen. Der dann an seiner neuen Stelle auch nicht zurechtkam ...

‚Hör zu!', ermahnte er sich angesichts seiner abschweifenden Gedanken. „Und wem habe ich das zu verdanken?", redete Schmitt weiter vor sich hin, ohne auf sein Gegenüber zu achten. ‚Na, wusste ich es doch!‘, gab sich Kellert einem kleinen inneren Triumph hin. „Eben dieser Frau Dr. Ketschbaumer!“, beantwortete sein Gegenüber die selbst gestellte rhetorische Frage. ‚Oh!‘, nun wurde Kellert doch hellhörig.

„Ich habe nichts gegen Emanzipation und so“, spulte Schmitt weiter den ganz offensichtlich im Kopf vielfach vorbereiteten Text ab. „Das ist schon okay: Bei gleicher Qualifikation sollen Frauen den Vorzug kriegen. Okay, einverstanden. Obwohl man sich schon fragt, wie lange das noch so gehen soll. Bei all den Vorzügen, die die sowieso genießen.“ ‚Nein, nicht zu diskutieren anfangen!‘, ermahnte sich der Kommissar.

„Aber bei mir war das eben nicht so. Ich hatte mich um die Leitung der Personalabteilung im Bereich Elementarerziehung beworben. Und war, völlig objektiv betrachtet, der am besten qualifizierte Bewerber. Eindeutig. Und was macht da Frau Dr.? Hat sich als Frauenbeauftragte eingeschaltet und sich für Elisabeth Gräfele eingesetzt, die sich auch beworben hatte. Für die Gräfele! Das muss man sich mal vorstellen! Die und ‚gleich qualifiziert‘! Das ist sie einfach nicht. Niemals. Aber gegen die Frauenbeauftragte wollte sich keiner der feinen Herren im Ordinariat stellen. Das kommt seit Jahren gar nicht gut an in der Öffentlichkeit. Kirche muss ja jetzt beweisen, dass man Frauen ernst nimmt und ihnen eine faire Chance gibt, und so weiter!“

Gerhard Schmitt war rot angelaufen und hatte sich in einen Rausch geredet. Den Ehering hatte er inzwischen komplett abgedreht und hielt ihn verkrampft in seiner linken Hand. „Auf wessen Schultern aber wird das ausgetragen? Auf meinen! Statt dass sie Frauen zum Priesteramt zulassen – hören Sie: da wäre ich dafür, tausendprozentig – bleibe ich, Gerhard Schmitt, studiert, mit Zusatzausbildungen noch und nöcher! – Sacharbeiter! Und Elisabeth Gräfele – Elisabeth Gräfele! – wird Leiterin der Abteilung 5.2! Die natürlich seitdem so vor sich hindümpelt. Das hätte ich denen gleich sagen können, dass das nichts wird!“

Er schüttelte den Kopf, rieb sich über die geröteten Wangen, fasste sich dann jedoch, blickte Kellert an und wurde auf einen Schlag ruhiger. „Puh, das musste jetzt einfach mal raus. Entschuldigung, das war jetzt vielleicht ein bisschen impulsiv!“ Er lächelte den Kommissar unsicher an. Der schmunzelte begütigend und erwiderte: „Ja, das kann man nun wirklich sagen. Aber mir ist es lieber, die Dinge liegen auf den Tisch, als dass ich jemandem alles mühsam aus der Nase ziehen muss. Was man, nach Corona, wahrscheinlich gar nicht mehr sagen darf. Wie so manches andere auch.“

Die beiden Männer lächelten einander zu. „Nun sagen Sie mir aber noch, um was es da genau ging“, bat Kellert. „Und wann das war.“ Schmitt fasste sich an den Kopf. „Ich Trottel! Ja, das habe ich ja auch noch nicht erwähnt. Bitte entschuldigen Sie. Aber das alles geht mir immer noch an die Nieren. Und das Ordinariat hat nun den Schaden. Die würden das auch gern rückgängig machen, aber so etwas geht eben nicht. Ernannt ist ernannt.“

Sein Lächeln wurde bitter. „Das war vor knapp drei Jahren. Da wurde eben diese Abteilungsleiterstelle ausgeschrieben. Intern. Für jemanden aus dem Haus. Ich arbeite seit fast zwanzig Jahren im Ordinariat. Bin, wie gesagt, wirklich hervorragend qualifiziert. Man hatte mich eigentlich für diese Aufgabe aufgebaut. Langfristig. Und unter der Hand war klar, dass *ich* den Riessner beerben würde. Das hatte man mir immer wieder zugesichert. Mündlich natürlich. Bis sich dann eben die Frau Dr. eingeschaltet hat.“

Sein Puls beschleunigte sich wieder. „Ich habe ja noch das Gespräch mit ihr gesucht. Ihr meine Qualifikationen vor Augen geführt. Sie hat mich nur mitleidig – mitleidig! – angeschaut. Es gab da keine Zeugen, war ein Vier-Augen-Gespräch. ‚Jetzt sehen Sie mal, wie es uns Frauen jahrhundertelang ergangen ist, Herr Schmitt', hat sie gemeint, auf ihre sachliche, distanzierte, überlegene Art. ‚Jetzt geht es nun einmal Ihnen so. Sehen Sie es in einem großen historischen Zusammenhang als kleinen Ausgleich. Nehmen Sie es sportlich, tragen Sie es wie ein Mann.' Ehrlich", er wandte sich an den Kommissar, „ich wäre fast handgreiflich geworden. Kein Bedauern, kein Argument, keinerlei Bereitschaft zum sachlichen Austausch, nichts."

Er wurde still. Streifte sich mit einiger Mühe den Ehering wieder über. „Lange her", murmelte er, „aber das vergesse ich nicht. Nie. Mal ganz abgesehen davon, dass ich immer noch in der Personalabteilung sitze. Gut, ich bin damals laut geworden. Das habe ich eben nicht auf mir sitzen lassen. Aber als Mann hatte ich keine Chance. Das wollte aber niemand hören. Das stand völlig gegen die politisch angesagte Linie im Bistum. Pech gehabt!"

„Und damals haben Sie der Frau Ketschbaumer gedroht, verstehe ich das richtig?", fragte Kellert nach. „Also: öffentlich?" Gerhard Schmitt wand sich auf seinem Stuhl. „Ja", gab er dann kleinlaut zu. „Im Eifer des Gefechts. Was man da halt so sagt. Und ich wollte einfach auch nicht als Loser dastehen. Kampflos. Da sagt man dann Dinge, die man natürlich nicht so meint, das werden Sie doch auch kennen."

‚Das lassen wir mal außen vor', dachte Kellert, der langsam begriff, warum sein Gegenüber ihn aufgesucht hatte. „Und deshalb sind Sie jetzt hier …", legte er dem Sachbearbeiter eine Spur. „Genau, deshalb bin ich hier", nickte dieser nachdrücklich. „Um Ihnen das alles selbst zu sagen. Bevor Sie das von anderen hören. Und völlig falsch verstehen. Ich bin kein gewalttätiger Mensch. Nie gewesen, fragen Sie meine Frau. Ich habe nichts mit dem Tod von Frau Dr. Ketschbaumer zu tun. Absolut nichts!"

Er schüttelte heftig den Kopf. „Was glauben Sie, wie viele hier im Bistum froh waren, als die damals auf einmal verschwunden war! Keiner hat der eine Träne nachgeweint, keiner! Deswegen hat man ja auch gar nicht so genau wissen wollen, wohin die sich aufgemacht hatte. Warum sie verschwunden ist. Weg, gut so! Wenn Sie wüssten, wie viele meiner Kollegen Ähnliches erlebt haben wie ich. Da liegt so einiges verborgen, hören Sie auf mich und meine Worte! Die anderen haben nur viel eher klein beigegeben als ich. Das ist der Unterschied. Aber die Wut, der Frust! Kommen Sie, hören Sie sich um im Ordinariat. Da werden Sie einiges zu hören bekommen!" ‚Das werde ich', dachte Kellert, ‚keine Sorge, das werde ich.'

„Na, wie war der Nachmittag?", begrüßte ihn Beate mit einem vorbereiteten Abendbrottisch auf der Terrasse. „Hard Day's Night?" Kellert grinste und nahm das Beatles-Motiv auf. „Mal sehen, was sich noch ergibt", antwortete er, und sang das Lied an: „but when I get home to you / I find the things that you do / will make me feel allright". Wie Jenny das wohl übersetzen würde?

12.

Mittwochmorgen, ‚Dienstbesprechung' im Büro. Aber nur die ‚kleine Runde', die genau gesagt ausschließlich aus Hannah Mellrich und ihrem Chef bestand. Aber nun einmal traditionell so genannt wurde. „Und?", fragte Kellert, gut ausgeschlafen, erfrischt von der windumtosten Fahrt mit dem neuen Cabrio und in dem für ihn üblichen morgendlichen Elan. „Ich habe einiges herausgefunden“, gab seine Mitarbeiterin zurück, die sich selbst noch nicht so richtig fit fühlte. Sie war eher ein Abendmensch. Kam am späten Nachmittag so richtig auf Touren. Aber sie hatte sich an die Dynamik ihres Vorgesetzten angepasst so gut es eben ging. Was blieb ihr auch anderes übrig?

„Interessant, mal jemandem nachzuforschen, der schon so lange tot ist“, sagte sie. „Das habe ich noch nie gemacht. Aber natürlich stößt man da immer an Grenzen. Da erinnern sich manche beim besten Willen nicht mehr, da sind Datensätze gelöscht oder längst gesperrt, da verschwimmen objektive Fakten und subjektive Bilder. Ich bin noch nicht fertig, klar, aber einiges weiß ich. Moment!“

Sie tippte in ihr Tablet und rief eine Datei auf. „Also, Chef: Frau Dr. Sabine Ketschbaumer war erst vierundvierzig, als sie starb. Unverheiratet. Einzelkind, Eltern beide schon vor über fünfzehn Jahren verstorben. Hat, soweit ich das herausbekommen konnte, immer allein gewohnt, auch schon im Studium. Von Partnern oder Partnerinnen wusste keiner etwas. Natürlich gab es Gerüchte, solche und solche, aber nichts ließ sich irgendwie konkretisieren.“

„Schade!“, warf Kellert kurz ein, hörte aber weiter zu. „Einser-Abitur, Einser-Studium, taffe Karriere. Die wusste, was sie wollte und zog es auch durch. Kam aus einem kleinen Dorf, Niederwüllgau, zwanzig Kilometer von hier. Hätte bestimmt auch anderswo Karriere machen können, fühlte sich hier aber offensichtlich zuhause. Das haben mehrere Bekannte von ihr unabhängig voneinander bestätigt. Stellen Sie sich das mal vor. Studiert in Paris und Salamanca, und dann kehrt sie wieder hierher zurück!“

Ihr Chef hing noch einem Gedanken nach. „Niederwüllgau? Nie gehört." „In Richtung Würzburg?", half ihm seine Mitarbeiterin auf die Sprünge. Aber ihr Chef guckte nur mit leeren Augen und zuckte mit den Schultern. Also weiter. „Finanziell schien es ihr ziemlich gut zu gehen. Ich habe mit ihrer ehemaligen Bank telefoniert, LIGA-Bank, nur für kirchliche Mitarbeiter. Netter Mensch, mit dem ich da gesprochen habe, kooperativ. Das ist ja bei den Banken keineswegs immer so."

Kellert schnaufte durch die Nase und nickte. „Jedenfalls: Die hat wohl ziemlich viel von ihren Eltern geerbt, war ja Einzelkind. Und natürlich auch selbst nicht schlecht verdient. Also: Geldsorgen scheint sie nicht gehabt zu haben. Im Gegenteil. Besaß ein denkmalgeschütztes Reihenhaus in einer dieser edlen Altbauzeilen im Dombezirk. Da wohnte sie auch. Nobel." Ihr Chef unterbrach sie: „Und wer hat *das* nun alles geerbt?" Hannah Mellrich blickte ihn kurz an, und überlegte. „Gute Frage, Chef. Hat da überhaupt schon jemand was geerbt? Sie galt ja nur als vermisst. Das muss ich noch herausfinden. Mache ich sofort."

Kellert bremste sie aus. „Nein, heute Morgen brauche ich Dich als Begleiterin bei einem Gespräch. Da bin ich auf Deine Beobachtungsgabe angewiesen, Hannah. Wirst schon sehen. Also: Mach das, aber es ist nicht vordringlich." Er zögerte: „Sonst noch etwas Wichtiges?" Sie schüttelte den Kopf. „Im Moment nicht, nein, Chef." „Okay, dann komm mit. Es sind nur wenige Schritte. Wie gut, dass man in Friedensberg immer kurze Wege hat."

Das Ziel, das sie ansteuerten, war ihr inzwischen bekannt: Der Gebäudekomplex um das Domvikariat herum, das sogenannte Ordinariat. Das Verwaltungszentrum des Bistums. Gestern hatten sie sich hier mit Domvikar Zinngruber getroffen, aber heute waren sie mit einem anderen Gesprächspartner verabredet. Genauer gesagt: einer Gesprächspartner*in*. „Zu Frau Flemming-Berlinger wollen wir", erklärte Kellert einer älteren Ordensfrau, die an der Pforte ihren Dienst tat. Die zu Corona-Zeiten üblichen Abtrennungen mit Plexiglas gehörten hier zur Normalausstattung. Immer schon. „Ordinariatsrätin", fügte Kellert hinzu.

Die Nonne blickte ihn belustigt – oder war das leicht verärgert? – an und sagte: „Das weiß ich schon, dass die Frau Flemming-Berlinger hier Ordinariatsrätin ist." Sie wies ihnen den Weg zum Aufzug und zur Zimmertür, griff zum Telefonhörer und kündigte das Kommen der Polizisten an. Denn natürlich hatte sich Kellert mit seinem Dienstausweis vorgestellt. Sie waren hier ja nicht auf einem Privatbesuch.

Kurz bevor Kellert den Aufzugsknopf drückte, sah er aus dem linken Augenwinkel, wie eine unauffällig gekleidete Frau mittleren Alters einen Rollstuhl an ihnen vorbei schob. Darin saß, gekrümmt, leicht vornübergebeugt, eine alte Frau in Ordenstracht. Derartige Bilder nimmt man täglich wahr. In Sekundenbruchteilen. Am Rand des Gesichtsfeldes, vielleicht sogar im Zentrum. Unzählige Bildfetzen. Szenarien, Menschen, Gegenstände. Man sieht sie und vergisst sie sofort. Unvorstellbar, wenn man das alles speichern würde! Der Kopf sortiert sofort das Unwichtige aus. Ab in den inneren Papierkorb. Oder doch in einen Speicher des Unterbewusstseins?

Unwichtig? Plötzlich zuckte eine Erinnerung durch Kellerts Hirn. Woher kam die jetzt? Er drehte sich um, schaute der alten Frau im Rollstuhl hinterher und rief halblaut: „Schwester Luitgard?" Der Kopf der alten Nonne ruckte zur Seite, schaffte aber die Drehung nicht. Unwillig stampfte sie mit einem mitgeführten Stock auf, woraufhin ihre Begleiterin den Rollstuhl widerwillig drehte. „Ja?“, fragte die alte Frau und kniff die Augen hinter ihrer Brille zusammen.

Dann huschte ein Blick des Erkennens über ihr Gesicht. Sie strahlte: „Ja, der Herr Kommissar? Der Herr Kellert, das gibt es doch gar nicht! Dass ich ausgerechnet Sie hier treffe!“ Die Betreuerin hatte den Rollstuhl inzwischen näher gerückt. Kellert ging mit kräftigen Schritten auf die alte Frau zu und schüttelte ihr die Hand. Der Betreuerin widmete er nur ein kurzes Nicken. So ist das meistens bei Rollstuhlgespannen. Entweder der Schiebende wird wahrgenommen oder der Geschobene. Fast nie beide. Der jeweils andere wird zur Unperson. ‚Nanu, so herzlich kenne ich den Chef gar nicht‘, wunderte sich Hannah Mellrich. ‚Woher kennt er denn die nun schon wieder?‘

Kellert besann sich, drehte sich zu seiner Mitarbeiterin um und stellte sie vor. „Hannah Mellrich, meine Kollegin“. ‚Oho‘, freute sich die Kriminalkommissarin über diese Bezeichnung. „Und das“, fuhr ihr Chef fort, „ist Schwester Luitgard. Wir kennen uns von einem früheren Fall. Lange her. Aber ich habe oft an Sie gedacht, Schwester, wirklich.“ Die so Angesprochene lächelte. Die Begegnung schien ihr gut zu tun. „Obwohl wir es ja damals miteinander nicht nur leicht hatten, mein lieber Herr Kommissar“, entgegnete sie mit erstaunlich fester und jung klingender Stimme. Sie war bestimmt Mitte achtzig.

Die Ordensfrau deutete auf ihre Beine: „Tja, damals war ich noch besser beisammen. Die Hüfte und die Beine, wissen Sie? Wollen einfach nicht mehr! Na, der Herrgott wird sich schon seinen Teil dabei gedacht haben. Aber hier“ – sie zeigte auf ihren Kopf – „ist noch alles wie früher. Alles noch da, keine Sorge. Und Svetlana“ – hier wies sie auf ihre Betreuerin – „kümmert sich wirklich reizend um mich. Ich wohne ja jetzt draußen, im Stift St. Anna, in Wörnsfeld. Da habe ich doch einmal Ihren reizenden Mitarbeiter kennengelernt, wie hieß der noch gleich? Bienert, Wienert?“

„Thiele, Dominik Thiele. Was für ein gutes Gedächtnis Sie haben. Ja, er hat mir damals den Gruß von Ihnen ausgerichtet. Ist leider nicht mehr hier. Und ich“ – Kellert blickte unnötigerweise auf die Uhr – „muss leider los. Wir haben einen Termin. Bei der Frau Flemming-Berlinger.“ Schwester Luitgard zog die Augenbrauen hoch. „So, bei der? Na dann: viel Spaß. Und: alles Gute!“

Wie stellt man sich eine Abteilungsleiterin in einem Ordinariat der Katholischen Kirche vor? Hannah Mellrich war wirklich neugierig. Wie man sich als Frau in diese Männergesellschaft einfügen konnte – und das freiwillig – war ihr rätselhaft. Doch dann war sie überrascht. Ein modernes, lichtdurchflutetes Büro. Viel Glas, viel blitzendes Metall, kaum Holz. Funktional und chic. Und teuer, aber nicht so, dass es protzig wirkte.

Eine junge Sekretärin, die von ihrem äußeren Erscheinungsbild her auch bei der Polizei hätte arbeiten können, geleitete sie durch den Vorraum in das Büro. Frau Flemming-Berlinger erwartete sie schon. ‚Ungefähr so alt wie der Chef‘, scannte Hannah Mellrich ihre ersten Eindrücke. ‚Vielleicht zwei Jahre älter. Top gepflegt, elegant, Kurzhaarschnitt, nicht gefärbt, silbern. Sieht aber nicht alt aus, sondern edel. Freundlich. Professionell. Die hätte ich eher bei einem Industriekonzern erwartet.‘

„So, genügend Eindrücke gesammelt?“, fragte die Abteilungsleiterin lächelnd mit einem leicht ironischen Zug um die Mundwinkel, während sie den beiden Besuchern zwei Stühle zuwies. „Das kenne ich schon. Die meisten Besucher, die erstmals hier sind, fragen sich, mit wem sie es hier wohl zu tun bekommen. Dabei sollte das doch endlich selbstverständlich sein: dass es auch bei der Kirche ganz normal zugeht, wie in anderen Großbetrieben auch. Und dass es da natürlich auch Frauen in Führungspositionen gibt."

‚Puh, durchschaut!', dachte Hannah überrascht, während sie spürte, wie die gebogenen Metallstühle unter ihren Bewegungen leicht wippend nachgaben. Angenehm. Hildegard Flemming-Berlinger hielt inne und ergänzte dann: „Natürlich nur in Bereichen, in denen es den hohen Herren nicht weh tut. Erziehungsfragen, Schule, Bildung: Das sehen sie als weibliche Domäne. Das überlassen sie uns. Das ist in ihren Augen nicht ihr Kerngeschäft."

Ihre Hand strich über drei Schulbücher, die auf dem Tisch lagen. „Reli für morgen", las Hannah Mellrich. Ihre Gastgeberin bemerkte ihren Blick und nahm den Impuls auf. „*Dabei* geht es um die entscheidenden Perspektiven. Darüber, ob Kirche morgen noch eine Bedeutung hat oder nicht. Wenn wir unsere Kinder und Jugendlichen nicht mehr erreichen, können wir den Laden gleich dichtmachen."

Sie sah Kellert an: „Welche Kinder gehen denn heute noch in den Gottesdienst? Oder in irgendwelche Einrichtungen der Ortsgemeinden? Gar nicht erst zu reden von den Jugendlichen! Aber in der Schule, im Religionsunterricht, da sind sie alle. Sofern sie katholisch getauft sind. Egal aus welcher Schicht sie stammen und egal, welche Schulart sie besuchen."

Die Ordinariatsrätin wehrte einen Einwand ab, den niemand erhoben hatte, gegen den sie sich aber offensichtlich oft absetzen musste. „Ja sicher, man kann sich vom Religionsunterricht abmelden. Aber die Zahlen sind minimal, ich könnte Ihnen die Statistiken zeigen. Und die Quote nimmt eher ab als zu. In dem von mir verantworteten Feld, der Schule, entscheidet sich, was sie in Sachen Religion mitnehmen in ihr weiteres Leben. Das unterschätzen die Herren Kleriker. Umso besser, dass wir, wir Laien, wenigstens in diesem Bereich das Sagen haben."

Kellert hatte ihr zwar höflich zugehört, aber irgendwie doch erkennen lassen, dass ihn das alles jetzt gerade nicht so brennend interessierte. Die Abteilungsleiterin konnte seine Mimik lesen. „Ja. So ist das. Aber Sie kommen natürlich wegen Sabine. Dr. Sabine Ketschbaumer", kriegte sie die Kurve. „Unsere Buschtrommeln funktionieren gut, wirklich gut", ergänzte sie. „Und ich nehme an, Sie haben schon allerhand Furchtbares über sie gehört. Gut, dass Sie jetzt hier sind!"

‚Kellert lässt sie das Steuer in die Hand nehmen?', wunderte sich die Polizistin. ‚Das ist untypisch für ihn. Hat sie ihn überrascht? Hat sie ihn eingeschüchtert? Schwer vorstellbar! Oder will er einfach mal zuhören?' „Ich setze Sie gern ins Bild, so wie ich es sehe. Ich weiß, ich kann die Zusammenhänge nur aus meiner Perspektive schildern. Subjektiv. Denn das ist ja jetzt wohl Ihre Aufgabe: Perspektiven zu sammeln und zusammenzufügen, oder?", fragte Frau Flemming-Berlinger. Kellert nickte. „Genau", antwortete er defensiv. „Und darauf, auf Ihre Perspektive, sind wir nun gespannt."

Sie lächelte, wieder mit diesem ironischen Zug um die Lippen. „Also gut! Wissen Sie: Das war damals schon so, dass sich viele der Herren hier im Ordinariat – Kleriker und Laien gleichermaßen, wohlgemerkt – nicht ganz leicht taten mit der guten Sabine. Ich habe sie geduzt, deswegen bleibe ich auch jetzt dabei, wenn Sie nichts dagegen haben?"

Kellert nickte zustimmend. Die Ordinariatsrätin sprach weiter: „Die brachte hier frischen Wind hinein. Einen anderen Ton. Ein anderes Selbstbewusstsein. Das schmeckte vielen nicht. Das waren sie nicht gewohnt. Ich, ich bevorzuge die Mittel der Diplomatie. So habe ich meine inzwischen elf Jahre als Abteilungsleiterin ganz gut überstanden. Ach was: gestalten können. Sabine war eher eine Anhängerin der Konfrontation."

‚Die hätte ich ja doch ganz gern kennengelernt', ging es Hannah Mellrich durch den Kopf. Kellert hörte schweigend zu, sein Mienenspiel ließ nicht erkennen, was er dachte. Hildegard Flemming-Berlinger sprach weiter. „Aber ihre Methode hat sich bewährt, da kann man sagen, was man will. Sie hat viel erreicht, wirklich. Im Bereich der Denkmalpflege und Archivarbeit in unserem Bistum. Da lag vieles im Argen. Da wurde seit Jahrzehnten so viel gemauschelt und getrickst, das können Sie sich gar nicht vorstellen. Fragen Sie mich besser nicht nach Einzelheiten. Aber diese Zeiten sind vorbei. Daran hat Sabine einen großen Anteil. Und nicht zu vergessen: Die Arbeitsbedingungen für uns Frauen haben sich erheblich verbessert. Erheblich!"

„Aber bei all ihren Erfolgen hat sie sich viele Feinde geschaffen, oder?", warf Kellert nun ein. „Feinde?! Ich weiß nicht", überlegte die Abteilungsleiterin. „Gegner, das ja. Und, sagen wir es offen: auch Gegnerinnen. Starke Frauen sind bei ihren Geschlechtsgenossinnen nicht unbedingt besonders beliebt. Manche sagen: ‚Lieber einen harten Chef als eine harte Chef*in*.' Glauben Sie mir, ich weiß, wovon ich rede. Wobei man bei mir nicht ‚hart' sagt. Was stattdessen, will ich gar nicht so genau wissen."

„Uns wurde zugetragen, dass Frau Ketschbaumer Männer systematisch benachteiligt hat", gab Kellert zu bedenken. Zu seiner Überraschung brach ihre Gastgeberin in ein spontanes Lachen aus. Wieder mit den ironisch geschwungenen Mundwinkeln. „Ach, der Schmiddi war schon bei Ihnen?", rief sie ohne lange nachzudenken aus, kontrollierte sich dann aber sofort wieder. „Schmiddi?“, fragte Kellert stirnrunzelnd zurück.

„Entschuldigen Sie, aber das war so absehbar. Schmitt, Gerhard Schmitt, den meine ich. Den aus der Personalabteilung. Wir nennen den hier alle nur Schmiddi. Hat er Ihnen von dem weiblichen Ungeheuer erzählt, das ihm, dem viel besser qualifizierten, die Karriere verbaut hat?“ Kellert war überrascht. Ja, so ungefähr war das gewesen, gestern am späten Nachmittag. Er nickte.

Wieder lachte ihre Gastgeberin kurz auf. „Da sind Sie nicht der Einzige, dem er diese Geschichte erzählt hat. Das ist sein Lebensthema. Sein Trauma. Fast könnte man Mitleid mit ihm haben, armer Schmiddi!“ „Aber stimmt seine Geschichte denn nicht?“, fragte Hannah Mellrich zurück.

„Natürlich stimmt sie“, entgegnete die Ordinariatsrätin. „Alle Fakten stimmen. Aber eben nur die Fakten. Er hat das Studium, er hat die Fortbildungen, alles richtig. Aber er kriegt die Dinge eben nicht auf die Reihe. Verstehen Sie: Sobald er etwas komplexere Aufgaben erhält, versagt er. Traurig, aber schlicht und einfach wahr. Keiner will mit ihm zusammenarbeiten. Weil es dann immer so viel nachzubessern gibt. Aber das sieht er natürlich nicht. Was man vielleicht sogar verstehen kann. Wie willst du damit leben, wenn du dir das klar vor Augen stellst? Deine Grenzen.“

‚Oh‘, dachte Kellert. ‚wieder was gelernt. Den Eindruck hatte ich gestern eigentlich nicht. Oder ist auch das wieder nur *eine* Sicht auf die Wahrheit?‘ ‚Wahrheit!?‘ Er lachte kurz auf. Als ginge es in seinem Beruf um *Wahrheit*. Plausibilität, das war schon viel. Irritiert blickten ihn die beiden Frauen an. „Entschuldigung“, murmelte er, „ich musste gerade nur einen Gedanken zu Ende denken.“

Der Gesprächsfaden war abgerissen. „Und jetzt sind Sie die Frauenbeauftragte des Bistums. Habe ich das richtig verstanden?“, lenkte Hannah Mellrich den Austausch in eine andere Richtung. Bernd Kellert sah sie dankbar an. Die Gastgeberin blickte nun erstmals ausschließlich auf die Polizistin. Mit einem freundlichen, beziehungsstiftenden Lächeln. „Genau“, bestätigte sie, „das habe ich damals übernommen, als die Sabine verschwunden war. Ich war ja die ranghöchste weibliche Mitarbeiterin hier im Haus. Da lag das nahe. Aber ich habe eben meinen eigenen Stil. Eher leise als laut. Eher diplomatisch. Und wir Frauen fahren damit, glaube ich, nicht schlecht. Aber das sollen natürlich andere beurteilen.“

Nun wandte sie sich wieder an den Kommissar: „Sie hat damals viele vor den Kopf gestoßen, die Sabine. Irgendwie hat ihr das Spaß gemacht. Sie hat das genossen. Ob sie irgendwo das Maß überspannt hat; ob jemand sie deshalb umgebracht hat – das weiß ich nicht. Deswegen sind Sie doch hier, oder? Weil Sie nach Motiven suchen. Ganz ehrlich, das tue ich auch. Ich zermartere mir das Hirn. Ob es da den *einen* besonderen Streit gab. Kann sein. Aber mir fällt nichts Konkretes ein.“

Sie legte den rechten Zeigefinger knapp unter ihre Unterlippe. „Vielleicht braucht es ja auch gar nicht den ganz großen Konflikt. Ich weiß es nicht. Vielleicht reicht die *eine* falsche Provokation im falschen Augenblick. Ich kann mich da nicht hineindenken. In jemanden, der einen anderen Menschen umbringt. Ich glaube, ich selbst habe noch nie einen anderen gehasst. Also so richtig abgrundtief. Was wahrscheinlich eine Gnade ist.“ Sie versuchte, ihre Gedanken zu ordnen. „Tja, die Suche nach dem Motiv: Das ist Ihre Aufgabe. Um die ich Sie nicht beneide.“ Einen Moment lang wusste niemand etwas zu sagen.

Wieder durchbrach Hannah Mellrich die Stille. ‚Gut, dass Du mit dabei bist, Hannah', lobte Kellert in Gedanken. „Würden Sie sich im Nachhinein als Freundinnen bezeichnen, sich selbst und Sabine Ketschbaumer?", fragte sie. Hildegard Flemming-Berlinger blickte aus dem Fenster, ohne ihren Blick zu fixieren. Überlegte.

„Nein", erwiderte sie dann bestimmt. „Nein, Freundinnen, das waren wir nicht. Das hat sie nicht zugelassen. Sie hat immer so eine Art Schutzmauer um sich errichtet. Kaum etwas Privates von sich erzählt. Wir haben uns nie gegenseitig nach Hause eingeladen. Sind nie etwas gemeinsam trinken gegangen. Nein. Obwohl ich das durchaus gewollt hätte, damals."

Ihre Gedanken schwebten in die Erinnerung. „Wir waren die beiden starken Frauen im Bistum, wissen Sie. Da hätten wir uns schon einiges zu erzählen gehabt. Als Kolleginnen haben wir sehr gut harmoniert. Obwohl wir so verschieden waren. Nein, vielleicht *weil* wir so verschieden waren. Wir konnten uns gegenseitig gut das jeweilige Feld überlassen. Es gab keine Überschneidungen, das machte die Sache leichter. Aber privat? Privat war Sabine Ketschbaumer wie ein fest verschlossenes Buch. Für alle, glaube ich."

13.

„Eine tolle Frau, oder?", meinte Hannah Mellrich. Am Himmel ballten sich die Wolken zu einer bedrohlichen, grauen Wand zusammen. Das lange angekündigte Gewitter? Sie eilten durch die Altstadtstraßen von Friedensberg in der Hoffnung, rechtzeitig einen Unterschlupf zu finden, falls es anfangen sollte zu regnen. Einzelne Windböen wirbelten

Papierfetzen hoch. „So, hat die Ihnen imponiert?“, kommentierte Kellert. „Sie weiß jedenfalls, wie man in einem solchen System überlebt. Davor habe ich nun meinerseits Respekt“, fügte er hinzu.

„Wohin gehen wir eigentlich?“, wunderte sich seine Mitarbeiterin, als ihr klar wurde, dass sie nicht ins Polizeipräsidium zurückkehrten. „Zum Dom“, erwiderte Kellert kurz angebunden. Hannah Mellrich fragte nicht weiter nach. Sie würde schon sehen, was ihr Chef weiter vorhatte. Sie wusste, dass Kellert manchmal einfach schweigen wollte. Sprechpausen brauchte. Wenn er diesen Gesichtsausdruck hatte wie gerade. Sollte er!

Zwei Turmfalken kreisten in den heftiger werdenden Windstößen um die Spitzen der beiden Türme der Kathedrale. Einige Mauersegler sausten durch die schwülwarmen Lüfte und schrien ihre schrille Lebensfreude in den Vormittag. Das Wetter schien ihnen egal zu sein. Der Eintritt in die dämmrige Stille und dumpfe Kühle des Gotteshauses erwies sich gerade so als scharfer Schnitt. Als fiele man in Sekundenbruchteilen aus einer Welt in eine andere. Selbst die Augen mussten sich kurz umgewöhnen.

Im Dom selbst sah man nur wenige Menschen. Eine ältere Frau betete vor dem kerzenumleuchteten Marienaltar, ein Touristenpaar um die Siebzig studierte Details in einem Reiseführer. Immer wieder wies der Mann auf von ihm beobachtete Besonderheiten im Kirchenschiff und seine Frau folgte brav den Hinweisen seines rechten Zeigefingers. Von der Orgel tönten leise, langsame Melodien. Keine Lieder, eher spielerische Übungen.

‚Haben Steine einen eigenen Geruch?‘, fragte sich Hannah Mellrich. ‚Oder woher stammt dieser ganz eigene Duft? Nicht lebendig, nicht modrig, sondern ... überzeitlich?‘

Kellert ließ ihr nicht viel Zeit für derartige Überlegungen. Er wandte sich in den hinteren Teil des Doms. Der Aufgang zur Orgel war nicht versperrt. Rasch stiegen sie die Treppenstufen hinauf.

An den Manualen der Orgel saß – für niemanden überraschend – Hans-Hendrik Hofbauer, der Domorganist. ‚Aha, mit ihm hat sich der Chef also noch verabredet', schlussfolgerte Hannah Mellrich. Der Musiker schaute gedankenverloren vor sich hin. Sein Gesicht war wie immer leicht gerötet und seine wilde, weiße Haarpracht stand in alle möglichen Richtungen ab. Und seine rechte Hand spielte Etüden auf den Tasten, ohne dass er das bewusst zu steuern schien.

Plötzlich zuckte er zusammen. Von einem Moment auf den anderen erstarb die Musik. Hofbauer hatte seine Besucher bemerkt. Er erhob sich, lächelte etwas gezwungen und begrüßte sie: „Da sind Sie ja!" Er hatte zwei Hocker bereitgestellt, sodass sie sich zwischen den Spieltisch und die Begrenzungsmauer des Orgelbalkons quetschen konnten. „Ein bisschen eng ist es hier oben schon!", entschuldigte er sich, während er ihnen den Platz zuwies. „Aber Sie wollten ja, dass wir uns hier treffen, Herr Kommissar! Warum auch immer!"

‚Das finde ich auch seltsam', überlegte die Polizistin, ‚aber der Chef wird schon seine Gründe haben.' „Wissen Sie", wandte sich der Organist an seine Besucher, „seit ich weiß, dass die Sabine da drin war" – er wies auf das riesige Instrument hinter sich – „über Jahre hinweg, da ist mir dieser Ort unheimlich. Verstehen Sie: Ich spiele und spiele, als wenn nichts wäre, und sie ..."

Er schüttelte den Kopf. Seine Unterlippe stülpte sich nach vorn. „Meine Finger wollen nicht mehr so wie vorher. Als wären sie verhext. Verkrampft. Mein Kopf will nicht mehr. Sperrt sich. Wehrt sich. Meine Seele will nicht mehr." Er klopfte sich an die Brust. „Schwingt nicht mehr mit. Ist leer." Sein Blick verlor sich in den Weiten des Kirchenschiffs. „Wie ... wie soll das nur werden?", stammelte er. „Gottesdienstbegleitung, das geht", sprach er sich selbst Mut zu. „Das ist ja auch keine Kunst. Das kann jeder, der das Instrument ein bisschen beherrscht. Aber Konzerte? Echte Musik?"

Kellert blickte ihn aufmunternd an. Wortlos. Der Musiker fing den Blick auf, räusperte sich, riss sich zusammen. „Das sind nicht Ihre Sorgen, ich verstehe schon. Entschuldigen Sie! Was wollen Sie wissen? Warum sitzen wir hier?"

„Wir sind immer noch dabei, uns ein Bild über die damalige Situation zu machen", begann Kellert. „Damals, im Herbst vor zwei Jahren. Dass Frau Dr. Ketschbaumer bei sehr vielen Menschen nicht besonders beliebt war, ist uns nun immer wieder bestätigt worden. Aber Sie? Sie haben doch ganz gut mit ihr zusammengearbeitet, oder habe ich das falsch verstanden?"

Der Organist rieb sich die rechte Wange. Dachte nach. Strich sich über die wirren Haare, die sich aber sofort wieder aufrichteten. „Wir hatten ein gemeinsames Interesse. Das verbindet", erklärte er dann. „Wir wollten beide, dass diese wunderbare Orgel restauriert wird. Gründlich und umfassend. Koste es, was es wolle. Dass ihre Schönheit wieder deutlich würde. Dass ihr Klang an die alte Tradition anknüpfen würde. Dass die Friedensberger Domorgel ihrem weltweiten Ruf wieder gerecht würde. Und das, das ist uns auch gelungen."

Er blickte dem Kommissar in die Augen: „Schauen Sie im Internet nach. Von mir aus ‚Wikipedia'. Sonst ist das nicht meine Welt, aber geben Sie einfach einmal das Stichwort ‚Orgel' ein. Natürlich finden sie da auch Ausführungen über *diese* Orgel hier. Und Bilder. Hier, von diesen Manualen!" Er wies stolz auf die zahlreichen, übereinander gelagerten Tastaturreihen vor sich. Ein ungewohnter Anblick, wenn man sich damit nicht auskannte.

Aber er sprach weiter: „Schauen Sie auch mal in die englischsprachige Version. Wir haben 218 Register, 320 Pfeifenreihen, insgesamt 17.488 Orgelpfeifen, dazu zwei eingebaute Glockenspiele. Ja, wir spielen mit dieser Orgel in der obersten Klasse weltweit, das muss man einfach wissen. Und Sie haben sich ja selbst von dem einzigartigen Klang überzeugen dürfen, Herr Kommissar. Bei dem Konzert am Montag!"

‚Dürfen?', fragte sich der Kommissar. Ihm ging ein anderes Modalverb durch den Sinn. Dem Gespräch würde er aber eine andere Richtung geben: „Und? Kommt man sich da näher? Privat, meine ich? Wenn man so lange miteinander an einem derart einzigartigen Projekt arbeitet. Und dann auch noch Erfolg hat?"

„Ja, natürlich", antwortete Hans-Hendrik Hofbauer. „Aber die Sabine war …", er überlegte, „wie soll ich das beschreiben … ‚kühl'. Nein, so stimmt das nicht. Vielleicht eher ‚distanziert'. In all den Jahren hat sie kaum etwas über sich erzählt. Ich umgekehrt auch nicht über mich. Wir haben am selben Seil gezogen. Dabei muss man sich nicht in die Augen sehen."

„Sie war nicht unbedingt freundlich zu Männern. Also das haben wir zumindest gehört", warf Hannah Mellrich ein. „Haben Sie das auch so empfunden?" Erstmals zeichnete sich so etwas wie ein echtes Lächeln auf dem Gesicht des Organisten ab. „Unfreundlich? Das war sie nicht nur zu Männern, sondern auch zu Frauen, wenn Sie mich denn schon fragen", antwortete er. „So war sie eben."

Er drehte sich zu der mächtigen Orgel um und spielte eine Akkordfolge, die sich in Kellerts Ohren schief anhörte. Dabei schien Hans-Hendrik Hofbauer durch die hoch aufragende Wand der riesigen Metallpfeifen hindurchzuschauen. Schließlich zog er die Hände wieder zurück und wandte sich erneut um. „Nein, so war sie nicht. Das stimmt nicht, was ich gerade gesagt habe. ‚Unfreundlich'? Das ist falsch. ‚Ohne übertriebene Höflichkeit', das trifft es schon besser. ‚Undiplomatisch', das würde ich gelten lassen. ‚Selbstbewusst und unabhängig', warum benennt man das nicht so? Wenn man sie etwas besser kannte, konnte man sehr gut mit Sabine Ketschbaumer auskommen. Ich, für meinen Teil, kann das so sagen."

Er blickte wieder mit starrem Blick vor sich hin. „Aber klar: Irgendjemand hat das anders gesehen. Sonst hätte er sie ja nicht umgebracht." „Oder sie", ergänzte Hannah Mellrich. Verständnislos schaute der Organist zu ihr hinüber. „Er oder sie. Ob nun ein Mann oder eine Frau die Tat begangen hat, das wissen wir ja noch nicht", erklärte die Polizistin. Hans-Hendrik Hofbauer nickte langsam. „Da haben Sie recht", bestätigte er. „Beides ist denkbar. Beides!"

„Wir würden gern die Orgel noch einmal von innen sehen", durchbrach Bernd Kellert die sich anschließende Stille. ‚Wir? Davon wusste ich ja noch gar nichts. Aber: Wenn der Chef sich etwas davon verspricht ...', dachte Hannah Mellrich. Der Organist runzelte die Stirn. „Was soll das denn bringen?", entgegnete er. „Ihre Kriminaltechniker haben doch schon jedes Staubkörnchen zweimal umgedreht. Aber von mir aus. Kommen Sie!"

„Wissen Sie, was diese Orgel wiegt?", fragte Hans-Hendrik Hofbauer mit zu ihnen umgedrehtem Kopf. „Fünfunddreißig

Tonnen. Haben die Statiker damals errechnet. Und die größte Pfeife ist zehn Meter und neun Zentimeter hoch, die kleinste hingegen nur sechs Millimeter kurz. Da staunen Sie, was?"

Offensichtlich stolz auf ‚sein' Instrument führte der Domorganist sie zu der Seitentür, sperrte sie auf, bediente einen Lichtschalter und wies die Polizisten auf den geöffneten Eingang. „Mich werden Sie dabei ja nicht benötigen, oder?", fragte er. „Nein", entgegnete Kellert, „aber halten Sie sich bitte in der Nähe bereit. Vielleicht brauchen wir doch noch Ihre Hilfe."

„Moment!", Kellert drehte sich noch einmal zu dem Organisten um. „Haben Sie nicht in unserem letzten Gespräch gesagt, Sie hätten gar keinen Schlüssel für diese Tür? Und nun sind Sie ja offensichtlich doch im Besitz von einem Exemplar!" Hans-Hendrik Hofbauer zuckte zusammen und wandte sich zur Seite. Diese Frage kam für ihn überraschend und erwischte ihn auf dem falschen Fuß, so viel war deutlich.

Zerknirscht wandte er sich den Polizisten wieder zu. „Habe ich das so gesagt?", fragte er abwehrend zurück. „Daran kann ich mich gar nicht erinnern. Jedenfalls habe ich natürlich einen Zugang zum Inneren von meiner Orgel. Meiner!", betonte er noch einmal. Die Situation war ihm jedoch offensichtlich peinlich. Mehrfach strich er sich über das widerborstig abstehende weiße Haar.

Kellert blickte ihn unverwandt an. Da stimmte etwas nicht. Der Organist hielt dem Blick nicht lange stand. „Also gut. Es war so. Ich hatte den verlegt. Er war einfach nicht mehr da. Ich brauche den nicht so oft, wissen Sie. Und als ich ihn vor – warten Sie", er überlegte „– vor ungefähr einem Jahr, im Sommer, dann suchte, fand ich ihn nicht. Das war mir aber peinlich."

Er wand sich, sprach dann aber weiter: „Die Hausmeister hier halten mich sowieso für einen vertrottelten Künstler, da wollte ich sie nicht fragen. Unser Verhältnis ist nicht so besonders, wissen Sie. Weil ich in Kiel geboren wurde. ‚Fischkopp' nennen die mich hinter meinem Rücken. Als ob ich das nicht wüsste! Dabei sind wir hierhergezogen, als ich zehn Jahre alt war. Aber den Dialekt, den behältst du eben." Er korrigierte sich: „Besser gesagt: den lernst du eben nicht mehr so richtig. Den Zungenschlag von hier."

Hannah Mellrich verkniff sich ein Grinsen. Hofbauer hatte bereits weitergesprochen: „Und irgendwie war es auch nicht so wichtig. Nach der Restaurierung lief ja alles wie geschmiert. Also habe ich nicht weiter nach dem Schlüssel gesucht. Natürlich haben die Hausmeister des Doms mindestens noch ein weiteres Exemplar. An dem Schlüsselbund, den Dr. Breskamp sich dann ja besorgt hat. Aber wenn es nicht so wichtig ist …" Er ließ den Satz ausklingen und hoffte, sich damit aus der Affäre gezogen zu haben.

„Hm", knurrte Kellert, dem es nicht gefiel, dass der Organist erst jetzt mit dieser Geschichte herausrückte. „Und wann haben Sie den Schlüssel dann wiedergefunden?" Erneut druckste der so Angesprochene herum. „Nun ja. Vorgestern. Also genauer: Nach unserem Gespräch. Da habe ich erstmals wieder direkt nach dem Schlüssel gesucht, und er war ganz leicht zu finden: Hier oben, neben den Manualen, in dem kleinen Aufziehfach, wo ich meine Unterlagen verstaue."

Seine Augen weiteten sich: „Wenn ich das jetzt recht bedenke, Herr Kommissar, dann bin ich mir ziemlich sicher, dass der da nicht die ganze Zeit gelegen haben kann. Jemand muss ihn dorthin gelegt haben. Vor noch nicht allzu langer Zeit!" Kellerts Augen blitzten kurz auf. Wenn das stimmte, wäre das ein wichtiger Hinweis. Dann wäre jemand hier oben an der Orgel gewesen, der oder die hier nicht hingehörte. Und der oder die mithilfe dieses Schlüssels einen Zugang zum Inneren der Orgel gehabt hätte. *Wenn* das stimmte!

„Nun gut, jetzt wissen wir ja darüber Bescheid!“, beruhigte der Kommissar den Organisten, obwohl dazu letztlich kaum Anlass bestand. Sollte er den Schlüssel auf Fingerabdrücke untersuchen lassen? ‚Das wird nichts bringen‘, sagte er sich und fügte innerlich lächelnd hinzu: ‚Bauchgefühl‘. Er griff zum Geländer der kleinen Metalltreppe und betrat zum zweiten Mal den riesigen Raum der Orgel. Mit einem leichten Unbehagen folgte Hannah Mellrich ihrem Chef, der zielstrebig in die engen Gänge voranging.

‚Wenn jetzt die Tür zufällt. Oder jemand sie absichtlich zuschlägt und absperrt. Oder wenn das Licht aussetzt …‘ Ob die Polizistin wollte oder nicht: Ihre Phantasie malte alle möglichen Unheilsszenarien aus. Und Kellert beruhigte sie nicht, alles andere als das. „Unsere Handys können wir hier vergessen. Kein Empfang“, sprach er über die Schulter. „Aber zur Not geben sie uns Licht. Immerhin“, fügte er hinzu.

Obwohl der Kommissar tatsächlich einige Kilos zugelegt hatte, bewegte er sich immer noch kraftvoll und elastisch. ‚Nicht schlecht für sein Alter‘, ging es Hannah Mellrich durch den Kopf. ‚Wieder mal ein Gedanke, den man mir nicht ansehen sollte.‘ Die schmale Leiter hinauf zu der letzten kleinen Plattform konnte immer nur einer hinaufklettern. Dass der Chef als Erster vorausging, war klar.

„So, da wären wir“, empfing Kellert seine Mitarbeiterin, als sie vor der Tür der kleinen Kammer standen, in der die Leiche von Dr. Sabine Ketschbaumer aufgefunden worden war. Die Tür war nicht versperrt, es brauchte jedoch einige Kraft, um sie mit einem Ruck aufzureißen. ‚Unheimlich', dachte die Polizistin, während sie mit dem Lichtschein ihres Handys den trüben, muffigen, immer noch nach abgestandener Luft riechenden, kärglich möblierten Raum ausleuchtete. „Unverändert, scheint mir", kommentierte ihr Chef.

„Was wollen Sie denn herausfinden?", fragte Hannah Mellrich. „Ich stelle mir das so vor", entgegnete der Kommissar. „Gehen Sie mal in den Raum, setzen Sie sich, ich verschließe die Tür. Dann rufen Sie. Um Hilfe. Und ich checke hier draußen ab, ob man Sie überhaupt hören kann. Falls ja, wie weit." ‚Na danke', überlegte seine Mitarbeiterin. ‚Ehrlich, darauf habe ich jetzt nur wenig Lust. Komm, Hannah, und das sagst du jetzt auch!'

„Ja, Chef, gute Idee. Aber ganz ehrlich: Mir wäre es lieber, wenn wir die Rollen tauschen würden. Also: Sie im Raum, ich draußen." Sie hatte ihre Stimmlage geändert, klang plötzlich jünger und schutzloser. „Irgendwie ist mir das doch nicht so ganz geheuer." ‚So, da wollen wir den Frauenpart mal zu unseren Gunsten ausspielen', grinste sie heimlich in sich hinein. ‚Von wegen arme, ängstliche Frau.'

Kellert schien wenig von dieser Idee zu halten, merkte aber auch, dass er den Gegenvorschlag kaum ablehnen konnte. Mit welcher Begründung? „Nun gut", knurrte er, schaltete die Taschenlampenfunktion seines Handys ein und trat drei Schritte in den Raum und versuchte, die Tür von innen zuzudrücken. Das war jedoch letztlich nicht möglich. Sie klemmte und sperrte. Erst als Hannah Mellrich mit aller Kraft von außen nachhalf, ließ sich die Tür mühsam ins Schloss drücken. ‚Wer weiß, ob man die auch nur von außen aufbekommt', schoss ihm ein Gedanke durch das Hirn, den er aber lieber sofort wieder beiseite räumte.

‚Gratuliere, Bernd, da sitzt du nun!‘, dachte er. ‚Selbst eingebrockt.‘ Denn das war schon eng. ‚Beängstigend.‘ Dieses Wort tauchte vor seinem inneren Auge auf. ‚Oder heißt das Be-engstigend?‘, fragte er sich. Die Luft blieb muffig. Ohne den leichten Durchzug, der im Orgelinnenraum herrschte, stand sie still. War es objektiv schwerer, hier drinnen zu atmen? Oder bildete man sich das nur ein?

Drei mal zwei mal zwei Meter. So ungefähr. Die Wände schienen näher zu rücken. Die Decke schien sich zu senken. ‚Unsinn!‘, beruhigte sich Bernd Kellert. ‚Das sind Angstinstinkte. Das weiß man ja. Aber sie funktionieren tatsächlich.‘ Nur allmählich beruhigte sich der Atem. Das Einzige, was er hörte, war sein Herzschlag.

‚Komm, mach mal dein Handy aus!‘, befahl er sich gegen die innere, zur Vorsicht mahnende Warnstimme. Sofort beschleunigte sich die Herzfrequenz. Aber er war hart zu sich selbst. ‚Aus!‘, bestätigte er. Puh! Komplette Schwärze. Kein Lichtstreifen. Die Tür schloss tatsächlich so dicht, dass sich ihre Umrisse nicht erahnen ließen. Langsam und vorsichtig drehte er sich. Rundum dasselbe Ergebnis. Nichts zu sehen, nichts zu hören außer dem ‚podom, podom‘ seines Herzens.

„Hilfe!“ rief er. Erst zaghaft. Er kam sich irgendwie blöd vor. Dann lauter: „Hilfe!“ Nichts. Ob man das draußen hören konnte? „Hilfe!“, das war jetzt wirklich so laut, wie er sonst nie rief. Nichts. ‚Das hat man nun aber bestimmt gehört‘, überlegte er, drehte sich um und suchte die Tür. Aber wo war die? Er tastete sich vorwärts. Stieß unvermittelt an eine große, holzfaserige Wand. Eine unerwartete Berührung, wenn auch nicht fest. Das Handy glitt ihm aus der Hand. „Mist, verdammter!“

Er beugte sich nach unten, aber dabei streifte seine Stirn erneut die Wand. Mit der Linken stützte er sich an den Brettern ab, mit der Rechten tastete er suchend über den Boden. Üäh! Staub, Sägespäne, Moder, undefinierbares, trockenes Fädengewirr. Kein Handy! „Hilfe!“, schrie er noch einmal, aber dieses Mal hatte sich der Klang ein bisschen verändert. War das noch ein Test?

Er richtete sich auf und klopfte, so fest er konnte, mit der Faust gegen die Wand. Tastete sich einen halben Meter nach rechts, klopfte erneut. Er kam an eine Ecke, wandte sich erneut nach rechts, klopfte, schrie. Plötzlich hörte er in seinem Rücken ein Quietschen und ein Wummern. Er fuhr herum. Mit einem schmatzenden und gleichzeitig hölzernen Kuss – doch, das gibt es! – öffnete sich die Tür der Kammer. Sofort fiel Dämmerlicht in den Raum.

Hannah Mellrich wunderte sich: Da stand ihr Chef an der rückwärtigen Seite des kleinen schwarzen Kabuffs, drehte sich zu ihr, riss die Augen auf – vor Angst, vor Überraschung? – und sagte nichts. Schwieg. Sein Blick flackerte unruhig und sein Handy lag ungefähr in der Mitte des Raumes. Fast wäre er darauf getreten.

„Chef?“, fragte sie vorsichtig. „Haben Sie schon gerufen? Oder noch nicht?“ Kellert blickte seine Mitarbeiterin weiterhin tonlos an, hob aber das Handy auf und steckte es sich in die Hosentasche. „Ich habe ein Klopfen gehört“, ergänzte seine Mitarbeiterin. „Das waren doch Sie, oder?“ Der Kommissar versuchte, seinen Atem und den Herzschlag zu beruhigen. ‚Langsam, Bernd! Ganz langsam!‘, sagte er zu sich. ‚Und Haltung bewahren. Vor Hannah!‘

„Natürlich habe ich gerufen. Mehrfach!“, gab er so beherrscht wie möglich zurück. „Sag nur, Du hast wirklich nichts gehört!“ Seine Mitarbeiterin war verblüfft. Nein, sie hatte tatsächlich nichts gehört. Sonst hätte sie doch schon eher die Tür geöffnet! Selbst das Klopfen hatte dumpf und gedämpft geklungen. Aus der Kammer schien es nicht zu kommen. Aber woher sonst? Vorsichtshalber hatte sie die Tür unter Aufwand all ihrer Kräfte geöffnet.

„Nichts, Chef, ich schwöre es!“, bestätigte sie. „Diese Orgel ist irgendwie ein Meisterwerk der Akustik. Offenbar auch im Blick auf diese seltsame Kammer. Sie schluckt Geräusche, die den musikalischen Klang stören. Vielleicht war das ja auch ihr ursprünglicher Zweck. Eine Schallschutzkammer. Gibt es so etwas? Wie immer die das gebaut haben“, fügte sie fast schon bewundernd hinzu.

„Puh, da möchte man nicht eingesperrt sein“, gab Keller mit hohl klingender Stimme zu. „Echt unheimlich. Da gibt es nichts, woran man sich orientieren kann. Kein Raum, keine Zeit ...“. Seine Gedanken verloren sich. „Willst Du auch mal?“, meinte er dann. Seine Hand wies in die dunkle Kammer. „Nee, danke. Auf die Erfahrung kann ich verzichten. Ihre reicht uns, oder? Mir jedenfalls!“

Hannah Mellrich spürte durchaus, dass es ihren Chef kräftig gebeutelt hatte. Und dass sie ihm jetzt besser nicht zu nahe treten sollte. Gleich zweimal nacheinander hatte er sie geduzt, und das in dieser in gewisser Weise doch intimen Situation. Auch ohne große Menschenkenntnis konnte man sehen: Er musste sich erst einmal wieder sammeln.

„Wenn man bedenkt, dass Frau Ketschbaumer vielleicht noch einige Zeit bei Bewusstsein war ...“, murmelte Bernd Kellert vor sich hin. Seine Augen hatten sich langsam wieder an das Dämmerlicht hier auf dieser kleinen Plattform gewöhnt. Scharf stellen konnte er sie jedoch noch nicht. Sie starrten ziellos vor sich hin, ohne festen Orientierungspunkt.

Hannah Mellrich ließ ihm Zeit. Nach einigen Momenten kniff er die Augen zusammen, schüttelte und räusperte sich, und sagte – warum immer – „So!“ Seine Mitarbeiterin hatte die ganze Zeit überlegt, nun wollten die Gedanken heraus: „Also ich kann mir nicht vorstellen, dass irgendjemand eine Leiche hier durch diese Orgel schleppt, am Ende noch die Leiter hoch, und sie dann in diesem Kabuff ablegt. Oder?"

Diese Frage brachte ihren Chef zurück in die Gegenwart. „Das sehe ich auch so, Hannah", stimmte er ihr zu. „Das heißt dann aber, dass sie freiwillig hier hinaufgeklettert ist und sich mit irgendjemandem getroffen hat. Hier. In dieser Kammer! Und dass es dann zu der Mordtat gekommen sein muss."

„Aber warum trifft man sich ausgerechnet hier, Chef? Als Ort für eine geheime Liebelei kann ich mir das nicht vorstellen", folgerte die Polizistin. Bernd Kellert hob die rechte Hand. „Weiß man's?", wandte er ein. „Die Menschen haben die unterschiedlichsten Vorlieben. Habe ich mir sagen lassen. Ich, ich könnte mir das auch nicht vorstellen, Hannah. Mir scheint das eher ein Ort zu sein, wo man absolut ungestört ist. Wo man Geheimes bereden kann. Ohne Zeugen. Das wäre meine Vermutung. Aber wir sollten vorerst keinerlei Möglichkeiten ausschließen." Er schnaufte hörbar durch. „Komm, mir reicht's!", fügte er hinzu. „Oder gibt es noch etwas, das wir hier untersuchen sollten?"

14.

Bernd Kellert hatte Hannah Mellrich zu einem eigenen Einsatz geschickt. Das würde sie allein schon schaffen. Die gruselige Erfahrung hatte ihn tiefer getroffen, als er es sich eingestehen wollte. Nun musste er erst einmal in Ruhe seine Gedanken ordnen. Aber wie und wo? Beate hatte an diesem Mittag ein Treffen mit Kunden der Steuerberatungsfirma.

Die Gewitterfront hatte sich verzogen, um sich anderswo auszutoben. Es war trocken und angenehm warm, wenn auch nach wie vor drückend schwül. Also setzte er sich hinter das Steuer seines Coupés und fuhr die drei Kilometer hinauf zum Waldfriedhof, der auf einem kleinen Hügel außerhalb der Stadt lag. Hierhin kam er nur selten. Aber heute war ihm danach.

Im Gegensatz zum Alten Friedhof unten in Friedensberg, wo schon seit Langem kaum noch normale Beerdigungen stattfanden, zog es ausschließlich Menschen hierher, die zu den Gräbern ihrer Angehörigen oder Freunde wollten. Kellerts Vater war schon vor fast zehn Jahren gestorben. Und die Mutter war ihm vor drei Jahren gefolgt. Sie hatten sich eine normale Erdbestattung gewünscht, ein Grab mit klassischem Gedenkstein und einer Umfassung mit kleinen Buchsbaumsträuchern. Fast wie ein eigenes Wohngrundstück sah das aus. Eine Verlängerung des Rückzugs in das eigene Heim im Jenseits.

Bernd Kellert hatte die Grabpflege der Friedhofsgärtnerei überlassen. Für einen nicht zu hohen Geldbetrag umsorgten und gossen sie das Grab, pflanzten Blumen, säuberten es von den herabfallenden Blättern der im Wind rauschenden Friedhofsbäume, sorgten für Ordnung. So gab es allerdings keinerlei unmittelbare Anlässe, um die Ruhestätte der Eltern aufzusuchen. Und die Abstände zwischen den Besuchen wurden immer länger.

‚Kein Grund für Selbstvorwürfe!‘, sinnierte er. Doch, er dachte oft an seine Eltern. Dazu brauchte er das Grab nicht. Und irgendwie mochte er diesen Friedhof nicht. Eigentlich alle Friedhöfe. ‚Sie ermahnen dich, an deine eigene Sterblichkeit zu denken‘, sagte er sich immer. ‚Und dazu hast du einfach keine Lust.‘

Da er nur selten hierherkam, fielen ihm die Veränderungen umso deutlicher auf. Und sie wurden von Mal zu Mal drastischer sichtbar. Früher, in der Zeit seiner Großeltern, gab es nur solche Gräber wie das von Bernd Kellerts eigenen Eltern: aufgereiht eng an eng wie ein kleiner Straßenplan. Mit Straßen und Abzweigungen, mit Mäuerchen und Abgrenzungen. Normalerweise umsäumt von dem immergrünen Buchsbaum. Der eine Teil war der ‚katholische Friedhof', der andere der ‚evangelische'. Einen dritten hatte es nicht gegeben. Trennung der Konfessionen über den Tod hinaus! All das war verbunden mit der eifersüchtigen Überwachung, wer die Gräber seiner Angehörigen verkommen ließ. Die Sozialkontrolle hatte an der Lebensgrenze nicht haltgemacht.

All das war heute fast schon unvorstellbar. Der Wandel des Lebensstils spiegelte sich augenfällig in den Veränderungen im Umgang mit Sterben und Tod. Inzwischen waren derartige Gräber fast schon zur Ausnahme geworden. Viele waren längst aufgelassen worden und wurden nicht wieder ersetzt. Mehr oder weniger gut gepflegte Grünflächen gaben nun den Raum frei für die wenigen ‚Überlebenden' dieser Grabstätten, die verloren aus den Wiesen herausragten. Wie Schiffe auf dem Meer.

Vor zwanzig Jahren war der Raum auf dem Friedhof zu knapp geworden und die Stadt hatte ein kleines Grundstück hinzuerwerben müssen. Nun war plötzlich viel zu viel Platz. Offene Flächen bestimmten das Bild. Ein Teil des früheren Friedhofs war als Blühwiese freigegeben worden. Jetzt, Ende Juni, fand sich dort ein buntes Farbspektrum von blau, rot und weiß: Kornblume, Klatschmohn und Kamille. Das alte System der Friedhofswege funktionierte nicht mehr. Man ging quer über die Grasflächen zu seinem Ziel. Die jahrzehntelange Nachbarschaft über den Tod hinaus – denn natürlich kannten die Angehörigen die Nachfahren der Nebengräber – hatte sich aufgelöst.

Columbarien hatten sich als Ruhelager von Urnen etabliert. ‚Wie alte Telefonzellen mit Schubladen', dachte Kellert, dem diese Stelen nicht gefielen. ‚Dann schon eher die kleinen Bodengräber für Urnen', ging es ihm durch den Kopf. Eng aneinander drängten sich diese Stätten zu einer neuen Bestattungsfläche auf dem Bergfriedhof zusammen. Unruhig, bunt, funktional. Ohne Erde, ohne Blumen. Pflegeleicht.

Und noch eine dritte Form der Bestattungskultur und des Totengedenkens breitete sich aus. Die erinnernde Nennung des Namens von Verstorbenen auf einer Art Plakette, eingelassen in den Boden einer großen Grasfläche. Hier löste sich die Individualität fast vollständig auf. Dass es außerhalb von Friedhöfen noch ganz andere Formen der Bestattungs- und Erinnerungskultur gab, wusste Kellert. Aber ihm reichte bereits die hier angebotene Vielfalt völlig aus.

‚Mama, Papa', dachte er in Erinnerung an die kindliche Anrede, während er vor dem noch so ganz klassisch gestalteten Grab seiner Eltern stand. Er las auf dem Grabstein die Namen, die Jahreszahlen von Geburt und Tod. All das kannte er natürlich auswendig. ‚Für euch passt das so. Als Ort für eure Ruhe', sandte er seine Gedanken an die Verstorbenen. Er überlegte und fügte dann im Geiste hinzu: ‚Und für mich auch.'

‚War das jetzt ein Gebet?', fragte er sich, nachdem er einige Minuten still, bewegungslos und mit verschränkten Händen vor dem Elterngrab gestanden hatte. Natürlich zierte den Grabstein auch ein Kreuz. In der Generation seiner Eltern war man christlich gewesen, ohne das thematisieren zu müssen. Noch ein Aspekt, der sich grundlegend verändert hatte.

Bernd Kellert suchte sich eine Bank in der Nähe, von der aus er das Grab im Blick hatte. Er nahm sein Handy aus der Hosentasche und setzte es in Betrieb. Darf man das, auf einem Friedhof? Egal, ihm war jetzt danach. Jenny hatte ihm eine Mail geschrieben, die er heute Morgen nur überflogen hatte. Wieder mit einem der von ihr übersetzten Beatles-Songs. Irgendwie war ihr das wichtig, ihren ‚Papa' auf dem Laufenden zu halten.

Richtig, da war es: „Elinor Rigby". Wieder ein McCartney-Song. Hieß das im Original nicht „Eleonor"? Gut, das kann man auf Deutsch kaum aussprechen. Deshalb wohl die Vereinfachung des Namens. ‚Na, Jenny, wie hast Du das übersetzt?', fragte er sich. „Ah, sieh all die einsamen Menschen! / Ah, sieh all die einsamen Menschen!" Sein Blick hob sich vom Display. Ja, davon gab es auch hier einige. Witwen, Witwer, Töchter, Söhne, die sich um die Gräber der ihnen innerlich nahe bleibenden Verstorbenen kümmerten. „All die einsamen Menschen / wo kommen sie alle her? / All die einsamen Menschen / wo gehören sie alle hin?" Gute Fragen, Paul! Dann die Strophen. Etwa die zweite: *Pater McKenzie feilt an den Worten der Predigt, die niemand je hört, kein Mensch, der ihn stört. Wie er sich abmüht! Stopft seine Strümpfe im Dunklen allein, doch er wahrt den Schein.*

Und dann die letzte Versgruppe. Die spielte auf einem Friedhof. Deshalb war es Bernd Kellert eingefallen, den Text jetzt aufzurufen: *Elinor Rigby starb in der Kirche, vergessen, allein, ein Grab blieb als Ort, niemand war dort. Pater McKenzie schüttelt den Staub von der Hand, kehrt vom Friedhof zurück, es gibt kein Glück.*

Kellert spielte den Song in seiner Erinnerung ab: *All die einsamen Menschen, wo kommen sie alle her? All die einsamen Menschen, wo gehören sie alle hin?*

Kellerts Gedanken wanderten. Die Corona-Krise hatte vielen Menschen drastisch klargemacht, wie zerbrechlich all das war, was das vertraute Leben ausmachte. Nicht so sehr die Angst vor einer eigenen Erkrankung hatte die meisten Leute geprägt, eher das Erleben und Durchleiden der Maßnahmen, die notwendig waren, um das Ausmaß wenigstens einigermaßen eindämmen zu können. Zuhause bleiben müssen! Mund- und Nasenschutz tragen! Abstand halten! All das schien jetzt schon wie ein böser Traum, war aber allen noch sehr bewusst. Die Nachrichten kündeten ja auch nach wie vor davon, dass die Krankheit weltweit immer wieder neu ausbrach und ihre dramatischen Schneisen schlug.

Noch heute spürte er den heißen Schnitt ins Herz, als ihn ein Anruf von Tobias, seinem Sohn, erreichte. Der hatte sich zusammen mit seiner Freundin inzwischen sein eigenes Leben in München aufgebaut. Kam nur selten bei seinen Eltern vorbei. Und legte, so schien es ihnen, auch nicht allzu viel Wert auf ihren Besuch bei ihm. Alle zwei Wochen kam ein Telefonanruf. Sie hatten sich auseinandergelebt. Er versuchte Beate, die mehr unter dieser Distanz zu Tobias litt als er, zu trösten: „Warte ab, es werden auch wieder andere Zeiten kommen. Spätestens, wenn er mal Kinder hat."

Dieser Anruf war anders. Der Routinekontakt hatte erst drei Tage zurückgelegen. Beate war gerade unterwegs, deshalb hatte Bernd Kellert den Anruf selbst entgegengenommen. Tobias hielt sich nicht lange mit Förmlichkeiten auf: „Scheiße, Papa. Ich hab's! Dieses verfickte Virus. Corona!" Mehr konnte er nicht sagen. Die sonst so selbstsichere Stimme brach.

Das war kein einfaches Gespräch gewesen. Was sagt man da? Will man trösten, Rat geben, den Befund kleinreden? Wenn man selbst das Gefühl hat, als zöge sich der eigene

Magen zusammen. Im Nachhinein fand er seine Telefon-Stammelei furchtbar, unangebracht, kaltherzig, völlig fehl am Platz. Beate hatte das wiedergutgemacht, als sie Tobias eine Stunde später von sich aus anrief. Geschockt, wie sie war. Aber sie kannte die richtigen Worte und erahnte intuitiv das richtige Schweigen. Selten zuvor hatte Bernd Kellert sich so hilflos gefühlt.

„Untersteht euch, hierher zu kommen!", hatte Tobias gleich klargestellt. „Wir kriegen das schon hin, macht euch keine Sorgen. Außerdem will ich alles, aber auf keinen Fall euch anstecken. Ihr gehört doch zur Risiko-Gruppe!" „Hey!", hatte Bernd protestiert. „Die beginnt mit sechzig. Und das ist für uns ja wohl noch eine ganze Weile hin!" Er war ehrlich empört. Als Angehöriger der Risikogruppe fühlte er sich nun wahrlich nicht. Aber der kleine Ärger verflog gleich wieder angesichts der viel größeren Sorge.

Tobias und seine Freundin, auch sie hatte sich angesteckt, blieben dann zwei Wochen in Quarantäne. Freunde stellten ihnen Einkäufe vor die Tür. Der Verlauf der Infektion blieb relativ harmlos. „Keine Sorge! Nicht schlimmer als bei einer Erkältung", versicherte Tobias bei einem Anruf kurz vor Ablauf der Zurückgezogenheit. „Aber einen Kollegen von mir hat es voll erwischt. Der liegt auf der Intensivstation. Da möchtest du nicht tauschen!" Schließlich hatte das Gesundheitsamt den beiden Infizierten bestätigt, dass sie wieder als gesund galten.

„Papa, das war eine Erfahrung, auf die ich gern verzichtet hätte!", gestand Tobias später in einem Gespräch, als er einige Wochen später bei seinen Eltern zu Besuch war. „Da sitzt du in deiner Bude und machst dir Gedanken, auf die du sonst nie gekommen wärst. Was das alles soll. Was wäre, wenn es jetzt plötzlich vorbei wäre. Was das eigentlich ist, das Leben. Zwei Dinge habe ich mir vorgenommen: Wir werden heiraten, Juliane und ich. Und ab jetzt werde ich öfter bei euch vorbeischauen."

Wie so oft: Nach einigen weiteren Wochen war von Heiraten nicht mehr die Rede, zumindest hatten die Kellerts noch nichts Genaueres zu diesem Thema gehört. Und Tobias war zwar tatsächlich zwei- oder dreimal bei ihnen gewesen, aber die Frequenz dieser Besuche nahm schon wieder ab. „Klar, wenn du voll im Berufsleben stehst, wenn du deinen neuen Freundeskreis hast, was sollst du da bei deinen alten Eltern?", versuchte Bernd Kellert selbstironisch seine Frau zu trösten, wenn auch ohne Erfolg.

Aber Tobias hatte sich tatsächlich verändert. Fand sein Vater. Ernsthafter war er geworden, irgendwie bedächtig, vorsichtig, nachdenklicher als vorher. Und für ihn und seine Frau war die Erfahrung, dass sich der eigene Sohn infiziert hatte, ebenfalls ein Einschnitt gewesen. Ein weiterer Verlust von Leichtigkeit. Eine grundlegende Infragestellung all dessen, was man normalerweise als Selbstverständlichkeit erachtet. Ein bohrendes Gespür dafür, wie brüchig das Leben war. Jederzeit konnte es in sich zusammenfallen. Nein, dieses untergründige Wissen prägte keineswegs ständig den Alltag. Aber immer wieder brach der Gedanke durch.

Bernd Kellert ließ seinen Gedanken freien Lauf. Tobias, seine Eltern, Corona, die Beatles, sein aktueller Fall, Menschen, mit denen er im Gespräch war ... Plötzlich zuckte er zusammen. War er kurz eingeschlafen? Er schüttelte sich. Sah sich um. Kein Mensch zu sehen. Doch, weit entfernt goss eine alte Frau die Blumen auf einem Grab. ‚Auf, du hast noch einen wichtigen Termin vor dir! Und ein Treffen, auf das du dich freust.'

15.

Hannah Mellrich saß am Steuer eines Dienstwagens. Allein. Das war ungewöhnlich. Kellert schickte sie nur selten zu Einsätzen außerhalb von Friedensberg und den umliegenden Gemeinden. Schon gar nicht ohne Begleitung. Aber dieses Mal hatte er nur gesagt: „Sie machen das schon, Hannah!" Nun gut, dann würde sie das eben genauso umsetzen. Irgendwie reizte sie diese Aufgabe.

Eichstätt, so hieß ihr Ziel. Da war sie noch nie gewesen. Zufällig kommst du da eigentlich nicht hin. Eine Universitätsstadt, so viel wusste sie. Klein, überschaubar, katholisch, barock. Im ‚Altmühltal', das klang schon einmal romantisch. Der Fahrradweg durch dieses Tal war berühmt, auch davon hatte die Polizistin gehört. Aber der Weg dorthin war kompliziert. Weit und breit kein Autobahnanschluss. Dann die kurvenreiche Fahrt durch schmale Täler, dunkle Wälder, über Hochflächen.

Und dann war sie da. Und unversehens auch schon wieder hindurch. ‚Kaum fährst du hinein, bist du auch schon wieder draußen!', wunderte sie sich. Wirklich überschaubar. Das Sommersemester war in vollem Gang, Studenten, nein: vor allem Student*innen* drängten sich durch die engen Gassen. Ab und zu an ihren Priesterkragen erkennbare Kleriker, seltener Ordensfrauen in Tracht. Mehr als in Friedensberg.

Sie folgte dem Navi ihres Dienstwagens in eine kleine Nebenstraße im Osten der Altstadt. Rechts und links zogen sich verblichene Gebäudegruppen mit abblätterndem Putz entlang, die auf ein ehemaliges Gewerbegebiet schließen ließen. Kleine Fabrikanlagen, die heute anders genutzt wurden: dort ein Fitness-Studio, da ein Ein-Euro-Markt, auf der anderen

Straßenseite der Stammsitz eine Bäckereikette. Links ein kaum noch lesbares Schild: „*M. Hendl.* Performativer Konstruktivismus. Intuitiv-strategische Lebensberatung". Und dort, genau gegenüber, die gesuchte, fast schon verblichene Inschrift über einem Torbogen: „*Kraus, Flöther & Grings.* Orgelbau". Das war ihr Ziel. Hier hatte sie einen Gesprächstermin ausgemacht.

„Carolin Flöther", stellte sich ihr eine Mittvierzigerin vor. Ein vor der Zeit gealtertes Gesicht, abgehärmt, ohne Lachfältchen. Stilvoll gekleidet, aber nach einer Mode, an die sich Hannah Mellrich nicht erinnern konnte. Von vor ihrer Zeit. „Na, dann kommen Sie!", forderte die schlanke, fast hagere Frau sie mit einer rau geschliffenen Altstimme auf und ging auch schon in eines der zweistöckigen Gebäude hinein, die sich um einen bis auf den Dienstwagen der Polizistin unbenutzten, größeren, staubigen Innenhof gruppierten.

„Ich kann mich einfach nicht dazu durchringen, all das hier zu verkaufen!", erklärte Carolin Flöther ungefragt, als sie kurz darauf in einem schmucklosen, fast leergeräumten und völlig unpersönlich gestalteten Büroraum Platz genommen hatten. „Es hat ja auch keinen hohen Wert. Das ist ein Mischgebiet, also nicht für den Wohnungsbau geeignet. Sonst könnte ich mir hier eine goldene Nase verdienen. Aber wer weiß: Vielleicht hat der Stadtrat ja doch wenigstens einmal eine positive Überraschung für mich bereit und ändert den Bebauungsplan." Kein Lächeln.

„Einhundertachtzig Jahre lang war das unsere Firma. Über fünf Generationen! Lange Zeit! Und jetzt bin ich die Einzige, die von der Familie noch übrig ist. Und verwalte Ruinen. So ist das", fügte sie hinzu und blickte auf ihr Gegenüber. Ohne Erwartungen. Mit leerem Blick. „Und wovon leben Sie dann, wenn ich das fragen darf?", ließ sich die Polizistin auf das von ihrer Gastgeberin selbst eingeschlagene Themenfeld ein.

Die schnaubte einmal kräftig durch die Nase: „Sie dürfen! Ein bisschen was ist noch da, vom Ersparten. Dem Ersparten meiner Eltern, wohlgemerkt. Ein Nebengebäude, das niemand mehr braucht, habe ich verkauft. Für einen lächerlichen Preis, aber besser als nichts. Und die zwei Lagerschuppen dahinten" – sie wies aus dem Fenster über den Hof hinaus – „habe ich vermietet. Ab und zu schreibe ich Gutachten, ich bin ja ausgebildete Kunsthistorikerin. Das wissen Sie ja. Ansonsten reduziere ich meine Ausgaben. Man kann mit erstaunlich wenig auskommen, glauben Sie mir das!"

Hannah Mellrich hatte den Gesprächstermin über die Vermittlung der Friedensberger Denkmalpflegerin Dorothee Willebrandt ausgemacht. Und die hatte ihre ehemalige Studienkollegin natürlich über die Hintergründe dieses Ansinnens ins Bild gesetzt. Warum auch nicht? Es ging hier ja nicht um Geheimnisse. Die Polizistin entschloss sich dazu, nun selbst das Gespräch zu steuern. „Und all das nur, weil Sie damals diesen Auftrag nicht bekommen haben. Die Restaurierung der Friedensberger Orgel. Habe ich das richtig verstanden?"

Carolin Flöther knibbelte am Ansatz des rechten Mittelfingernagels herum und schnippte dann eine kleine Hautschuppe in den Raum. „Nein, nein, so einfach ist das nicht!", entgegnete sie so leise, dass die Polizistin sie kaum verstehen konnte. „*Auch* deswegen. Auch. Sehen Sie, ..." – nun blickte sie Hannah Mellrich direkt an und hob die Stimme – „der Orgelbau befindet sich seit zwanzig, dreißig Jahren in einer Krise. Da sind mehrere alteingesessene Betriebe Pleite gegangen. Deutschlandweit."

Sie zog eine schwer interpretierbare Grimasse. Schicksalsergeben? Wütend? Resigniert? Hannah Mellrich konnte das Mienenspiel nicht deuten. „Wer kauft denn heute noch eine neue Orgel? Und wer lässt alte Orgeln aufwendig restaurieren? Überall werden doch Kirchen geschlossen und zusammengelegt. Überall muss gespart werden. Auch in unserem Gewerbe. Uns" – sie blickte sich im Raum um, ein Blick, der das ganze Anwesen mit einbezog – „muss man in diesem Zusammenhang sehen. Wir sind kein Einzelfall."

Sie lachte bitter und fast tonlos. „Aber wir, also vor allem mein Vater, haben es gut verstanden, uns am Markt zu behaupten. Länger als andere. ‚Qualität setzt sich durch, Carolin, du wirst schon sehen!', hat er immer gesagt. Und das hat sich dann ja auch lange bewahrheitet …" „Bis dann diese Friedensberger Geschichte dazwischenkam", führte die Polizistin den im Raum stehenden Satz weiter.

„Ja!", bestätigte die hagere Frau, ohne das Gesicht zu verziehen. Mehr sagte sie nicht. „Dann schildern Sie doch bitte Ihre Sicht darauf, wie das damals abgelaufen ist", ermunterte Hanna Mellrich, als ihr Gegenüber nicht dazu ansetzte, von sich aus weiterzusprechen. Sie wusste nicht, wie sie sich dieser abgehärmten Frau gegenüber verhalten sollte. Verständnisvoll? Empathisch? Zuhörend? Drängend? Fordernd? Das hätte sie schon interessiert, wie ihr Chef da vorgegangen wäre. Aber egal: Jetzt war *sie* gefragt!

„Wir haben ein gutes Angebot gemacht. Das hat uns jeder, der sich einigermaßen in der Szene auskennt, bestätigt. Davor und danach. Ein sehr gutes. Das konnten wir, weil Papa – also: mein Vater – selbst das entscheidende Knowhow hatte. Und es auch handwerklich umsetzen konnte. Und Hubert, unser Geselle, hatte ein fantastisches künstlerisches Geschick. Und ich, naja: ich bin Kunstgeschichtlerin und Archivarin. Wie Dorothee, die Sie ja aus Friedensberg kennen. Ein gutes Team, das waren wir. Eingeschworen, aufeinander eingespielt. Wir, ‚Kraus, Flöther & Grings', waren vorherbestimmt für diesen Auftrag. Eindeutig. Wir!"

„Gibt es eigentlich noch Nachkommen der Familien Kraus und Grings?", ging es Hannah Mellrich durch den Kopf und schon hatte sie diese Frage auch laut gestellt, selbst wenn sie gerade nicht perfekt passte. Wieder dieses tonlose, schleifende Lachen ihres Gegenübers. Diese Frau war schwer zu durchschauen. Abgebrüht? Vom Leben desillusioniert? „Nein, da ist niemand mehr da. Ich bin die Letzte. Ich mache die Lichter aus." Carolin Flöther schüttelte den gebeugten Kopf. „Ich kann das gern erläutern", fügte sie dann an.

„Ja, bitte!", bat die Polizistin. Die folgende Beschreibung klang wie oft geübt und vielfach wiederholt: „Die drei Gründerväter der Firma waren mein Ururgroßvater, Heinrich Flöther, und seine Geschäftspartner Joseph Kraus und Gabriel Grings. Die Familien Grings und Flöther haben sich dann vermischt, praktische Sache. Die einzige Tochter Grings, Walburga, heiratete einen der Flöther-Söhne, Wilhelm. Und die Kraus'sche Seite hat sich irgendwann aus der Firma zurückgezogen. Aber wie das so ist: der traditionelle Name blieb bestehen. Er bürgte für Qualität."

Carolin Flöther erhob sich noch während sie sprach, ging zum Fenster des im Stil der 1970er Jahre möblierten Büroraums, und öffnete es. Ein intensiver, süßlicher Duft erfüllte den Raum. Im Hof standen drei mächtige, alte Linden, jetzt gerade in voller Blüte. Man konnte das Gesumm der Hummeln hören. Betörend, diese Luft!

„Und Sie gehen davon aus, dass damals nicht alles mit rechten Dingen zuging? Bei der Erteilung, besser Nicht-Erteilung des Auftrags aus Friedensberg?", steuerte Hannah

Mellrich auf den Kernpunkt ihres Anliegens zu. Die Firmenerbin hatte wieder Platz genommen, verzog das Gesicht und räusperte sich. Es klang wie ein gedämpfter Pistolenschuss: „Hm!? Ich gehe nicht davon aus, ich weiß es!“, erwiderte sie mit Bestimmtheit.

Dieses Mal bedurfte es kaum der geöffneten Hände als Ermunterung durch das Gegenüber. „Ich weiß es! Sehen Sie: Alles war geklärt. Die Vorgespräche geführt. Pläne erstellt. Berechnungen bis ins letzte Detail durchgezogen. Mündliche Zusagen erteilt, ohne dass das allerdings juristisch rechtskräftig gewesen wäre. Aber in unserer Branche arbeitet man auf Vertrauensbasis. Man kennt sich. Man hält sich an einmal getroffene Absprachen. Normalerweise!“

Wieder widmete sie sich ihren nachlässig manikürten Fingernägeln, dieses Mal dem des rechten Zeigefingers. „Wir hätten von dem Auftrag drei Jahre gut leben können. Und hätten unseren Namen natürlich wieder sehr gut ins Spiel gebracht. Es könnte ‚Kraus, Flöther & Grings‘ heute noch geben. Mein Vater könnte noch leben …“ Sie biss sich auf die Unterlippe, kämpfte einige Sekunden lang um ihre Fassung. „Aber das Rad lässt sich nicht zurückdrehen, ich weiß es ja!“, fügte sie dann hinzu.

„Und das alles wegen Frau Dr. Ketschbaumer?“, warf Hannah Mellrich ein, im vollen Bewusstsein der Provokation. Kurz zuckte ein Flackern durch den Blick von Carolin Flöther, doch schon hatte sie sich wieder unter Kontrolle. „Wenn Sie das so wollen: Ja, das alles wegen *dieser* Frau Dr. Ketschbaumer“, wiederholte sie die Worte, ergänzt um ein fast herausgezischtes ‚dieser‘. „Die jetzt tot ist. Wegen der Sie hier sind!“

„Die schon seit zweieinhalb Jahren tot ist, wenn Sie mir die kleine Berichtigung erlauben“, ließ sich Hannah Mellrich das Steuer der Gesprächsleitung nicht aus der Hand nehmen. „Ja, wegen der ich hier bin. Bei Ihnen!“ Ein schwer zu deutender Blick fiel auf die Polizistin. Fast doch ein Lächeln? Ein Grinsen? „Ich nehme nichts von dem zurück, was ich gesagt habe, Frau …?“ – „Mellrich!“ – „Frau Mellrich. Dazu besteht gar kein Anlass. Die Ketschbaumer hat uns verraten, damals. Sie hat uns auf dem Gewissen. Punkt.“

„Und warum …“, wollte die Polizistin nachfragen, aber da fuhr ihr die Gesprächspartnerin über den Mund. „Warum? Das weiß ich nicht. Das frage ich mich doch auch schon die ganze Zeit. Wir hatten alles besprochen. Ich war ja immer dabei. Mein Vater wollte, dass ich das alles mitbekomme. Auch zu seiner Sicherheit. Er hatte ja keine Söhne, denen er das Geschäft hätte weitergeben und übertragen können. Wie es üblich gewesen wäre. Nur zwei Mädchen. *Nur*, aus seiner Sicht. Er hatte sich damit abgefunden und wollte mich mit in die Verantwortung nehmen. Mich. Ich bin ja die Ältere. Schöne Verantwortung!“

Sie schluckte und sprach dann auf gleicher Tonhöhe weiter: „Dabei waren wir uns eigentlich einig gewesen. Ich fand sie sogar einigermaßen sympathisch, diese Frau Dr. Ketschbaumer. Frau Dr., wie sie alle hinter ihrem Rücken in Kurzform nannten. Distanziert, aber sehr klar. Und dann das! Da kommt in letzter Minute das ein wenig günstigere Angebot aus Friedensberg und ‚peng!‘, haben sie den Auftrag.“

Die Erinnerung ließ die alte Wut wieder aufsteigen. Sie stand auf und ging im Raum auf und ab. Sie sprach eher vor sich hin als zu ihrer Besucherin. „Wir wurden darüber schnöde informiert, hatten nicht einmal mehr die Chance, selbst darauf zu reagieren. Vielleicht hätten wir unser Angebot noch einmal überarbeitet. So macht man das nicht in der Branche, so geht man nicht miteinander um. Das haben damals nicht nur wir so gesehen. Aber wir konnten nichts mehr machen."

Sie schlug mit Wucht gegen die Lehne ihres Stuhls und drehte sich wieder der Polizistin zu: „Nun frage ich Sie: Woher wussten die Friedensberger von der Höhe unseres Angebotes? Die haben das gerade so unterboten, dass man nicht zwangsläufig darauf schließen konnte, dass sie uns direkt austricksen. Und warum durften wir nicht noch einmal reagieren? Warum ließ man uns fallen wie eine heiße Kartoffel? Warum hat man uns Gespräche schlicht verweigert? Unsere Bitte um Erläuterung der Hintergründe! Ich habe kein einziges Mal mehr mit der Frau Dr. gesprochen, kein einziges Mal. Sie hat sich immer verleugnen lassen. Oder mich durch ihr Büro abgewimmelt. Das ist doch nicht normal! Das stinkt doch zum Himmel!"

„Haben Sie denn nicht dagegen geklagt?", fragte Hannah Mellrich nun in eher mitfühlendem Tonfall nach. Sie hatte das Gefühl, sich zu sehr in den Sog der Erinnerungen dieser vom Leben schwer gebeutelten Frau hineinziehen zu lassen, wusste aber nicht, wie sie gegensteuern sollte. Hatte sie alles richtig verstanden? Entging ihr etwas Wesentliches?

„Das haben wir überlegt, aber klar!", bestätigte die Firmenerbin. „Unsere Anwälte haben uns jedoch sehr schnell klar gemacht, dass das völlig chancenlos war und nur Unsummen von Geld verschluckt hätte. Nichts ließ sich nachweisen, nichts! Wir hatten keine Chance! Manchen in Friedensberg war all das unsäglich peinlich. Und das haben sie uns auch so gesagt. Das hat uns aber auch nichts geholfen."

„Und Ihr Vater ...?", wagte sich die Polizistin vor. „Ja, mein Vater", nahm Carolin Flöther zögerlich den Faden auf. Sie setzte sich wieder. Langsam sprach sie weiter. Der eben noch so übermächtige Furor, der mit den Erinnerungen wieder neu aufgeflammte Zorn, war plötzlich verraucht. „Der hat das nicht überlebt. Zwei Jahre später mussten wir Konkurs anmelden. So lange hat er versucht zu retten, was zu retten war."

Sie blickte nachdenklich auf ein Bild, das nur von ihrer Seite des Tisches aus zu sehen war. Unschwer zu erraten, wessen Bildnis das war. „Vergeblich, natürlich. Und dann kamen die Depressionen. Ich weiß nicht, ob Sie sich damit auskennen. Gut für Sie, wenn nicht. Er stand morgens nicht mehr auf. Zog sich nicht mehr ordentlich an, rasierte sich nicht. Wusch sich nicht, putzte nicht mehr seine Zähne. Starrte nur noch vor sich hin. Er war immer ein guter Esser gewesen, liebte seine Mahlzeiten, abends sein Bier. Nichts mehr. Du konntest dabei zusehen, wie er verfiel. Und ihm nicht helfen zu können! Das war vielleicht das Schlimmste."

„Ihre Mutter ...?", warf Hannah Mellrich erneut nur ein Stichwort ein. Dieses Mal blickte sie ihr Gegenüber überrascht in die Augen. „Ach, die Mama?! Die ist doch schon seit weit über dreißig Jahren tot! Krebs. Da war ich noch in der Schule! Elf, elf Jahre alt war ich da." Sie erwähnte das so, als ob die Polizistin das doch wissen müsste. Für sie selbst war das jedenfalls selbstverständlich.

Carolin Flöther schüttelte kurz den Kopf, überlegte, tauchte dann wieder in den nur kurz unterbrochenen Gedankengang ein: „Ja, beim Papa: Da konnten auch die Ärzte nicht helfen. ‚Er kann sich da nur ganz allein herauskämpfen. Er allein.' Das höre ich noch. Das Problem: Er konnte es eben nicht. Und ich auch nicht." Sie kaute wieder auf der Unterlippe und schob dann noch einen Gedanken nach: „Gott auch nicht. Was glauben Sie, wie ich gebetet habe. Und nicht nur ich allein. Auch das hat nichts genutzt. Knapp ein Jahr nach dem Konkurs war er tot. So, so war das!"

Es wurde still. Von draußen hörte man den Gesang einer Amsel. Fast tröstlich. „So“, unterbrach Carolin Flöther die wortlose Stille. „So war das. Jetzt habe ich Sie ins Bild gesetzt. Bevor Sie nachhaken und all diese peinlichen Routinefragen stellen: Nein, ich bin nicht verheiratet. Nein, ich habe keine Kinder. Mein Leben war dieser Betrieb. Unser Betrieb. Das war ich meinem Vater schuldig. Und ich würde alles wieder so machen, egal, was dann passiert ist.“

Sie rieb sich die Nase, schnupfte trocken, räusperte sich. Dann blickte sie mit starren Augen zu der Polizistin hinüber: „Und ja: Natürlich bin ich empört über das Verhalten von Sabine Ketschbaumer. Von Frau Dr. Entsetzt! Wütend! Immer noch. Und verstehe es nicht. Ging es ums Geld? Hat man sie geschmiert? Aber sie war doch finanziell völlig unabhängig, habe ich mir sagen lassen. Wobei ich weiß: ‚Genug‘, das gibt es bei Geld nicht. Für manche Leute.“

Carolin Flöther schüttelte den Kopf. „Oder ging es darum, den Auftrag innerhalb von Friedensberg zu belassen? Nach dem Motto: ‚Wir machen das selbst.‘ Hat man sie ihrerseits unter Druck gesetzt, ihre Entscheidung so zu treffen? Das könnte ich dann wenigstens nachvollziehen. Oder erpresst? Womit? Es vergeht kein Tag, an dem mir das alles nicht durch den Kopf geht. Immer wieder. Das ist wie ein Strudel, der dich nach unten zieht.“

Sie stutzte und ergänzte: „Und seitdem ich nun weiß, dass sie so lange dort oben in dieser Orgel gehockt hat, kommt alles wieder hoch. Ich würde gern etwas weniger dran denken, glauben Sie mir!“ Sie verstummte und sank sichtlich in sich zusammen. Für sie war das Gespräch damit offenbar beendet.

Hannah Mellrich war freilich noch nicht fertig. Eigentlich würde sie gern noch viele weitere Themen anschneiden. Aber sie spürte, dass sie ihrer Gesprächspartnerin nicht mehr allzu viel zumuten konnte. Eine letzte Frage. ‚Wie formuliere ich die jetzt?', überlegte sie. „Frau Flöther: Ich glaube, das kann ich gut verstehen. Aber sehen Sie: Mein Chef, der wird mich morgen fragen: ‚Und: Können wir diese Frau Flöther als Täterin ausschließen?' Was soll ich ihm dann sagen?" ‚Ungewohnte Taktik', wunderte sie sich über sich selbst.

Die Firmenerbin stieß die Atemluft durch die Nase. Lächelte unergründlich vor sich hin. ‚Also doch ein Lächeln', dachte Hannah Mellrich, ‚wenn auch kein schönes!' Nichts. Langsam hob Carolin Flöther den Blick und schaute der Polizistin in die Augen. Starr, ohne zu blinzeln: „Ja, was sollen Sie Ihrem Chef dann sagen? Das werden Sie schon allein beantworten müssen. Ich, ich würde mir das zutrauen. Grund genug hatte ich. Hätte ich. Aber wäre ich dann noch hier? Als Ruinenwächterin in Eichstätt?"

16.

Auch Bernd Kellert war an diesem Mittwochnachmittag unterwegs. Er hatte seinen Privatwagen genommen, den fuhr er einfach lieber als einen der Dienstwagen. Auch sein Weg führte ihn in eine Bischofsstadt, Würzburg. Aber das war wenigstens genau das: eine Stadt! Er kannte sich hier einigermaßen gut aus. Tobias, sein Sohn, hatte hier die ersten vier Semester seines Studiums verbracht, bevor er dann nach München gewechselt war. Da sich Beate nur schwer von ihrem Ältesten trennen konnte, hatten sie ihn anfangs häufig besucht. Bis er ihnen ziemlich deutlich zu verstehen gegeben hatte, dass er jetzt – bitte schön! – tatsächlich selbstständig werden wollte.

Bernd Kellert parkte sein Coupé auf dem großen Parkplatz vor der weltberühmten, fürstbischöflichen Residenz von Balthasar Neumann. Dort, vor der Residenz, hatte er sich zu einem Treffen verabredet, das allerdings eher privat war. Kaum dass er auf die in den Residenzbau eingefügte Hofkirche zuschlenderte, löste sich dort auch bereits ein Mann Mitte dreißig aus einer der Gruppen der zahlreichen, sommerlich gekleideten Touristen. Sein Erscheinungsbild passte jedoch nicht zu dem der überwiegend älteren Menschen um ihn herum: breitschultrig, etwas größer als Kellert selbst, durchtrainiert, gutaussehend, mit perfekt gestutztem Dreitagebart und einem breiten Grinsen.

Als er bei Kellert ankam, umarmte er ihn stürmisch und schlug ihm mit der flachen Hand mehrfach auf den Rücken. Der Kommissar war in solchen Dingen eher zurückhaltend, ließ den anderen aber gewähren. Selbst wenn einige der gelangweilt herumstehenden Besucher der Residenz überrascht zu ihnen hinüberschauten. Auch er lächelte, und zwar anders als bei dienstlichen Gesprächen. „Dominik! Gut siehst Du aus! Verdammt gut! Schön, Dich zu sehen!“, begrüßte Kellert den Jüngeren, nachdem der ihn wieder losgelassen hatte.

„Du auch, Chef!“, schoss es aus dem anderen heraus, bevor er sich mit der rechten Hand an die Stirn klatschte. „‚Chef‘, habe ich gesagt. Siehst Du! So tief steckt das immer noch in mir. Obwohl wir nun doch schon zweieinhalb Jahre hier in Würzburg sind, Verena und ich.“ Dominik Thiele musste lachen. Denn natürlich war *er* das, Kellerts langjähriger Mitarbeiter, der seit einiger Zeit die Mordkommission in Würzburg leitete. Sie hatten sich lange nicht gesehen. „Komm!“, sagte Thiele und zog den Kommissar in den herrlich blühenden, verspielt gestalteten Rokokogarten neben und hinter der Residenz. „Gehen wir ein paar Schritte! Ich habe leider nicht viel Zeit. Ein aktueller Fall. Aber wem sage ich das?“

Der Jüngere hatte viel zu erzählen. Von der leichten Missstimmung, die sich zwischen ihnen bei ihrem letzten gemeinsamen Fall in Friedensberg eingeschlichen hatte, war nichts zurückgeblieben. Sie hatten sich geschätzt, ohne Freunde zu sein. Dazu hatte das Verhältnis von Chef zu Mitarbeiter ihre Beziehung doch zu stark geprägt. Thiele wollte seinem ehemaligen Chef nun offensichtlich demonstrieren, den richtigen Schritt gegangen zu sein. Und seinen neuen Job genauso gut hinzukriegen wie sein Leben hier. Aber wie schaltet man um auf eine Beziehung auf Augenhöhe?

„Und Verena?“, fragte Kellert nach einiger Zeit lebhaften Austausches, während sie mit kräftigen Schritten durch einen paradiesisch anmutenden Park schritten, in dem alle anderen mit bedächtigem Tempo die Zeit ihres Aufenthaltes eher in die Länge ziehen wollten. Überall blühten Rosen in allen nur erdenklichen Farben. Der Duft war betörend. Dominik Thiele schien ihn kaum wahrzunehmen. „Ist wieder an der Schule“, antwortete er auf die Frage. „Sie hat ja hier auch wieder gleich eine Planstelle bekommen. Und Julian ist schon fast drei, der ist jetzt in einer ganz guten Kindertagesstätte.“ Er grinste. „Katholisch, natürlich,“ schob er hinterher. „Das wirst Du dir denken können, bei *der* Mutter.“

Verena Thiele war Deutsch- und Religionslehrerin an einem Gymnasium. Kellert hatte sie in einem früheren Fall als Zeugin kennengelernt. Wie sein damaliger Mitarbeiter auch. Aus dessen Begegnung mit Verena hatte sich dann aber rasch eine ganz andere Art von Beziehung entwickelt. ‚Schön, wenn es Euch weiterhin gut miteinander geht!‘, kommentierte Kellert im Geiste all das Gehörte. Aber warum grinste Thiele so verschwörerisch? „Lange wird sie aber nicht mehr an der Schule sein“, fügte dieser hinzu.

Kellert verstand die Anspielung nicht. Oder doch? Er hob die Augenbrauen und schaute fragend zu Thiele hinüber. Aus dem platzte nun ein lautes Lachen hinaus, er nickte und bestätigte: „Genau. Die Nummer zwei! Corona sei Dank, da war Verena mal längere Zeit einfach nur zuhause. Im November ist es so weit. Ein Mädchen! Ich freue mich riesig!“ Nun war es an Kellert, dem anderen auf den Rücken zu klopfen. Schön! Das Leben ging weiter!

Während Thiele mit langen Sätzen in Richtung Dom davoneilte, führte Kellerts Weg in das dichte Gassengewirr zwischen Residenz und Dom. Hier durften keine Autos fahren, gut so. Aber auch ohne Fahrzeuge drängten sich nun, im Sommer, die Menschen dicht an dicht. Viele schleckten an Eiswaffeln. Die Menschen genossen den ersten Sommer nach der Aufhebung der Corona-Beschränkungen, das war mit Händen zu greifen. Endlich durfte man sich wieder völlig frei bewegen, und das ohne Schutzmasken!

Hausnummer siebzehn, hier war er richtig. Eine im Erdgeschoss himmelblau bemalte Fassade, auf der sich die beiden in ein kräftiges Orange getauchten Buchstaben J und P paarten. Schlangenhaft. In Bewegungen, die eindeutig erotische Assoziationen aufriefen, aufrufen sollten, ohne obszön zu sein. Wobei die Grenzen nicht genau zu bestimmen waren. JP, Judit Pieburger, eine der Erbinnen der alten Villa in Friedensberg, deren Verkauf Sabine Ketschbaumer hinausgezögert, fast verhindert hatte. Die damals in heftigem öffentlichem Streit auseinandergegangen waren. Mit ihr, der Künstlerin, hatte sich Kellert verabredet. Sie – und die Aussicht auf ein kurzes Wiedersehen mit seinem ehemaligen Mitarbeiter – hatten ihn mehr gereizt als das Gespräch mit der Erbin der bankrott gegangenen Orgelbaufirma in Eichstätt. Die hatte er Hannah Mellrich überlassen. Chef-Entscheidung. Er war neugierig, ob er sich richtig entschieden hatte.

„Nennen Sie mich Judit, Herr Kommissar", hatte die Künstlerin als Erstes bestimmt, bevor sie ihren Gast bat, auf einem der plüschigen, orangefarbenen Sofas Platz zu nehmen. Überhaupt: orange, lila und rosa bestimmten den Raum, der offensichtlich alles zugleich war: Atelier, Ausstellungsraum, Büro, Wohnzimmer und Teeküche. An den Wänden hingen Bilder im Stil der Außenbemalung des Hauses, überall standen verschlungene Figuren und Skulpturen herum, auch das Mobiliar war in das Gesamtkunstwerk einbezogen. ‚Traum oder Alptraum', ging es Kellert durch den Kopf. ‚Freiwillig würdest du hier keinen Fuß hineinsetzen.'

Die Gastgeberin hatte einen süßlich-herben Tee aufgebrüht, irgendwo musste auch eine Art Räucherstäbchen angezündet sein. Bernd Kellert war kein ‚Nasenmensch'. Riechen war eine der Sinnesmöglichkeiten, derer er sich kaum bediente. ‚Schnüffelkrüppel', nannte seine Frau Beate ihn scherzhaft, für die Gerüche eine entscheidende Bedeutung hatten. Aber *dieser* Duft war nicht zu ignorieren, nicht einmal von ihm. Die Künstlerin suchte gerade nach geeigneten Tassen für den Tee. Das ließ Kellert ein wenig Zeit, um Raum und Person auf sich wirken zu lassen.

‚Unmöglich, deren Alter zu schätzen', dachte der Kommissar. Die könnte noch fünfunddreißig sein, wird aber eher auf die fünfzig zugehen. Fragen werde ich sie nicht.' Judit Pieburger war in ein wallendes Stolenkleid gehüllt, das die Farben des Raumes aufnahm und sicherlich selbst geschneidert war. „Nicht Ihr Stil, Herr Kommissar?", fragte die auffällig geschminkte und gewollt sowie gekonnt unfrisiert aussehende, langmähnige Frau mit einem belustigten Blick, während sie zwei feine Porzellantässchen auf einen niedrigen Tisch stellte.

„Oh, sieht man das so deutlich?“, gab Kellert zurück, froh, dass der Anfangston des Gesprächs so einfach zu bestimmen war. „Sie haben recht, ich bin ein Kunstbanause. Aber ich bin lernwillig“, fügte er lächelnd an. „Wirklich? Würde das auch Ihre Frau bestätigen?“, erwiderte die Künstlerin in frecher, persönlicher Anspielung. Aber ihr Gesichtsausdruck verriet eher Amüsement als Provokation. ‚Okay, dieses Gespräch wird ein bisschen anders verlaufen als andere‘, wurde sich Kellert bewusst.

„Künstlerin. Wie kann ich mir das vorstellen? Wie lebt man da? Von was lebt man da?“, steuerte er gleich auf sein Ziel zu, versuchte aber das Angebot der Ansprache beim Vornamen zu vermeiden. „Oha, kein langes Geplänkel, Herr Kommissar?“, gab Judit Pieburger mit frivolem Augenaufschlag zurück. „Gut, soll mir recht sein! Man lebt frei, ob Sie es glauben oder nicht. Außerhalb der bürgerlichen Konventionen. Die kenne ich ja nur zu gut, denn darin bin ich aufgewachsen, damals in Friedensberg. Woher Sie kommen!“

Wieder schaute sie den Kommissar herausfordernd, fast lasziv an: „Was das genau heißt, Freiheit einer Künstlerin, das überlasse ich Ihrer Phantasie, Herr Kommissar. Und wovon man da lebt? Nun, Sie werden es nicht glauben, aber manchen Leuten gefällt meine Art von Kunst. Meine Kundinnen sind tatsächlich fast ausschließlich Frauen, und das ist gut so. Ab und zu kauft mal ein Mann etwas für seine Frau oder Freundin. Wäre das nicht auch etwas für Sie? Preislich würde ich Ihnen entgegenkommen.“

Kellert lächelte höflich, probierte den Tee, hätte das Tässchen gern sofort angewidert zurückgestellt, schluckte jedoch ein Tröpfchen hinunter, versuchte seine Mimik zu kontrollieren und setzte das aus feinem Porzellan gearbeitete Trinkgefäß wieder ab. „Danke, ein nettes Angebot, Frau Pieburger“, – „Judit!“, warf sie ein – „aber ich fürchte, der Kunstgeschmack meiner Frau ist auch eher konventionell.“ Womit er definitiv recht hatte.

„Schade, aber das habe ich mir schon gedacht“, erwiderte die Künstlerin ungerührt. „Und nein: Ich habe Ihre Frage nicht vergessen. Und wir wissen ja beide, warum Sie hier sind. Nicht aus Liebe zu – wie Sie das vielleicht nennen würden – ‚unkonventioneller Kunst‘. Natürlich, Ihre Vermutung, die ich einfach mal voraussetze, stimmt: Ich zehre außerdem vom Erbe meines Vaters. Dem großen PP, Peter Pieburger. Auf Fränkisch natürlich: BB. Beder Bieburcher. Lustig, nicht? Peter und Beter kannst du auf Fränkisch gar nicht unterscheiden. Beides verwabert zum ‚Beder‘. Alles weich, alles zerfließend.“

Sie lachte ihr ungezwungenes, lautes Bellen in den Raum. ‚Mindestens sechs Meter Aerosol‘, dachte Kellert in Erinnerung an die ‚Corona‘-Warnungen. Lautes Singen und Lachen schleuderten die gefährlichen Tröpfchen weit in die Welt hinaus. Das wusste man jetzt. Aber man musste sich – Gott sei Dank! – nicht mehr davor fürchten. Judit Pieburger hatte sich längst wieder im Griff. „Ja, der Alte war ein frommer Katholik. Ihm war meine Kunst von Anfang an ein Gräuel. Immerhin: Letztlich hat er mir so viel vererbt, dass ich allein vom Pflichtteil ganz gut leben kann.“

Sie warf die Hände in die Luft. „Pflicht-Teil!“, betonte sie theatralisch. „Der ‚heilige Beder‘ hat ja den Rest seiner geliebten Mutter Kirche vermacht. Sein gutes Recht. Aber sagen Sie doch selber: War das nett? Uns, seinen leiblichen Kindern gegenüber? Mir? Eine Ohrfeige über das Grab hinaus war das, so sehe ich das. Und eben dort, an seinem Grab auf dem altehrwürdigen Stadtfriedhof von Friedensberg, war ich deswegen nur ein einziges Mal. Damals, zu seiner Beerdigung." Sie blickte dem Kommissar in die Augen. „Jaja, ich weiß, so sollte man nicht über seinen Erzeuger und Ernährer reden. Aber ich sag' es, wie es ist. Sie wissen schon: die Freiheit der Künstlerin!"

Kellert bemühte sich, neutral zu blicken. Es brauchte ja auch gar nicht viel Steuerung des Gesprächs. Diese Frau erzählte von sich aus. Auf ihre Art. Ihm war es recht. „So, Sie sind also eher so ein Ruhiger?", grinste ihn die Künstlerin an. Sie erhob sich und schritt durch den Raum. Eine Inszenierung: Sie wusste, dass ihre lange, eben nur scheinbar nicht frisierte Mähne durch die Bewegung fast einen Kranz um ihren Kopf bildete, und dass das bunte Kleid ihr um den Körper wehte. ‚Elfe', ging es Kellert durch den Kopf. ‚Nein: Hexe!' ‚Mensch, was denkst du denn da!', rief er sich innerlich zur Ordnung.

„Gut, gut, dann spreche ich es eben selbst an", ließ Judit Pieberger erst gar keine Stille aufkommen. „Sie, mein werter Friedensberger Kommissar, sind hier, weil Sie sich nach meinem Verhältnis zu Frau Dr., zu Sabine Ketschbaumer, erkundigen wollen. Deren Leiche man ausgerechnet in der Orgel des Doms gefunden hat. Ich könnte jubeln! Eine tolle Idee! Also die könnte von mir sein! Jedenfalls von einem künstlerisch begabten Menschen. Frau Dr. in ‚ihrer Orgel' verschwinden zu lassen. Ausgerechnet da! Und mehr als zwei Jahre hat kein Mensch davon auch nur einen blassen Schimmer! Großes Kino! Also dazu braucht man schon Phantasie, oder?"

Kellert nickte amüsiert. „Ich, ich habe die gehasst", erklärte die Künstlerin fast genüsslich, während sie ihre Hände an einer ihrer Skulpturen spielen ließ. „Ja, ich stehe dazu. Fick die Konventionen: ‚Nichts Schlechtes über Tote sagen', und so! Die war überheblich, penetrant, übergriffig! Wegen der wäre ich fast zum Sozialfall geworden. Wegen der hat mein guter Peter-Papi der Kirche ein Vermögen vermacht. Mein, unser Vermögen, wohlgemerkt! Das habe ich mir nicht gefallen lassen, damals. Das ist doch wohl nur zu verständlich!"

Dieses Mal erwartete sie eine Reaktion von Bernd Kellert, also brummte er einen unartikulierten Zustimmungslaut. Das genügte der Künstlerin: „Jaja, Sie werden da schlimme Dinge über mich gehört haben. Dass ich sie beleidigt habe, die Frau Dr. Dass ich ihr gedroht habe. Dass ich Himmel und Hölle in Bewegung gesetzt habe, um sie aus ihrem Amt entfernen zu lassen." Sie ließ von der Skulptur ab, setzte sich in großartiger Pose wieder auf ihren Sessel, schlug die Beine übereinander, wollte die Hand des Kommissars ergreifen, was dieser aber nicht zuließ. Amüsiert zog sie ihre Hand wieder zurück.

„Das stimmt alles, was man Ihnen erzählt hat, Herr Kommissar", sagte sie mit weicher Stimme. „Ich gestehe es. Ganz einfach: Ja! Stimmt! So war das! So war ich! So bin ich! Soll man sich alles gefallen lassen? Von einer konkurrentenbissigen Bürokratenstute wie der da? Die sich auch noch Frauenbeauftragte nannte! Frauen waren der ganz egal, wenn Sie meine Meinung hören wollen. Der ging es um die Konventionen. Um die Einhaltung von Gesetzen, die sie selbst nicht für sinnvoll hielt. Und um ihre eigenen Vorteile. Um die vor allem! So eine war das. Eine, gegen die man kämpfen muss."

„Bis aufs Blut?", warf Kellert nun doch ein. „Hoi, doch noch da, der Herr Kommissar! Ja, bis aufs Blut, wenn es nötig gewesen wäre. Ich hatte nichts, damals. Keine Wohnung, kein Geld, keinen Job, keine Zukunft. Und ich wusste, ich bin zur Künstlerin berufen. Nein, diese Einschätzung müssen Sie als wohl bestallter Staatsbeamter nicht teilen." Judit Pieburger hatte ein kurzes Zucken im Gesicht des Kommissars bemerkt.

„Aber, Herr Kommissar, haben Sie genau zugehört?" Kellert dachte ‚Jetzt wird es mir langsam doch zu bunt!' Doch bevor er aufbegehren konnte, unterlief ein ihn belustigender Folgegedanke den inneren Anflug von Strenge. ‚Zu *bunt*! Und das ausgerechnet hier!' „Ich habe gesagt: ‚*Wenn* es nötig gewesen wäre'", redete die Künstlerin weiter. „‚Wenn!' War es aber nicht. Es zog sich ein bisschen hin, das ist wahr. Aber am Ende wurde ich ausbezahlt. Und dann hielt mich nichts mehr im schönen, verträumten Friedensberg. Mit Frau Dr. habe ich nie wieder ein Wort gewechselt. Seitdem bin ich hier. Und Sie sehen es ja: Mir geht es gut. Was will ich mehr?"

„Sie haben damals damit gedroht, eine ‚Bombe hochgehen' zu lassen, falls das Verfahren um Ihr Erbe sich noch länger verzögert hätte", warf Kellert ein. In all der Sperrigkeit lief ihm das Gespräch doch zu glatt. Zu inszeniert. Zu stark eingeübt. Zu deutlich auf Effekt getrimmt. „Das haben mehrere Zeugen bestätigt. Und da würde es mich doch interessieren, was Sie damals damit gemeint haben."

Nun schaute die Künstlerin ihn verwundert an. Ihre Bewegungen erstarrten. „Eine Bombe hochgehen lassen? Das habe ich gesagt? Meine Güte, das ist so lange her. Aber daran kann ich mich beim besten Willen nicht erinnern. Vielleicht habe ich einfach irgendeine Drohung erfunden, um dem Ganzen ein bisschen Dynamik zu verleihen. Das würde ich mir zutrauen, Sie nicht? Oder ich wusste tatsächlich irgendetwas aus dem Geheimleben Friedensbergs, mit dem ich Druck ausüben konnte. Wenn, dann habe ich das längst vergessen. Künstler müssen auch diese Kunst beherrschen: die des Vergessens. Sonst bleibt kein Raum für Neues. Ehrlich, Herr Kommissar!"

Judit Pieburger schaute ihn mit großen, offenen Augen an. Aber selbst dieser Blick war ganz offensichtlich eingeübt. Konnte man dieser Frau glauben? Sie lehnte sich zurück, streckte die Arme und nahm den ganzen Raum in ihre Bewegung mit auf. „Ah, da fällt mir doch noch etwas ein. Ich habe eben gesagt, ich hätte mit Frau Dr. nach der Klärung damals keinerlei Kontakt mehr gehabt. Stimmt nicht: Ich habe doch noch Worte mit Frau Dr. gewechselt. Gewissermaßen. Ich habe ihr noch einen bösen Brief geschrieben, wenn ich mich recht erinnere. Und irgendeine wenig nette Zeichnung beigefügt. Kann sein, dass da ein Galgen eine wichtige Rolle gespielt hat. Ja, kann sein. Haben Sie den schon gefunden?" Kellert schüttelte den Kopf.

Die Künstlerin klatschte in die Hände. „Sie merken schon, Herr Kommissar: Ich versuche wirklich, Ihnen alles zu sagen, was ich weiß. Aber eine Kandidatin für den Friedensnobelpreis bin ich nun einmal nicht. War ich nie. Fragen Sie mal meine Schwestern, wie ich als Kind war. Ich wurde schon als Künstlerin geboren, so sehe ich das. Wissen Sie, was Freiheit ist? Wenn es einem wirklich völlig, absolut vollkommen egal ist, was die anderen von einem denken."

Sie lachte laut und ungehalten in den weiten Raum ihres Ateliers hinein. „Und schon wieder stimmt das nicht, was ich sage. Aber warum sollte es das auch? Schon wieder so eine bürgerliche Konvention, ‚Stimmigkeit'. Natürlich ist es mir alles andere als unwichtig, was Kunstkenner zu meinem Werk sagen. Also: echte Kunstkenner. *Deren* Urteil ist mir wichtig. Das gebe ich gern zu. Und wenn ich es jetzt so ganz genau bedenke: Da fällt mir noch etwas ein. Nicht etwas, sondern Sie. Mein werter Herr Kommissar, der es so geschickt vermeidet, mich beim Vornamen zu nennen."

Kokett schlug sie die Augen auf: „Bernd heißen Sie, nicht wahr? Das habe ich gegoogelt. Vorhin, bevor Sie kamen. Meine Güte, wer heißt denn so? Mit so einem Namen ist man natürlich gestraft. Kein Wunder, dass Sie Vornamen umgehen, mein lieber Bernd. Jedenfalls: Ich möchte schon, dass *Sie* das Richtige über mich denken. Nicht als Künstlerin, ich ahne, was Sie da sagen würden. Auch nicht als Mensch, unsere Welten sind dafür einfach zu verschieden. Schon eher als Frau, aber das gehört nicht hierher und wir werden das jetzt nicht vertiefen." ‚Wirklich nicht!', dachte Bernd Kellert, der mit seinem Vornamen eigentlich immer ganz zufrieden gewesen war. Bis gerade eben.

„Nein, das Richtige denken sollen Sie über mich als Kommissar. Als Polizist. Im Blick auf Ihren ‚Fall', sagt man das so? Die hätte ich umbringen können, die Frau Dr., erwürgt hätte ich sie, mit meinen eigenen Künstlerhänden. Habe ich aber nicht. Also: Sie können beruhigt zurück in mein geliebtes Friedensberg fahren. Die Künstlerin, die war es nicht!" „Wenn Sie jetzt auch noch das Protokoll schreiben, bin ich tatsächlich zufrieden", kommentierte Kellert die ganze Inszenierung, denn als solche hatte er das Ganze empfunden.

„Aha, also doch wenigstens eine kleine Prise Humor, schön", schnaubte die Künstlerin und trank ihr Teetässchen aus. Dass Kellert seinen Tee nach dem ersten Probierschlückchen nicht mehr angerührt hatte, ließ sie unkommentiert. „Sonst noch Fragen, Euer Ehren?", flötete sie ironisch. „Also gut, sagen wir mal, dass ich Ihnen das alles so abnehme, Frau Pieburger", ließ sich Kellert auf das Hin und Her ein. „Tun wir der Einfachheit halber einfach einmal so. Erinnern Sie sich dann vielleicht an andere Konflikte, in die Frau Ketschbaumer damals verstrickt war?"

„Ach, ein Rollenwechsel für mich, wie schön: Nicht mehr Angeklagte, sondern Zeugin!", kommentierte die Befragte. „Warum nicht? Warten Sie …" Sie überlegte, strich sich dabei unwillkürlich über die Unterlippe und verrieb dabei eine Spur ihres knallig pinkfarbenen Lippenstiftes. „Da fällt mir nichts ein, Herr Kommissar. Das hat mich damals ja auch überhaupt nicht interessiert. Die Männer, also die Kirchenmänner, mit denen ich damals zu tun hatte, haben bei der Nennung des Namens von Frau Dr. immer gequält das Gesicht verzogen, daran kann ich mich erinnern. Die haben mich ja auch unterstützt, die meisten jedenfalls. Also: Viele Freunde hatte die nicht. So viel steht fest."

Judit Pieburger lachte: „Ich, ich hatte damals noch viele Freunde! Lange her." Sie blickte auf ihre Finger, entdeckte die Spuren rötlicher Färbung, griff nach einem Tuch und rieb sich damit über Finger und Unterlippe. „Verzeihung!", murmelte sie. ‚Na, wenn das keine bürgerlichen Konventionen sind, was dann?', amüsierte sich Bernd Kellert innerlich.

„Da fällt mir doch noch etwas ein", ergänzte die Künstlerin dann, während sie zerstreut das Tuch beiseitelegte. „So wie ich haben damals auch viele andere Frauen reagiert. Also mit diesem Gesichtsausdruck. Mit dieser Distanz, sobald der Name fiel. Die fühlten sich von Frau Dr. nicht vertreten. ‚Die macht ihr Ding. Nur das: *ihr* Ding!' Keine Ahnung, wo ich das damals gehört habe. Aber ganz sicher von einer Frau. Diese Stimme habe ich noch im Ohr."

Plötzlich wirkte Judit Pieburger müde. Als verließen sie Luft und Energie. Ihre Inszenierung war vorbei. „Sorry, Kommissar Bernd: Mehr kann ich Ihnen wirklich nicht sagen. Aber warten Sie." Sie stand auf und ging suchend durch das Atelier. Was hatte sie vor? „Da, genau das Richtige!", triumphierte sie und griff in eines der vielen Regalbretter, die zwischen den großformatigen Bildern an den Wänden angebracht waren.

„Für Sie", meinte sie, korrigierte sich dann aber: „Nein, für Ihre Frau! Vielleicht ist ihr Kunstgeschmack ja doch nicht so festgelegt, wie Sie denken." Sie drückte Kellert ein kleines Bild in die Hände, vielleicht fünfzehn mal zwanzig Zentimeter. Ein himmelblaues B schlängelte sich durch ein vielfarbiges, pastellgetöntes Buchstabenmeer. Verband sich hier mit diesem, dort mit jenem. Zerfloss in der Vielfalt. Auch hier entsprangen die erotischen Assoziationen sicherlich nicht nur der Phantasie des Betrachters.

„Danke!", nickte Kellert zum Abschied. Erst draußen auf der Gasse überlegte er, ob er das Bild annehmen durfte. Fiel das unter ‚versuchte Bestechung'? ‚Wohl kaum!', beruhigte er sich. ‚Der Material- sowie der Verkaufswert dürften gegen null gehen. Und das Bild gefällt mir überhaupt nicht. Meine Objektivität in diesem Fall ist dadurch nicht gefährdet. Es weckt eher mein Misstrauen. Aber: Beate werde ich es trotzdem schenken.'

17.

„*Das* Bild hat Dir diese Malerin geschenkt!?" Fassungslos blickte Beate Kellert auf das pastellfarbige, frivol wirkende Machwerk, das ihr Gatte ihr überreicht hatte, nicht ohne die dazugehörige Geschichte wenigstens bruchstückhaft zu erzählen. „Und ihr habt euch wirklich nur ganz normal unterhalten?" „Mama!", ermahnte Jenny ihre Mutter. „Also bitte! Was soll Papa denn machen, wenn er die Zeugen und Zeuginnen befragt? Etwa jedes Mal vorher eine Unbedenklichkeitserklärung einholen?"

„Außerdem ...", Jenny stockte. „Ja? Was wolltest Du sagen?", bohrte ihre Mutter mit einem leicht amüsierten Lächeln nach. „Na ja, ihr seid ja nun in einem Alter, in dem all so was nun wirklich nicht mehr wichtig ist, oder?" „Was soll das denn heißen?", mokierte sich ihr Vater mit entrüstetem, aber als spielerisch durchschaubarem Unterton. „‚All so was'? ... ‚Alter'? Da bitte ich unser Fräulein Tochter doch sehr herzlich um Zurückhaltung."

„Aber in einem hast Du recht, Jenny!", wandte er sich an seine Tochter. „Das wäre schon besser gewesen, wenn Hannah, also Frau Mellrich, mit dabei gewesen wäre. Aber das weiß man vorher eben nicht immer so ganz genau. Und ich musste sie zu einem wichtigen eigenen Auftrag schicken. Na ja, ist jetzt auch egal. Reichst Du mir mal das Brotkörbchen?"

Sie saßen auf ihrer Terrasse. Es war zwar bereits halb neun, aber immer noch hell. Die Luft war voll vom trunkensüßlichen Duft der Sommerfliederbüsche, die der Vorbesitzer gepflanzt hatte, und die sie wohlweislich mit in ihr eigenes Gartenkonzept integriert hatten. Nicht ‚sie', sondern Beate. In den letzten Strahlen der Abendsonne tanzten einige bunte Schmetterlinge über die Blüten, ließen sich nieder, saugten den Nektar: Kohlweißling, kleiner Fuchs, Schwalbenschwanz, Pfauenauge und Admiral. Bernd Kellert hatte die Arten und Namen als Schüler auswendig gelernt, ein Wissen, das man nicht vergisst. Früher hatte es ganze Schwärme dieser zauberhaften Insekten gegeben, heute traten sie nur noch vereinzelt auf. Immerhin.

An solchen Sommerabenden konnte Bernd Kellert am besten entspannen. Ruhe, Zeit, Luft, seine ‚beiden Frauen' an seiner Seite. Pucki, die Katze, auf einem Kissen neben dem Tisch. Zusammengerollt. Schnurrend. Nein, spektakulär war dieses Leben nicht. Aber gerade die Corona-Krise hatte ihm noch einmal sehr deutlich gezeigt, was in seinem Leben letztlich wichtig war. Und was nicht.

„Papa, macht Dir Dein Job eigentlich noch Spaß?", fragte Jenny nach längerem Schweigen, in dem sich jeder dem Abendbrot und den eigenen Gedanken gewidmet hatte. „Immerhin machst Du das ja jetzt schon eine gefühlte Ewigkeit. Wird das nicht langweilig und öde?" Der Kommissar blickte auf, überlegte.

„Spaß?! Das ist das falsche Wort. ‚Job' auch. So würde ich das nie nennen. Das ist eben mein Beruf. Zu dem ich nie ‚berufen' wurde, das hat sich so ergeben. Aber ich bin damit zufrieden. Nein, das klingt zu negativ, ‚zufrieden'. Das passt so. Und das ist schon sehr viel, wenn man das sagen kann. Wenn ich auf unsere Freunde schaue, Beate, dann kann man das wahrscheinlich nicht von vielen sagen. Oder was denkst du?"

Beate ließ einige ihrer Freunde vor dem inneren Auge vorüberziehen. „Bei den Männern würde ich sagen: stimmt!", überlegte sie. „Da fragen sich manche schon, wie lange sie noch arbeiten müssen. Müssen! Da hört man schon, dass sie sich auch ein anderes Leben vorstellen könnten. Ohne Berufsausübung. Oder mit einer ganz anderen Karriere. Was immer. Bei den Frauen ist das anders. Da haben ja viele erst nach der Kinderphase wieder angefangen zu arbeiten. Manche, ich zum Beispiel, genießen das jetzt. Aber klar, es gibt auch andere. Vera hat ja gleich wieder aufgehört. Petra hat gar nicht erst wieder angefangen. Also: Da gibt es eine große Bandbreite."

Bernd Kellert mischte sich wieder ein: „Wisst ihr, worüber ich froh bin?" Er schaute Frau und Tochter an und lächelte. „Es gibt keinen Morgen, an dem ich in den Spiegel schau und denke: ‚Mist! Jetzt musst du wieder zur Arbeit. Könnte ich doch zu Hause bleiben.' Das gibt es nicht. Ich denke manchmal: ‚Oh, zwei, drei Stunden später, das wäre schön!' Oder: ‚Auf diese Konferenz heute könnte ich gut verzichten!' Das ja. Aber ich stelle das nie grundsätzlich infrage!"

„Und denkst Du, dass das sinnvoll ist, was Du tust? Dass Du die Welt besser machst?", fragte Jenny nach und erklärte: „Ich frage das ganz ernsthaft. Weil ich ja jetzt auch endgültig entscheiden muss, was ich beruflich machen will." Bernd Kellert nahm einen tiefen Schluck von dem gut gekühlten Radler, das er sich an diesem Abend gönnte.

„Besser?" Er schüttete den Kopf. „Besser mache ich die Welt nicht, das ist mir schon lange klar. Diese Illusion habe ich in meinem Beruf früh verloren. Und das ist auch ein verdammt hoher Anspruch, Jenny! Den sollte man an sein Leben gar nicht stellen." Jenny schaute ihren Vater überrascht an. War er schon so abgestumpft?

Er las die Verwunderung in ihren Augen. „*Aber*!", betonte er. „Aber es gibt Dinge, die sind einfach richtig. Zum Beispiel: Da läuft irgendjemand durch die Welt, der hat diese Archivarin umgebracht, diese Frau Dr. Ketschbaumer. Seit mehr als zweieinhalb Jahren lebt der oder die ganz unbehelligt. Als hätte es diese Tat nie gegeben. Als hätte er oder sie nicht brutal ein Leben beendet, das ein Recht auf Leben hat wie jedes andere auch."

Kellerts Stimme war lauter geworden. Er sprach auch schneller als zuvor: „Und das geht nicht. Das darf einfach nicht sein! Deshalb will ich diese Tat aufklären. Nein, dadurch wird die Welt nicht besser. Und nein: Ich glaube nicht, dass diese Person noch weitere derartige Taten begangen hat oder noch begehen wird. Das glaube ich einfach nicht, nach dem was wir über die Hintergründe jetzt schon wissen. Wir müssen also niemanden schützen, kein weiteres Unheil verhüten."

„Aber?", warf nun Jenny ihrerseits ein, und ihr Vater reagierte sofort: „Aber es ist eben einfach richtig, dass Täter gestellt werden. Und für ihre Tat büßen müssen. Sonst wäre unser Zusammenleben bedroht. Unsere Gesellschaft. Dass wir hier so ruhig und unbehelligt sitzen dürfen." Er schnaufte einmal kurz durch. Lächelte seine Tochter wieder an, schloss seine Frau mit einem Zucken aus dem Augenwinkel mit ein und schloss: „Ja, und deshalb mache ich meinen Beruf gern. Nach wie vor. Und ja: Ich finde ihn sinnvoll."

„Nun, wenn wir schon dabei sind: Noch eine Illusion habe ich verloren", ergänzte Bernd Kellert, nachdem er eine Weile nachgedacht hatte. „Die Illusion, dass ich unersetzlich bin. Das habe ich lange Zeit schon geglaubt, dass *ich* es bin, der diese Arbeit machen muss. Dass ich sie so gut mache wie kein anderer. Spätestens bei unserem Fall mit dem ermordeten Pfarrer, unserem Pfarrer hier von Polzingen, ist mir klar geworden, dass das einfach nicht stimmt. Erinnert ihr euch, als ich plötzlich lahmgelegt war durch diesen dämlichen Hexenschuss?"

„Aber sicher", bestätigte seine Frau, auch Jenny nickte. „Plötzlich war mir klar: Das kann der Thiele genauso gut wie ich. Oder andere. Und das ist gut so. Das entlastet einen, wenn man sich das ab und zu deutlich vor Augen stellt: Nein, du bist nicht unwichtig, aber es geht auch ohne dich! Zur Not jederzeit, aber langfristig sowieso. Im Beruf. Privat ist das etwas anderes. Ihr, ihr seid natürlich für mich nicht ersetzbar. Das ist mir damals klar geworden. Und in den Hochtagen der Corona-Krise noch einmal."

Er war ruhig geworden, nachdenklich, ernst. Beziehungsgespräche liebte er eigentlich nicht so besonders. Aber unerwartet hatte sich der Abend eben genauso entwickelt. Er rief sich innerlich zur Ordnung. „So, das reicht jetzt aber an Bekenntnissen“, sagte er und lachte die Peinlichkeit fort.

Kellert hob die Zeichnung von Judit Pieburger auf, wedelte damit spielerisch über den Abendbrottisch und fügte hinzu: „Der Beruf hat einfach auch seine schönen Seiten. Zum Beispiel die, dass man da eben immer wieder interessante Leute kennenlernt.“ Beate grinste ihm zu. Sie kannte ihn. Und nahm seinen Impuls auf, eine ganz andere Richtung anzusteuern. „Noch jemand ein Brötchen oder einen Löffel von dem – übrigens köstlichen, das könnte auch mal jemand erwähnen! – Salat?“

Vater und Tochter sahen sich an und unterdrückten ein Grinsen. Beide lehnten das Angebot jedoch kopfschüttelnd ab und Jenny meinte: „Eben wollte ich es sagen, Mama. Der Salat ist wirklich toll! Wo hast Du den denn gekauft?“ Flutsch – flog ein Salatblatt in ihre Richtung und landete einen Zentimeter neben ihrer rechten Hand. „Gekauft!? Den habe ich natürlich selbst gemacht!“ Jenny brach in ein lautes Gelächter aus und ihr Vater stimmte mit ein. „Weiß ich doch, Mama. Reingefallen!“

„Und Du, mit Deiner Masterarbeit? Kommst Du voran?“, wechselte Bernd Kellert das Thema. „Übrigens gut, die Übersetzungen. Gefallen mir. Also die, die Du mir gezeigt hast. Aber ich habe davon natürlich letztlich keine Ahnung.“ „Ja, es geht vorwärts. Mein Prof ist auch zufrieden. Aber wisst ihr“ – Jenny bezog ihre Mutter bewusst mit ein –: „Beatles-Texte ins Deutsche zu übertragen ist total kompliziert. Ich habe zuerst im Internet geschaut. Da finden sich holprige Versuche von Wort-für-Wort-Übersetzungen. Das klingt total schwerfällig, völlig unpoetisch, das passt nicht zu Melodie und Rhythmus. Diese Übersetzungen verstellen den Zugang eher, als dass sie ihn erschließen. Finde ich."

Die Kellerts hörten überrascht zu. Noch nie hatte ihre Tochter so engagiert über Inhalte ihres Studiums gesprochen. Jetzt hatte sie offenbar endlich ein Thema gefunden, das sie wirklich interessierte. „Für mich ist das gut", fuhr sie fort. „Von diesen Internet-Übersetzungen kann ich mich natürlich wunderbar absetzen. Nach dem Motto: ‚So nicht!' Das Problem: Leider ist es nicht grundlos, dass man die Beatles-Songs nur so schwer übersetzen kann. Die sind voller umgangssprachlicher Wendungen, die eigentlich unübersetzbar sind. Voll von Sprachspielen, Worterfindungen oder Verkürzungen, die sich auf Deutsch nicht imitieren lassen."

Sie schüttelte den Kopf und runzelte die Stirn. Das war selbst im Dämmerlicht, das allmählich die Terrasse umhüllte, erkennbar. „Also allein der bloße Sinn mancher Passagen ist schon bei englischen Beatles-Deutern heftig umstritten. Die wissen selbst nicht, was das bedeutet. Ehrlich! Und was richtig ätzend ist: Englisch hat grundsätzlich eine völlig andere Sprachmelodie als das Deutsche. Ein Beispiel: Der Einsilber ‚Love', das mit Abstand häufigste Wort, stolpert bei uns in den Zweisilber ‚Liebe'. Das sprengt jedes Versmaß. „Love, love, love". Sing das mal als ‚Liebe, Liebe, Liebe'! Das ist einfach nicht dasselbe!"

„Und wie löst Du das dann in Deinen Übersetzungen auf?", wunderte sich Beate Kellert. „Also meine Grundthese ist: Bei Übertragungen solcher Songs kann es nur darum gehen, dem Ursinn und dem poetischen Gefühl *nachzuspüren*. Nicht jedes Sprachspiel lässt sich retten. Nicht jede Form von Reim und Rhythmus passt in eine deutsche Version. Oft braucht es Umstellungen, Kürzungen, verschiebende Sprachbilder, die den Sinn, nicht aber die Bildkonturen retten. Das bleibt stets eine unbefriedigende Annäherung. Bei manchen Texten ist das leichter, bei anderen äußerst schwierig. Manche Reime sind nachfühlbar, andere nicht. Das ist so ungefähr das, was ich behaupte und zeigen will."

„Freut mich, dass Du Dich da so reinhängst. Und ich, ich finde, das klingt logisch", stimmte Bernd Kellert zu. „Warte Papa, für Dich habe ich auch noch eine spezielle Kostprobe. Von gestern, also ganz frisch. Und beim Übertragen habe ich speziell an Dich gedacht!" „Na, da bin ich aber mal gespannt!", entgegnete ihr Vater erwartungsvoll. Im Geiste ging er schnell alle ihm gerade einfallenden Beatles-Songs durch. Welcher kam infrage? Irgendwas mit ‚love' könnte es ja schwerlich sein. ‚Irgendwas mit ‚Held', überlegte er und grinste.

Jenny hatte ihr Handy herausgeholt, tippte, scrollte. „Ah, da ist es ja!", freute sie sich. Sie summte leise vor sich hin, sang dann: *Wenn ich dann später alle Haare verlier, einst in ferner Zeit, lädtst du mich dann weiter zum Geburtstag ein, schickst mir Liebesbriefe und 'ne Flasche mit Wein? Wenn ich erst nachts um drei nach Hause komm, schimpfst du dann vor dich hin? Wirst du mich hegen, wirst du mich pflegen, wenn ich siebzig bin?*

Kellert lachte laut. „Ach so, When I'm Sixty-Four!", kommentierte er dann. „Habe ich erst gar nicht erkannt. Schmeichelhaft. Bei so was denkst Du also an mich! Und Mama, nehme ich mal an. Aber warum hast Du aus ‚vierundsechzig' ‚siebzig' gemacht?" „Weil es sonst eben nicht zum Metrum passt", erläuterte die Tochter eifrig. „‚Wenn ich vierundsechzig bin', das holpert und stolpert im Deutschen, oder? Mit ‚siebzig' passt es genau!"

„Außerdem", fügte sie mit einschmeichelndem Blick hinzu: „Wird man heute ja älter als noch zu Zeiten der Beatles. Und man ist viel länger fit. Habe ich mir sagen lassen. Also passt das auch viel besser, wenn man die Jahreszahl heraufsetzt." „Singst Du es nochmal, bitte", mischte sich Beate Kellert ein. Und dem Wunsch kam Jenny nur zu gern nach.

„Klasse", lobte Beate Kellert ihre Tochter und auch Bernd Kellert nickte zustimmend. „Und wie geht's weiter?" *Ich bin dann der Hausmann und weiß, was zu tun ist, wenn einmal der Strom ausfällt, du strickst zig Pullover gegen Sturm und Schnee, sonntags spazieren wir gemeinsam zum See, Arbeit im Garten, das Unkraut muss weg, braucht es mehr an Sinn? Wirst du mich hegen, wirst du mich pflegen, wenn ich siebzig bin?*

„Also das kann nicht Dich meinen, Bernd!", warf Beate Kellert ein. „Von wegen ‚Hausmann' und ‚Arbeit im Garten'." „Du weißt ja nicht, was noch in mir steckt!", kommentierte ihr Ehemann grinsend. Jenny sang einfach weiter. *Jeden Sommer fahr'n wir an die Adria, dafür reicht das Geld, wir geben einfach nur wenig aus. Enkelkinder auf dem Schoß, Vera, Tim und Klaus.*

„Nur zu! Nichts gegen Enkelkinder", unterbrach nun Bernd Kellert den Singsang der Tochter. „Nichts dagegen. Kannst Du auch an Tobias weitergeben!" „Aber bitte: andere Namen!", fügte Beate hinzu. „Ruhe jetzt: auf zur Schlussstrophe!", unterbrach sie die Tochter. Also: *Schick mir 'ne E-Mail, schreib 'ne Notiz, sag, wie du das siehst, äußere genau, was du wirklich meinst ‚mit besten Grüßen', ‚auf immer vereint'. Gib mir deine Antwort, auf 'nem Formular, sag ‚du bist mein Hauptgewinn'. Wirst du mich hegen, wirst du mich pflegen, wenn ich siebzig bin? Ho!*

18.

„Das war ja leider zu erwarten gewesen!“, kommentierte Bernd Kellert die auf seinem Dienstschreibtisch ausgebreiteten Tageszeitungen. Obenauf lag der ‚Friedensberger Anzeiger‘, die hiesige Lokalzeitung. Die rot-schwarze Schlagzeile sprang den Lesenden in die Augen: „Skelett in der Orgel. Mord im Dom?“ Im Lokalteil fanden sich einige grundlegende Informationen über den grausigen Fund, aber weitaus mehr Spekulationen: „Priesterliebchen raffiniert entsorgt“; „Musik bis über den Tod hinaus“, „Seit Jahrzehnten vermisst“ – so und ähnlich lauteten die Zwischenüberschriften. Das war natürlich das sprichwörtliche ‚gefundene Fressen‘ für die Sensationspresse.

Hannah Mellrich blätterte mit raschen Griffen durch die von der Kommissariats-Sekretärin Lisa Nestler bereitgelegten Zeitungen. „Immerhin, die Identität der Toten scheint noch unbekannt zu sein. Noch schießen die Vermutungen ins Kraut“, kommentierte sie ihren ersten Eindruck. „Aber das wird nicht mehr lange dauern, bis auch die durchsickert.“

„Was unsere Arbeit nicht gerade erleichtern wird“, fügte der Kommissar an.

„Ach, wer weiß?“, wandte seine Mitarbeiterin ein. „Vielleicht ist bei einem solchen Fall eine Einbeziehung der Öffentlichkeit gar nicht so schlecht. Es kann doch sein, dass sich jemand an etwas Entscheidendes erinnert.“

Kellert blickte skeptisch. „Abwarten!“, knurrte er. „Ich bin froh, wenn wir noch möglichst lange ohne diese Pressefritzen arbeiten können. Mir ist es tausendmal lieber, wenn ich denen am Ende eine fertige Geschichte servieren kann. Mit der können sie dann meinetwegen anstellen, was sie wollen.“

Er legte die Zeitungen wieder zusammen. Es wurde ein eher lieblos zusammengeschobener Papier-Wust. „Das soll sich die Frau Nestler noch mal in Ruhe anschauen. Welche Fakten bekannt sind, welche Vermutungen geäußert werden, ob es vielleicht tatsächlich doch irgendeinen Hinweis gibt, der uns helfen kann." Er wandte sich zu seiner Mitarbeiterin. „Was gibt es sonst noch Neues?"

„Eine Sache habe ich herausgefunden, die ist nun wirklich interessant. Die Wohnung von Frau Ketschbaumer ist gar nicht unbewohnt, wie wir bislang dachten", brachte Hannah Mellrich ihren Chef auf den aktuellen Stand ihrer Recherchen. „Da wohnt eine entfernte Nichte von ihr. Wie die nun ganz genau mit ihr verwandt ist, konnte ich noch nicht ermitteln. Jedenfalls wohnt sie dort schon seit acht Jahren. Offiziell angemeldet."

Es war ein regnerisch-trüber Donnerstagmorgen. Chef und Mitarbeiterin hatten sich zunächst erst einmal gegenseitig über ihre gestrigen Ermittlungen informiert. Nun planten sie das weitere Vorgehen. „Ich habe für nachher einen Termin ausgemacht", ergänzte Hannah Mellrich. „Vor Ort. Ich möchte doch gern sehen, wie die so gewohnt hat. Kommen Sie mit?"

Kellert überlegte. Es war doch besser, Gespräche zu zweit zu führen, und das aus mehreren Gründen. Auf ein zweites Erlebnis wie das bei der Malerin in Würzburg hatte er keine Lust. Und sich einen Einblick in das Lebensfeld des Opfers zu verschaffen, das klang sehr vernünftig. ‚Gut, die Hannah. Das wusste ich ja schon immer!', dachte er, behielt das Lob aber bei sich. „Ja, da komme ich mit. Gut!", immerhin zu dieser Äußerung konnte er sich hinreißen.

Die Wohnhäuser im eng verschachtelten Dombezirk von Friedensberg waren mindestens dreihundert Jahre alt. Feste, burgartige, dreistöckige Blocks aus gelbbraunem Sandstein, im zweiten Weltkrieg unzerstört geblieben. Viele waren aufwendig restauriert worden. Im Erdgeschoss fanden sich Juweliere, Optiker, Anwaltskanzleien, Arztpraxen oder Immobilienhändler. Die darüber angesiedelten Wohnungen befanden sich durchweg in Privatbesitz. Vermietungen gab es nur in Ausnahmefällen. Und auch kaum Verkäufe. Wer hier ein Haus oder eine Wohnung besaß, behielt sie auch. Oder vererbte sie weiter.

‚Wie viele dieser Häuser wohl im kirchlichen Besitz sind?', fragte sich Hannah Mellrich, während sie unter einem Schirm vorwärts hastete, immer im Versuch, tieferen Pfützen auszuweichen. Derartige Daten blieben natürlich geheim. Ohne konkreten Grund kam selbst die Polizei nicht an solche Informationen. Aber sie waren zu einem einfachen Gespräch unterwegs. Nicht mehr und nicht weniger.

Hofstallstraße 4. Der Block passte perfekt in die Häuserzeile. Auffällig war nur, dass sich im Erdgeschoss kein Laden oder Büroraum befand, sondern allem Anschein nach eine Wohnung. Ein breites Vordach schützte die Polizisten vor dem Regen. Ein einziges Klingelschild befand sich in einem goldeingefassten Feld: „Ketschbaumer/Lienhard". Auf die Berührung des Knopfes folgte kein Laut. Nichts, was man von außen hören konnte. Ein leises Summen verriet, dass jemand die in die Mauer eingebaute Kontrollanlage bediente. Richtig, daneben befand sich auch ein kleines Gitter, das wohl als Mikrophon diente.

„Mellrich! Von der Polizei! Wir hatten telefoniert!", sprach Kellerts Mitarbeiterin und lächelte gekünstelt in das matte Auge der Kamera. Mit einem kurzen Klick öffnete sich die Tür, um sich sofort nach ihrem Eintreten wieder zu schließen. ‚Teure Anlage!', ging es Kellert durch den Kopf.

„Kommen Sie doch herein!“, begrüßte sie eine für dieses Ambiente erstaunlich junge Frau. „Und lassen Sie die Schirme hier vorn stehen!“ Sie mochte knapp dreißig Jahre alt sein. In Hannah Mellrichs Alter. Auch äußerlich ähnelten sich die beiden Frauen, wie Kellert leicht amüsiert feststellte. ‚Merkt sie das auch?‘, fragte er sich im Blick auf seine Mitarbeiterin. Beide knapp unter eins siebzig groß, mit kurzem, blondem Haarschnitt, modisch, aber praktisch gekleidet in Hose und Bluse.

Man sah aber auch sofort Unterschiede. Wo Hannah Mellrich sportlich wirkte, kam ihr Gegenüber eher zart daher. Wo die Farbwahl der Polizistin auf kräftiges Blau und Weiß setzte, wich ihr Pendant hinter blassen Olive- und Beigetönen zurück. Wo Hannahs Stimme fest und selbstbewusst herüberkam, sprach die andere Frau so leise, dass Kellert schon sehr genau hinhören musste.

Sie blieben im Erdgeschoss des Hauses. Neben dem geräumigen Flur öffnete sich ein hallenartiger Raum, der fast die gesamte Grundfläche des Gebäudes ausfüllte. Ein ‚Salon‘, dachte Kellert überrascht, denn dieses Wort befand sich normalerweise nicht in seinem aktiv genutzten Sprachschatz. An den hohen, gut ausgeleuchteten Wänden hingen großformatige Bilder. Die meisten mit gegenständlichen, klassischen Motiven, an einer Wand jedoch mit abstrakten Mustern. Zwei Sitzgruppen verteilten sich so, dass man jeweils an einem der beiden hohen Fenster saß.

Eine erst bei genauem Hinsehen erkennbare Tür führte in eine Küche. Ein großer Esstisch war mit acht Stühlen bestückt, alles aus geschliffener Eiche. Der Raum wirkte – bei aller Großartigkeit – unbenutzt. Fast wie ein Ausstellungsraum. Nicht wie ein mit Leben gefülltes Wohnzimmer. ‚Wer wohnt denn so?‘, fragte sich Kellert. ‚Wer kann sich so etwas leisten?‘

Sie hatten in einer der Sitzgruppen Platz genommen. „Ja, da staunt man schon, wenn man das erste Mal hier hereinkommt", eröffnete die Bewohnerin das Gespräch. Sie sprach mit leise artikulierender Stimme, aber ein sehr präzis gestimmtes und fast schon penibles Hochdeutsch. „Sabine hat auf genau diesen Effekt gesetzt. Nicht, dass sie oft Gäste hatte. Fast nie. Aber wenn, dann sollten sie staunen. So wie Sie!"

Sie lächelte fein, kontrolliert und höflich: „Jetzt sollte ich mich aber erst einmal vorstellen. Ich kann mir denken, dass Sie neugierig sind, wer ich bin und vor allem, was ich hier" – sie ließ die rechte Hand durch den Raum kreisen – „mache. Ich bin Bernadette, Bernadette Lienhard. Und ich habe Frau Mellrich" – ‚natürlich hat sie sich den Namen gemerkt', dachten Kellert und seine Mitarbeiterin unabhängig voneinander, aber gleichzeitig – „ja am Telefon schon erklärt: Sabine ist, nein: war so etwas wie meine Tante."

„Ich denke, Frau Dr. Ketschbaumer war Einzelkind. So steht das im Melderegister!", warf Kellert ein. „Und das stimmt natürlich", versicherte Bernadette Lienhard sofort. „Deswegen habe ich ja auch gesagt ‚*so etwas* wie meine Tante'. Also es ist so: Meine Mutter ist Sabines Cousine. Wie man das jetzt ganz genau ausdrückt, unseren Verwandtschaftsgrad, das weiß ich nicht. ‚Tante', so haben wir das immer umschrieben. Aber ich habe das natürlich nicht zu ihr gesagt. ‚Sabine', so war das von Anfang an."

„Und genau das interessiert uns", setzte der Kommissar nach. „Wann genau war denn dieser Anfang? Seit wann wohnen sie denn nun hier? Denn das" – er nickte seiner Mitarbeiterin zu – „ließ sich den Daten des Melderegisters offenbar nicht so ganz genau entnehmen."

„Stimmt, ja! Ich erkläre es Ihnen. Das war so: Meine Familie wohnt in der Nähe von Oldenburg. Mein Vater kommt von dort. Aber zum Studium wollte ich hierher, nach Friedensberg. Heute frage ich mich, warum es mich ausgerechnet hierher zog. Egal. Jura, übrigens. Ich bin Juristin, arbeite als Rechtsanwältin. Eher im Hintergrund. Also nicht in öffentlichen Prozessen. Man kennt mich hier nicht, in der Friedensberger Gesellschaft. Und das ist mir recht."

Bernadette Lienhard lächelte in sich hinein. Dann besann sie sich wieder auf die Frage, die der Kommissar ihr gestellt hatte. „Gut, als ich damals dann den Studienplatz auch bekam, fiel meiner Mutter ein, dass sie ja diese einige Jahre jüngere Cousine habe, die hier wohnt. Man hatte lange keinen Kontakt mehr gehabt. Schon allein wegen der Entfernung."

Sie ließ ihren Blick durch den geräumigen hohen Salon gleiten. Eine Böe wischte einen Regenstoß gegen die Fenster. „Dann habe ich Sabine angerufen. Das wollte ich lieber selbst übernehmen. Und am Telefon haben wir uns gleich gut verstanden. Ich wollte ja eigentlich nur fragen, ob sie jemanden kennt, der vielleicht weiß, wie ich an ein Studentenzimmer kommen könnte. Aber am Ende des Telefongesprächs meinte sie mit großer Entschlossenheit: ‚Komm her, dann sehen wir weiter. Vielleicht kannst Du ja bei mir wohnen.'"

Sie nickte mit angedeuteten Bewegungen, als wollte sie ihre Erinnerung unterstreichen. „Dann kam ich. Und blieb. Das ganze Haus gehörte Sabine. Platz war genug. Mehr als genug, das sehen Sie ja. Eigentlich hatte Sabine sich perfekt an das Alleine-Leben gewöhnt. Aber wir ließen uns gegenseitig unseren Freiraum, das passte gut. Für sie und für mich. Mein Einzug ist jetzt, warten Sie" – sie rechnete die Zeit im Kopf zurück – „fast acht Jahre her. Unfassbar!"

„Und Sie haben hier ganz normal Miete bezahlt?“, fragte Hannah Mellrich, die sich die Absprachen des Miteinanders nicht so einfach vorstellte. Bernadette Lienhard schüttelte den Kopf. „Sabine wollte das nicht. ‚Ich habe doch all das geerbt‘, hat sie mehrfach gesagt. ‚Und ich habe Geld genug!‘ Aber meine Mutter hat darauf bestanden, dass wir etwas zahlen. Nicht so viel, wie man das tun müsste für dieses Haus. Aber doch einen festen Betrag. Den habe ich dann übernommen, als ich in den Beruf einstieg. Und das zahle ich auch bis heute. Auf Sabines Konto.“

„Dazu kommen wir noch“, ordnete Kellert das Gespräch. „Aber zunächst interessiert mich, wie Sie sich mit Ihrer ‚Tante‘ verstanden haben. Wir haben gehört, dass sie eine ziemlich – wie sagt man das, Hannah?“ – „eigenwillige?“, schlug diese vor – „gut, also ‚eigenwillige‘ Person war.“ „‚Eigenwillig‘? Ja, das stimmt vielleicht. Sie ging ihren Weg und brauchte dazu niemanden. Also auch nicht mich. So hat das auf mich gewirkt. Aber es war ihr trotzdem irgendwie recht, dass ich hier wohnte. Nein, das war ihr sogar wichtig.“

Sie erinnerte sich: „Nach drei Jahren wollte ich einmal ausziehen. In eine eigene Wohnung. Da hat sie mich gebeten zu bleiben. Ja, dringlich gebeten. Das hat mich überrascht, damals. Ich wusste nicht, dass ihr das so viel bedeutete. Und bin dann auch gern geblieben. Wie das so war, unser Zusammenleben, haben Sie gefragt, Herr Kommissar? Also ich habe sie nie als ‚Tante‘ bezeichnet und auch nicht so gesehen. Als wäre sie Teil einer anderen Generation. Nein, das war ein Zusammenleben auf Augenhöhe.“ Sie überlegte. „Ja, doch, das kann man so sagen, auf Augenhöhe.“

Hannah Mellrich wollte etwas einwerfen, aber Bernadette Lienhard signalisierte ihr wortlos, dass sie weitersprechen wollte. ‚Die weiß auch, was sie will‘, ging es der Polizistin durch den Kopf. ‚Und bei all der Zurückhaltung in Gestik, Mimik und Stimmstärke hat sie eine eigene Art, sich durchzusetzen. Nicht zu vergessen: eine Juristin!‘

„Verstehen Sie mich bitte richtig: Gleichzeitig war das aber nie ein wirklich persönliches Verhältnis. Also: keine Freundschaft. Keine Vertraulichkeit. Sabine hielt immer Distanz. Immer. So war sie eben. Und mir kam das entgegen. Ich denke, dass ich letztlich ganz ähnlich bin. Deswegen hat das ja auch so gut gepasst.“

„Und als Frau Dr. Ketschbaumer dann verschwunden ist …“ lenkte Kellert den Gesprächsfaden weiter. „Da war ich zunächst verwundert“, gestand Bernadette Lienhard. „Aber ich dachte, dass sie das so inszeniert hat. Dass sie verschwinden *wollte*. Wenn, dann hätte sie das genauso geplant und durchgezogen. Ohne jemandem Bescheid zu geben. Auch mir nicht. Und irgendwann wäre sie wieder aufgetaucht. Und dazwischen? Eine Weltreise, eine Zeit der Selbstfindung, was weiß ich?“

„Aber sie hat doch nie Geld von ihrem Konto abgehoben. Das haben wir recherchiert. Wurden Sie da nicht misstrauisch?“, fragte der Kommissar nach. „Ach, das wusste ich gar nicht. Ich habe ja keinen Zugang zu ihren Konten. Warum auch? Warum sollte ich einen haben? Andererseits: Nur so war es doch möglich, ohne Spuren für eine gewisse Zeit abzutauchen, oder? Und ich bin mir sicher, dass sie mehr als ein Konto hat. Wovon niemand etwas weiß. Ich habe weiterhin meinen Mietanteil gezahlt, die laufenden Kosten für das Haus wurden und werden alle per Bankeinzug beglichen. Das alles lief einfach so weiter, verstehen Sie?“

Bernadette Lienhard erhob sich, ging zu einem der hohen Fenster, öffnete es und ließ nach Sommerregen duftende Frischluft in den Raum. Es hatte aufgehört zu regnen. „Nach zwei Monaten haben wir dann doch eine Vermisstenanzeige bei der Polizei aufgegeben." „Wir?" warf Hannah Mellrich ein. „Naja, ich in Zusammenarbeit mit ihrem Arbeitgeber. Also: die Leute vom bischöflichen Ordinariat. Für die war das natürlich nicht so toll, dass ihre Mitarbeiterin ohne Nachricht verschwunden war."

Sie setzte sich wieder und blickte von dem einen zur anderen. „Und dann habe ich mir natürlich auch langsam Sorgen gemacht. Aber Ihre Kollegen haben mir versichert, dass der Fall bei der Vermisstenstelle in guten Händen sei. Die Nachforschungen haben natürlich nichts ergeben. Gar nichts. Und jetzt wissen wir natürlich auch, warum."

Sie starrte mit leerem Blick vor sich hin. „Ich weiß nicht, ob Sie das verstehen", versuchte sie eine Erklärung zu finden. „Ich habe mich einfach gescheut, diesen Schwebezustand zu beenden. Sie für tot erklären zu lassen. Das schien mir so unwahrscheinlich. Selbst heute kann ich das ja eigentlich gar nicht glauben. Dass sie tot sein soll. Nicht wirklich. Ich habe immer gedacht: ‚Plötzlich steht sie wieder vor der Tür. Ist dann einfach wieder da.' Und irgendwie denke ich das noch immer."

Sie rieb sich mit der rechten Hand über die linke. „Ich wollte, dass das so käme. Deswegen blieb ich hier wohnen. Habe nichts, gar nichts im Haus verändert. Es ist alles noch so wie vor drei Jahren. Ich habe nichts verändert an ihren Regelungen im Blick auf Geld und Besitz." „Wer wird denn all das nun erben?", nutzte Hannah Mellrich den Anlass, um eine Frage loszuwerden, die ihr schon lange auf der Zunge lag.

„Das weiß ich nicht", entgegnete die junge Frau, während sie sich mit einem leichten Ruck auf ihrem Stuhl zurücklehnte. „Vielleicht ich, falls das Ihre Überlegung sein sollte.

Ja, das kann sein, ich weiß es nicht. Jedenfalls nicht die Kirche. Über die hat sie immer geschimpft. ‚Unprofessionell', ‚ineffektiv', ‚verfilzt' – es fehlte Sabine nicht an Urteilen über ihren Arbeitgeber. Im Gegenteil: Damit war sie immer schnell bei der Hand. Deswegen glaube ich jedenfalls nicht, dass sie ihr Vermögen der Kirche überlässt. Oder einer Stiftung. Hat sie überhaupt ein Testament gemacht? Ich denke ja, denn wir haben nächste Woche einen Termin beim Notar. Wir, also meine Mutter, eine weitere Cousine und ich."

„Dann werden Sie bald eine reiche Frau sein?", stellte Kellert mit fragendem Tonfall fest. „Ja, das kann sein, wie ich schon sagte", bestätigte Bernadette Lienhard. „Aber ich bin auch so finanziell nicht schlecht gestellt. Ich brauche nichts von dem Geld von ‚Tante Sabine'. Im Gegenteil: Ich müsste überlegen, was ich damit anstellen soll. Und ob das mein Leben insgesamt verändert. Will ich das? Aber, Frau Mellrich, Herr Kellert: Noch sprechen wir im Konjunktiv. Warten wir die nächste Woche ab."

Die Polizistin hatte noch eine weitere Nachfrage. Ihr Gegenüber erschien ihr sehr gefasst, fast unbeteiligt. Oder einfach nur kontrolliert? Trainiert im professionellen Habitus der Juristin? „Frau Lienhard. Ich frage das jetzt einfach. Wenn es zu persönlich ist, dann antworten Sie einfach nicht, okay? Trauern Sie über den Tod von Sabine Ketschbaumer?"

Bernadette Lienhard blickte still vor sich hin. Sie rieb sich vorsichtig die Stirn. Überlegte. „Natürlich dürfen Sie das fragen. Und genau diese Frage stelle ich mir auch, seit ich vom Auffinden der Leiche gehört habe. Das war ein Schock, ohne Frage. Und dass sie *so* zu Tode gekommen ist, allein, in dieser Orgel, das ist einfach nur furchtbar. Aber trauere ich um sie? Um Sabine?"

Sie schaute Hannah Mellrich mit ihren wasserblauen Augen an. Durchdringend. „Ich habe mich in den letzten zwei Jahren daran gewöhnt, dass sie nicht hier ist. Und sie war mir eben auch schon davor nie persönlich nahe. Nicht wirklich. Weil sie es nicht zugelassen hat. Emotionen hat sie nie gezeigt. Und auch nicht gewollt. Also: Trauere ich um sie? Sollte ich das? Ich weiß es nicht. Fragen Sie mich in ein paar Monaten noch einmal."

Sie versank in ein Schweigen. Kellert ließ ihr Zeit. Nach einigen Momenten schaltete er sich jedoch wieder ein. Dazu waren sie hier: „Sie haben über Ihre Tante gesagt: ‚Emotionen hat sie nie gezeigt.' War das wirklich so? Gab es keine Freunde oder Freundinnen? Keine Liebhaber oder Liebhaberinnen? Sie wissen, dass ich das nicht aus Neugier frage. Wir müssen die Lebensumstände von Frau Ketschbaumer so genau wie möglich kennen. Wir suchen ihren Mörder."

„... oder ihre Mörderin", ergänzte Hannah Mellrich wie selbstverständlich.

„Ja, das ist mir klar!", erwiderte Bernadette Lienhard. „Aber ich werde Ihnen ein weiteres Mal weniger helfen können, als Sie sich das erhoffen. So seltsam das sein mag, wenn man mit jemandem einige Jahre in einem Haus zusammengelebt hat. Ich weiß da fast nichts. Sabine lebte sehr zurückgezogen, das habe ich ja schon gesagt. Für sich. Klar, sie ging ins Theater, ins Kino, zu Konzerten, auf Ausstellungen. Aber fast nie lud sie Leute zu sich ein. Zu uns. Dieses Haus war immer irgendwie ein Tabubereich."

„Sehen Sie!" Sie ging zu einem Regal, zog eine integrierte Schublade heraus und zeigte den Polizisten ein Foto. Ein gutaussehender, freundlich lächelnder Mann saß in einem offenen Porsche, den linken Arm lässig auf die nur angelehnte Fahrertür gelehnt. „Guido, mein Freund. Sie hätten ja sowieso noch nach ihm gefragt. Auch Jurist. Wir sind seit mehr als drei Jahren zusammen. Wir wollen aber unsere jeweiligen Wohnungen behalten. Das ist besser so. Jeder soll sein eigenes Leben weiterführen. Ich bin nicht der Typ für zu große Nähe. Guido auch nicht."

Sie legte das Bild mit der Fotoseite nach unten auf den Tisch. „Also treffen wir uns. Aber wo? Immer bei ihm. Nie hier. Okay: fast nie. Sabine hat schnell durchblicken lassen, dass ihr das nicht recht war. Wenn er hier übernachtete. Das musste sie gar nicht aussprechen, das spürte man einfach. Und sie konnte eine Atmosphäre erzeugen, dass man sich fügte. Im Beruf und auch privat."

Kurz drehte sie das Foto noch einmal um. Lächelte das Bild an. „Und seltsam: Wir haben uns daran gehalten. Auch in den letzten Jahren, als Sabine nicht mehr hier war. Ohne, dass wir das so abgesprochen hätten. Es hat sich einfach so ergeben. Guido ist fast nie hier. Außer, er holt mich ab. Sehen Sie, so wirkt Sabine auch noch über ihren Tod hinaus."

Bernadette Lienhard blickte versonnen vor sich hin. Dann fiel ihr noch etwas ein: „Aber Ihr Bild von Sabine ist noch unvollständig. Da fehlt noch eine wichtige Facette. Zweimal im Jahr gab es die große Ausnahme. Da lud sie sich Leute ein, Freunde, wenn es denn welche waren, Kollegen, Bekannte. Diesen Organisten zum Beispiel, mit dem zusammen sie die Orgelrestaurierung durchgeführt hat. HHH, so hat sie den genannt."

Die Polizeibeamten nickten sich zu. „Oder Leute vom Ordinariat", fuhr die junge Frau fort. „Priester mit ihren weißen Kragen. ‚Zinngruber' hieß einer, glaube ich. So ein langer, dürrer." „Johannes Zinngruber, kann das sein?", fragte Hannah Mellrich nach. „Ja, kann sein", bestätigte Bernadette Lienhard schulterzuckend.

„Immer im Mai und im Advent. ‚Meine Empfänge', so nannte sie das. Da kamen dann regelmäßig so um die zwanzig Personen zusammen. Sie ließ beste Speisen auftragen, nur erlesene Getränke, es gab Life-Musik, einmal eine Dichterlesung, wenn ich mich richtig erinnere. Da trat sie ganz anders auf als sonst. Als – ja wie? – als ‚Grande Dame', so sage ich das jetzt einmal. Und sie beherrschte auch diese Rolle. Perfekt. Aber schon am Tag danach war jedes Mal alles wie vorher."

Sie schüttelte kaum merklich den Kopf. „Deswegen hatten manche in Friedensberg auch ein ganz anderes Bild von ihr. Immer mit einem gewissen Geheimnis umgeben, so war sie. So gab sie sich. Nicht geliebt, vielleicht nicht einmal geschätzt, aber geachtet. Schon wegen des Hauses. Das macht ja wirklich Eindruck."

„Und Sie? Durften Sie bei diesen Empfängen mit dabei sein?", hakte Hannah Mellrich nach. „Aber ja! Das war ihr sogar wichtig. Sie wollte nicht das Bild einer Einzelgängerin abgeben. So erschien mir das zumindest. ‚Meine Nichte!', so hat sie mich immer vorgestellt. ‚Nichte und Mitbewohnerin'."

„Sie haben noch nichts über das Liebesleben von Frau Ketschbaumer gesagt", erinnerte Kellert an seine Ausgangsfrage, ergänzte jedoch: „Obwohl ich schon ahne, dass Sie da nicht viel Berichtenswertes nennen können."

„Genau", bestätigte Bernadette Lienhard mit einem nur angedeuteten Nicken. „Ich könnte Ihnen nicht einmal sagen, ob sie Männer attraktiver fand als Frauen. Ich habe nichts, rein gar nichts von Besuchen hier im Haus mitbekommen. Ich glaube, dass es das einfach nicht gab. Die hätten schon sehr raffiniert sein müssen, dass ich nichts bemerkt hätte. Aber es hätte auch gar nicht zu ihr gepasst. Sie hätte nie jemanden hier übernachten lassen. Wenn es denn überhaupt jemanden gab."

„Es muss ja nicht sein, dass sie sich *hier* mit anderen traf", überlegte Hannah Mellrich. „Das stimmt!", entgegnete Bernadette Lienhard sofort. „Aber ich habe auch sonst nicht einmal ein Gerücht darüber gehört, dass man Sabine irgendwo mit Partner oder Partnerin gesehen hätte. Vielleicht gehörte sie ganz einfach zu den Menschen, die weder Freundschaft noch Partnerschaft brauchen. Die gibt es ja!"

„Vielleicht", erwiderte Kellert. „Oder sie war da eben sehr raffiniert. Auch das gibt es. Mir sind in meiner langjährigen Laufbahn schon einige Personen begegnet, die ein perfektes Doppelleben geführt haben. Lange Jahre. Bis es dann irgendwann doch aufflog. Und das geht dann selten ohne Drama ab. Und oft genug mit Gewalt. Deswegen sind dann ja oft *wir* damit befasst."

„Sie glauben, Sabine hatte so ein Doppelleben?", fragte die junge Frau mit skeptischer Miene zurück. „Ich glaube erst einmal gar nichts", erwiderte der Kommissar. „Aber ich schließe eben auch nichts aus. Irgendetwas lief in Dr. Sabine Ketschbaumers Leben schief. Fürchterlich schief, sonst hätte es nicht so geendet."

19.

Hannah Mellrich hatte eine Wandfläche des gemeinsamen Dienstzimmers freigeräumt. In der Mitte hatte sie eine Porträtaufnahme von Dr. Sabine Ketschbaumer befestigt, aufgenommen zwei Jahre vor ihrem Tod. Mit spöttischem Lächeln blickte diese in die Kamera, herausfordernd, selbstsicher, fast über die Betrachter hinaus. Der stylish gefasste

Kurzhaarschnitt, mittelbraun mit hellblonden Strähnchen, ließ die wohlgeformten Ohren frei, die Nase wirkte wie ein Richtungsanzeiger, die blauen Augen strahlten.

‚Nicht das Foto eines Opfers', dachte die Kommissarin. Sie wusste, dass Frau Ketschbaumer ihre Haare später länger trug. Aber mit genau diesem Bild hatte sie sich auf ihren letzten Büchern verewigt. So hatte sie gesehen werden wollen. Das war das Bild, das sie von sich selbst hatte.

Um dieses Porträt herum hatte die Polizistin in einem Kreis Aufnahmen von Menschen aufgezogen, mit denen Frau Ketschbaumer beruflich zu tun gehabt hatte, und zwar im Uhrzeigersinn: den Organisten Hans-Hendrik Hofbauer; die Prälaten Dr. Breskamp und Zinngruber; die Ordinariatsrätin Flemming-Berlinger; Gerhard Schmitt, den Sachbearbeiter, der sich von ihr zu Unrecht zurückgesetzt gefühlt hatte (ohne Foto); Carolin Flöther, die Erbin der bankrottgegangenen Orgelbau-Firma aus Eichstätt; Judit Pieburger, die Würzburger Malerin. Jenseits dieses Kreises befand sich als einzige Station Bernadette Lienhard, ihre Nichte.

Zwischen all diese Koordinaten hatte die Polizistin Pfeile gemalt: rote für Spannungsbeziehungen, blaue für Nähe, schwarze für nicht klar benennbare Verbindungen. Die meisten Pfeile bezogen sich auf das Zentrum, also auf das Opfer. Aber auch die Beziehungen der Übrigen untereinander waren jeweils dort markiert, wo es deutliche Erkenntnisse gab.

Bernd Kellert und Hannah Mellrich saßen nun auf ihren Bürostühlen und betrachteten das so entworfene Netzwerk. „Gut, Hannah, das fasst ja doch einige unserer Erkenntnisse zusammen. Ohne uns jetzt schon Täter oder Täterin zu präsentieren", lobte der Chef. „Ganz schön viel rot, oder?", überlegte seine Mitarbeiterin. „Also unsere Frau Dr. hat nicht gerade in Harmonie gelebt." Kellert knurrte zustimmend.

„Ob unser Täter schon mit dabei ist, Chef? Was denken Sie?" „-rin, haben Sie vergessen, Hannah, Täter*in*. Das betonen Sie doch sonst immer so", kommentierte der Kommissar. Derartige Kleinkariertheit ließ bei ihm immer auf schlechte Laune schließen. Und schlechte Laune erklärte sich beruflich vor allem daraus, dass er nicht weiterkam. „Kann sein", fügte er dann an. „Kann auch nicht sein."

Er nickte dem Porträtbild in der Mitte zu: „Was mir auffällt, ist, dass wir fast nichts über ihr Privatleben herausgefunden haben. Der klare Bezugskreis hier vor uns stammt aus ihrem Berufsleben. Bernadette Lienhard ist die einzige, die aus dem Rahmen fällt. Das sieht man hier ja nur zu deutlich. Aber das gibt es doch gar nicht, dass jemand, der beruflich so stark präsent ist, privat dermaßen abtaucht, oder?"

Hannah Mellrich nickte. „Eben. Das kann ich mir auch nicht vorstellen. Vielleicht stimmt unser Schema einfach noch nicht. Vielleicht waren manche der von mir als ‚Berufskontakte' dargestellten Beziehungen durchaus mehr als das. Im Geheimen. Dieser Prälat Zinngruber war ja zumindest Gast bei den – wie hat Frau Lienhard das genannt?" „Meinen Sie ‚Empfänge'?" schlug Kellert vor. „Genau, bei diesen ‚Empfängen' von Frau Dr. Ein Prälat Breskamp war da zum Beispiel nicht eingeladen", sinnierte Hannah Mellrich. „Der Domorganist aber durchaus", ergänzte der Kommissar.

Wieder betrachteten sie konzentriert das Geflecht vor sich. Es gelang ihnen nicht, der Installation ein ihnen bisher noch unbekanntes Geheimnis zu entlocken. Plötzlich klingelte das Telefon. Mit einer knappen Bewegung der Augen wies Kellert seine Mitarbeiterin an, den Anruf entgegenzunehmen. Die war aber ohnehin bereits aufgestanden und zum Schreibtisch hinübergeeilt. Sie nahm ab, hörte in das Gerät hinein und sagte dann: „Moment. Das wird meinen Chef auch interessieren. Ich schalte mal auf laut."

„... jetzt noch eingefallen", beendete eine Frauenstimme einen offensichtlich zuvor angefangenen Satz. Kellert mischte sich ein: „Frau Willebrandt, wenn ich das richtig zugeordnet habe. Hallo! Was gibt es denn?" „Mir ist noch etwas eingefallen. Daran habe ich bei unserem letzten Gespräch gar nicht gedacht. Und ich sollte mich ja melden, wenn ich mich noch an etwas erinnere, was mit dem Tod meiner Vorgängerin zu tun haben könnte."

„Genau!", bestätigte Kellert und nickte unnötigerweise. „Um was geht es denn?" Die Frau am anderen Ende der Leitung druckste vor sich hin. „Ja ...; ich möchte nicht, dass Sie da etwas falsch verstehen; ... aber ich dachte ...". „Nur heraus damit!", ermunterte der Kommissar und verdrehte die Augen in Richtung seiner Mitarbeiterin.

„Ich habe doch die Michi erwähnt, also die Michaela", begann Dorothee Willebrandt nun. Die beiden Polizisten warfen sich leere Blicke zu. ‚Michi'? „Helfen Sie uns auf die Sprünge ...", bat der Kommissar. „Na, die jüngere Schwester von Carolin. Also Carolin Flöther, meine Studienfreundin aus Eichstätt. Die mit der Orgelbaufirma." Immer noch schauten sich die beiden Polizisten hilflos an. Hannah Mellrich malte ein Fragezeichen in die Luft.

„Die ist ja auch gestorben, die Michi", stotterte die Denkmalschützerin vor sich hin. Kellert war überrascht. Er hatte Dorothee Willebrandt bislang als selbstbewusste, kontrollierte Frau kennengelernt. Die gerade gezeigte Unsicherheit schien gar nicht zu ihr zu passen. „Ja?", warf er ein. „Nichts weiter. Das ist mir nur so eingefallen. Deshalb wollte ich es

Ihnen mitteilen. Aber Genaueres weiß ich darüber nicht. Nach dem Tod ihres Vaters hat sich Carolin ziemlich zurückgezogen. Wir haben nur noch ab und zu Kontakt. Aber das war irgendwie auch schlimm für sie. Das mit Michi. Das hat ihr wohl vollends den Boden unter den Füßen weggezogen."

„Wann ist denn diese Schwester gestorben?", mischte sich nun Hannah Mellrich ein. Sie dachte an ihr gestriges Gespräch mit Carolin Flöther zurück. Von einer Schwester war dabei nicht die Rede gewesen. Oder hatte sie etwas übersehen oder überhört? „Tja, wann wird das gewesen sein?", überlegte Dorothee Willebrandt am anderen Ende der Telefonverbindung. „Letztes Jahr, vor anderthalb Jahren. So ungefähr."

‚Dann kann es ja kaum in einer Verbindung zum Tod von Frau Ketschbaumer gestanden haben', überlegte Kellert. „Danke für Ihre Information. Gut, dass Sie sich gemeldet haben. Bitte rufen Sie uns an, wann immer es irgendetwas gibt, das mit dem Fall zusammenhängen könnte. Lieber etwas zu viel als etwas zu wenig." Die Polizisten schauten einander an. ‚Relevant'? Beide zuckten die Schultern.

Erneut erklang das Klingeln des Telefons. Das war insofern ungewohnt, als dass in ihrer Dienststelle nur selten jemand anzutreffen war. Das hatte sich in der Polizeibehörde herumgesprochen. Entsprechend selten versuchten die Kollegen und Kolleginnen hier irgendjemanden zu erreichen. Wenn, dann wandten sie sich an das Sekretariat, an Frau Nestler.

Kellert nahm ab und redete ganz gegen seine Gewohnheit sofort los. Er war sich sicher, dass Dorothee Willebrandt noch etwas nachtragen wollte. „So, ist Ihnen noch etwas eingefallen? Nur heraus damit", äußerte er im Plauderton und ohne Namensnennung. Stille am anderen Ende der Leitung. Da er gleich auf ‚laut' gedrückt hatte, konnte Hannah Mellrich das unerwartete Schweigen mithören.

„Ähem, hier spricht Zinngruber", meldete sich dann mit hörbarer Verwirrung die Stimme des Prälaten. Kellert unterdrückte ein Lachen. „Ach Gott, Herr Prälat, das tut mir leid. Ich hatte mit jemand völlig anderem gerechnet. Ich hatte gerade noch ein anderes Gespräch. Bitte entschuldigen Sie. Kellert hier, Kommissar Kellert." „Genau den will ich auch sprechen", meinte der Mann am anderen Ende der Verbindung mit nun hörbar sicherer Stimme. „Ich habe es auch schon dreimal versucht."

‚Zwei Anrufe auf einmal in der Direktleitung. Das ist auch mal etwas Neues bei uns!', dachte der Kommissar. „Na, schön, dass es jetzt geklappt hat. Was können wir denn für Sie tun? ‚Wir' sage ich, weil Kollegin Mellrich mithört", erklärte er. „Ich ... ich muss Ihnen etwas mitteilen. Im Blick auf den Tod von Frau Ketschbaumer. Aber das möchte ich ungern am Telefon erledigen. Könnte ich bei Ihnen vorbeikommen?"

Kellert zog die Augenbrauen in die Höhe und schaute mit fragendem Blick zu seiner Mitarbeiterin. „Wir sind da. Also hier, im Kommissariat. Können Sie sofort kommen?" Vom anderen Ende der Verbindung ließ sich ein erleichtertes Durchatmen vernehmen. „Das wäre mir, ehrlich gesagt, auch am liebsten. Danke. Ich mache mich gleich auf den Weg." „So, es geht voran!", kommentierte der Kommissar den Anruf, nachdem das Gespräch beendet war. „Aber in welche Richtung?", überlegte Hannah Mellrich.

20.

Domvikar Johannes Zinngruber fühlte sich sichtlich unwohl. Er nestelte an seinem Priesterkragen herum. Er hatte seinen hageren, langgestreckten Körper mühsam auf einen der nur mäßig bequemen Stühle des Kommissariats zusammengefaltet. Sein schwarzer Dienstanzug wirkte hier irgendwie deplatziert. Zu förmlich. Aber er hielt sich kerzengerade aufrecht. ‚Wie ein Marabu', fuhr es Hannah Mellrich durch den Kopf, die als Kind auf diese eigentümliche afrikanische Storchenart gestoßen war und sie seitdem nicht mehr vergessen hatte.

„Es ist so", begann der Domvikar. „Ich habe lange mit mir gerungen, ob ich Ihnen das erzählen soll, aber ich habe mich nun doch dazu entschieden. Ich will nicht, dass Sie einen falschen Eindruck erhalten." Die beiden Polizeibeamten schauten ihn freundlich, neugierig, aber mit professionell zurückgenommener Erwartung an.

„Es gab da doch einen heftigen Konflikt, der mir wieder eingefallen ist. Danach haben Sie ja gefragt", nickte er Bernd Kellert zu. „Und das ist jetzt eben schon einige Jahre her. Manches hat man da nicht mehr so auf dem Schirm. Das wird Ihnen auch so gehen." ‚Aha, er versucht, uns verständnisvoll auf seine Seite zu ziehen', dachte Hannah Mellrich. ‚Warum hat er das nötig?'

„Also", rang sich Zinngruber durch. Die heftigen Bewegungen seines Adamsapfels in dem langen Hals verrieten genauso seine innere Spannung wie eine leichte Rötung, die sich an seinen Wangen abzeichnete. „Damals, als klar wurde, dass diese Orgelrestaurierung deutlich teurer wurde als anvisiert – deutlich! –, brachte Dr. Breskamp den Vorschlag ein, Frau Dr. Ketschbaumer ihr Amt zu entziehen. Sie freizusetzen."

„Zu entlassen?", entfuhr es der Polizistin. „Ja, so können Sie das auch nennen", räumte der Priester ein. „Es gab mit dieser horrenden Kostenexplosion einen konkreten Grund. Und viele erkannten darin eine willkommene Möglichkeit, sich die unliebsame Kollegin vom Hals schaffen zu können. Sie merken, ich rede Klartext."

Er lachte kurz auf, bitter und unfroh. „Sie hatte sich viele Feinde gemacht, die Frau Dr., das wissen Sie ja schon. Vor allem mit Breskamp war sie richtiggehend zerstritten. Sie kennen ihn ja." Kellert nickte. „Aufbrausend, von sich überzeugt, ein Platzhirsch ... Trotzdem kein schlechter Typ, der Franz Joseph, glauben Sie mir. Kein schlechter Priester. Aber eben jemand, für den Frau Ketschbaumer ein rotes Tuch war. Und umgekehrt."

„Und Sie?", warf Kellert ein. „Ach, ich fand sie auch anstrengend, das gebe ich sofort zu. Aber auch interessant und herausfordernd", entgegnete Zinngruber. „Und in ihrem Beruf war Frau Dr. einfach gut. Das konnte man nicht infrage stellen. Wissen Sie, sie hat mich sogar mal zu sich nach Hause eingeladen. Nicht allein, natürlich! Im Rahmen eines – wie nannte sie das? – ‚Empfangs'. Mit mehr als zwanzig Personen des öffentlichen Lebens. In ihrem wunderbaren Haus. Da war ich schon geschmeichelt, was sonst nicht oft der Fall ist, glauben Sie mir das. Ja, geschmeichelt und beeindruckt."

Er verstummte. Sein rechter Zeigefinger zuckte. „Wie ging die Sache dann weiter?", fragte Kellert nach. „Ja, wie? Ich war mir unsicher", erinnerte sich Johannes Zinngruber. „Sollte ich Breskamp und seine Mitstreiter unterstützen? Einiges sprach dafür. Aber mir war unwohl dabei. Ich fand das geplante Vorgehen irgendwie ‚unchristlich', verstehen Sie? Wir sollten so innerhalb von Kirche nicht miteinander umgehen. Grundsätzlich! Trotzdem hätte ich mich da eher herausgehalten. Man kann nicht an allen Fronten kämpfen. Ich hätte meine Herren Mitbrüder also gewähren lassen ..."

Starr blickte er vor sich hin, mitten zwischen dem Kommissar und seiner Mitarbeiterin hindurch, ohne klar erkennbares Objekt. Eine halbe Minute verging. „Na kommen Sie, wir hören doch ein ‚Aber'. Und das, was Sie uns mitteilen wollten, haben Sie doch noch nicht ausgesprochen, oder?", fragte Kellert ungewohnt sanft nach. Hannah Mellrich beobachtete genau, welche rhetorischen Register ihr Chef bediente. Wann. Und wie.

„Stimmt. Natürlich, Sie haben recht. Nun ja: Sabine Ketschbaumer war eine ausgesprochen kluge Frau. Sie hatte eine sehr gute Menschenkenntnis. Erkannte die Stimmungen um sich herum. Und sie konnte mit Macht umgehen. Ich hatte und habe noch nie jemanden kennengelernt, der sich darauf so verstand wie sie. Frau Dr. kam zu mir und hat mir klar gemacht, was sie von mir erwartet: dass ich mich gegen Breskamp und seine Unterstützer stellen sollte. Dass ich dafür zu sorgen habe, dass sie ihre Stellung behält."

Hannah Mellrich staunte. Aber sie konnte sich das damalige Szenario noch nicht richtig vorstellen. „Aber wie wollte sie Sie denn dazu bringen?", hakte sie nach. „Genau! Genau das, liebe Frau Mellrich, ist die entscheidende Frage. Wegen der ich hier bin. Sie ..." – er suchte nach Worten – „sie hatte etwas gegen mich in der Hand. Und drohte damit, diese Information öffentlich werden zu lassen."

Die Polizisten machten große Augen, versuchten aber, ihre Überraschung zu verbergen. Das war jedoch unnötig. Der Domvikar war ganz in seine eigenen Gedanken versunken. Dann schüttelte er sich kurz und blickte den beiden nacheinander ruhig und tief in die Augen. „Keine

Sorge, Herr Kellert, Frau Mellrich. Da ging es um nichts, was mich mit dem Gesetz in Konflikt gebracht hätte. Auch um nichts, was ich beichten müsste. Ich denke, Sie kennen mich inzwischen so gut, dass Sie mir das glauben können. Ich verlasse mich darauf, dass Sie mir vertrauen. In dieser Sache."

Er atmete tief durch. „Kein Verbrechen", wiederholte er. „Nichts, was für Sie als Polizisten von Belang ist. Aber es ist doch so: Wir alle haben unsere privaten Geheimnisse. Die nur uns selbst etwas angehen. Von denen wir nun wirklich nicht wollen, dass sie an die Öffentlichkeit gelangen." Kellert nickte mit nur angedeuteten Bewegungen. Ja, dem würde er zustimmen. Was er hier aber gar nicht musste. Hannah Mellrich überlegte noch: Stimmte das auch für sie?

„Und wissen Sie: Als Domvikar stehe ich unter permanenter öffentlicher Kontrolle. Da muss mein Erscheinungsbild tadellos sein. Schon ein böses Gerücht reicht, und meine Glaubwürdigkeit ist dahin. Und in dem einen Punkt war ich mir nun sicher: Wenn Frau Dr. mir übelgewollt hätte, wäre es mit meinem Berufsleben nach den jetzigen Vorgaben vorbei. Gut, ich hätte auch an ihrer Entlassung mitarbeiten können, aber mein eigener weiterer Weg wäre dann auch belastet gewesen."

„Und da haben Sie ...", deutete Hannah Mellrich an. „Da habe ich mich gegen Breskamp und sein Anliegen gestellt, ja! Dafür gab es ja auch gute, objektive Gründe. Ich hatte schnell Mitstreiter auf meiner Seite, vor allem unseren Herrn Bischof. Der wollte alle Skandale und Streitigkeiten vermeiden. Ein Bistum, das eine Frau aus leitender Position entlässt: Das wäre gar nicht gut rübergekommen. Wie hätten wir das in der Öffentlichkeit vermitteln sollen? Sie hätte sich mit Sicherheit zur Wehr gesetzt. Schlagkräftig. Frau

Ketschbaumer ist dann ja auch tatsächlich nicht freigestellt worden."

Kellert überlegte: „Aber ihre kollegiale Beziehung zu ihrem Mitbruder – so sagt man das doch, oder? – hat schon darunter gelitten!?" „Das haben Sie ja selbst erlebt", gab Zinngruber zu. „Aber unter Kollegen gibt es eben immer auch Spannungen und Rivalitäten. Das wird bei Ihnen, bei der Polizei, auch nicht anders sein. Franz Joseph und ich, wir gehen damit professionell um. Meistens."

Hannah Mellrich ging noch ein anderer Gedanke durch den Kopf. „Und hat Frau Ketschbaumer Sie dann je wieder auf diese Angelegenheit angesprochen? Oder noch öfter versucht, Sie zu erpressen?" Der Domvikar schüttelte unwirsch den Kopf. „Nein, nicht ‚Erpressung', das Wort ist falsch. Das war keine Erpressung. Wie immer man das nun treffend bezeichnen würde. Und ein zweites Mal: Nein! Wir sind uns dann aus dem Weg gegangen. Da kam natürlich keine Einladung mehr zu einem der ‚Empfänge'. Die ich natürlich auch abgelehnt hätte. Ich wüsste nicht einmal mehr, ob wir danach jemals noch mehr als bloße Höflichkeitsfloskeln gewechselt haben."

„Das Verschwinden von Frau Ketschbaumer …", überlegte Kellert, und Johannes Zinngruber nahm auch dieses Mal den Faden auf. „… hat mich nicht gerade traurig gestimmt. Das können Sie sich ja denken. Je länger sie fort war, umso weniger habe ich an die ganze Angelegenheit gedacht. Aber hören Sie: Das heißt nicht, dass ich nun über ihren Tod froh wäre. Oder erleichtert. Denken Sie das nicht. Vor allem nicht über diese Art des Sterbens. Als Christ wünsche ich niemandem Schlechtes. Zumindest versuche ich das. Und Sie sehen ja: Jetzt kocht das alles wieder hoch. Darauf hätte ich nur zu gern verzichtet."

Etwas entspannter lehnte sich der hagere Priester in den für ihn unbequemen Stuhl zurück. Erstmals blickte er sich um und nahm die nüchterne Zweckdienlichkeit dieses Büros in Augenschein. Er hatte das gesagt, was er loswerden wollte. Wie eine Art weltliche Beichte. Der Anflug von nervöser Röte war aus seinem Gesicht verschwunden. ‚Sollen wir nachbohren, was sein Geheimnis war?', fragte sich Kellert. Dann entschied er sich: ‚Nein. Ich vertraue ihm wirklich. Bis zu dem Moment, wo es überzeugende Gegenindizien gibt. Lassen wir ihm sein Privatleben.'

„Herr Zinngruber, ich habe noch eine ganz andere Frage", durchbrach Hannah Mellrich das allseitige, nachdenkliche Schweigen. „Waren Sie damals eigentlich an der Vergabe des Auftrags an die Firma ‚Steinmetz & Co.' beteiligt, als es um die Restaurierung der Orgel ging? Die Umstände der Auftragserteilung waren ja wohl einigermaßen seltsam."

Irritiert wandte sich der Domvikar der Polizistin zu. Er musste sich erkennbar erst einmal auf diese völlig andere Fragerichtung einstellen. „Warten Sie", murmelte er und rieb sich die rechte Schläfe. „Nein", entgegnete er dann. „Direkt beteiligt war ich nicht. Da gab es ein zuständiges Gremium. Breskamp war dabei, Hofbauer, Schiller, unser Finanzchef und einige andere. Dr. Ketschbaumer, natürlich."

Er schüttelte kaum merklich den habichtartigen Kopf. „Ich erinnere mich vage, dass es damals einigen Aufruhr gegeben hat. Man war sich eigentlich mit einer Eichstätter Firma einig" – „‚Kraus, Flöther & Grings'?", warf die Kommissarin ein. „Kann sein", erwiderte Zinngruber ausweichend. „Jedenfalls hat man dann doch unser hiesiges Unternehmen beauftragt. Was ich – als überzeugter Friedensberger – gleich von Anfang an so in die Wege geleitet hätte."

„Und warum hat man dann so spät noch die Vorgaben geändert?“, bohrte Hannah Mellrich nach. Sie hatte das Gefühl, Carolin Flöther wenigstens dieses beharrliche Nachfragen schuldig zu sein. „Das dürfe Sie mich nicht fragen, Frau Mellrich. Ich war daran, wie gesagt, nicht direkt beteiligt. Aber es war wohl ein besonderes Anliegen von Dr. Ketschbaumer.“

Zinngruber versuchte sich zu erinnern. „Ja, jetzt wo sie mich darauf ansprechen: Frau Ketschbaumer hat diesen Sinneswechsel maßgeblich vorangetrieben. So habe ich das zumindest gehört, damals. Aber festlegen will ich mich auch da nicht. Das ist ja alles schon lange her.“

21.

Eine knappe Stunde später saßen die beiden Kriminalbeamten immer noch in ihrem Büro. Kellert hatte seine Mitarbeiterin beauftragt, eine Videoverbindung herzustellen. Seit ‚Corona‘ gehörte dieses Medium in vielen gesellschaftlichen Bereichen zu den ganz normalen Kommunikationsmitteln. Kellert mochte diese digitalen Gespräche nicht, geschweige denn Videokonferenzen, aber er nutzte sie, wenn es ihm sinnvoll erschien. Einrichten konnte er solche Kontakte nicht, aber dazu hatte er seine Mitarbeiterin.

„So, wollen wir mal sehen, ob alles klappt“, sprach Hannah Mellrich vor sich hin, ohne daran zu zweifeln. Der Umgang mit derartigen Tools gehörte für sie zum Alltag. Um gemeinsam auf den Bildschirm sehen zu können und gleichzeitig von den anderen gesehen zu werden, mussten Chef und Mitarbeiterin allerdings eng nebeneinander rücken. Enger, als sie das normalerweise taten. ‚Hoffentlich habe ich heute Morgen genug Deo genommen‘, überlegte Kellert.

„Ah, da ist sie ja!“, kommentierte seine Mitarbeiterin das Aufploppen des Bildes und schaltete die Mikrofunktion ein. „Schön, dass Sie es möglich machen konnten, Frau Flöther“, begrüßte sie das visuelle Gegenüber. Das Bild der Eichstätterin wackelte jedoch, blieb stehen, hing durch, einen Ton konnte man noch nicht hören.

Die Kommissare beobachteten, wie sich die Frau außerhalb des Bildschirms an verschiedenen Tasten herumbemühte, kurzzeitig ganz aus dem Bild verschwand, halb wieder auftauchte, dann aber einigermaßen klar zu sehen war. Es knackte „Warum, verflucht noch mal, geht das denn nicht?“ schimpfte sie, in der Annahme, immer noch unhörbar zu sein.

„Frau Flöther, wir sehen und hören Sie gut“, besänftigte dann Hannah Mellrich, was nur halb stimmte. Das Bild blieb halbdunkel und war unscharf. Das ließ auf ein altes Gerät schließen. „Ah, na also. Ich Sie auch“, gab das Gegenüber zurück. „Neben mir, das ist mein Chef, Kriminalhauptkommissar Kellert. Ich glaube, Sie kennen sich noch nicht“, steuerte die Polizistin das Gespräch voran. Nach einigen weiteren Höflichkeiten blickte Carolin Flöther, vor einem tristen braungrauen Hintergrund sitzend, starr einige Zentimeter über die Gesprächspartner hinweg, dorthin, wo sie umgekehrt deren Blick vermutet. Direkt gegenseitig anschauen kann man sich in diesen Videokonferenzen ja nicht.

‚Blöd‘, dachte Kellert nicht zum ersten Mal. ‚Und die Gesichter wirken so verzerrt. Eingefallen. Wie Masken. Wie ich da wohl aussehe?‘ Über den kleinen Anflug von Eitelkeit musste er innerlich grinsen. „Nun, was wollen Sie denn noch von mir? Wir haben doch alles schon direkt besprochen. Gestern erst, Frau …" „Mellrich", ergänzte die Polizistin. „Bitte entschuldigen Sie. Mein Fehler. Ich habe einfach vergessen, noch einen wichtigen Punkt anzusprechen. Und bevor ich noch einmal extra zu Ihnen nach Eichstätt fahre, dachten wir, ein ZOOM-Gespräch würde es auch tun."

„An mir soll es nicht liegen, das sehen Sie ja", entgegnete Carolin Flöther ohne jeglichen Anflug von Humor oder sonstige Gefühlsregungen. Ihre Stimme war tief und rau, fast wie die eines Mannes. „Aber ich kann mir beim besten Willen nicht vorstellen, was Sie noch wissen wollen." „Nun, es geht um Ihre Schwester, Frau Flöther. Michaela", mischte sich nun Kellert erstmals in das Gespräch. „Wenn ich Frau Mellrich richtig verstanden habe, haben Sie über die gar nichts erzählt."

Das Gesicht auf dem Bildschirm versteinerte. War es zuvor emotionslos, so erstarrte es nun. Fast so, als sei das Bild stehengeblieben. Dann sprach Carolin Flöther, leise, man musste sich sehr konzentrieren, um sie zu verstehen. Und nur ihr Mund bewegte sich. Das übrige Gesicht wirkte tatsächlich wie eine Maske.

„Sie geben sich wirklich Mühe, alle meine Toten aufzuscheuchen. Gestern meinen Vater und meine Mutter. Heute Michi. Nein, von Michi war nicht die Rede, das stimmt. Ich spreche generell nicht gern über meine Schwester. Gönne ihr ihre Ruhe. Die sie sich wahrlich verdient hat. Und ich wurde auch nicht nach ihr gefragt."

Hannah Mellrich schrieb auf einen vor ihnen liegenden Zettel: „Stimmt. Leider!" Carolin Flöther konnte diese Bewegungen aber nicht erkennen. Das war ja das Eigentümliche an diesen Video-Kontakten: Was die Teilnehmenden außerhalb des übertragenen Bildausschnittes machten, welches Leben sich dort gleichzeitig im Nebenfeld und im Hintergrund außerhalb des Bildschirms abspielte, all das konnte man nicht einmal erahnen.

„Das tut mir aufrichtig leid, Frau Flöther“, versicherte der Kommissar. „Wir werden Sie auch nicht lange aufhalten, versprochen. Und bitte sehen Sie es uns nach, wenn wir alte Wunden aufreißen. Ich würde Ihnen und uns das nur zu gern ersparen. Aber wir müssen diesen Mordfall an Frau Dr. Ketschbaumer aufklären, das wissen Sie ja. Und da stellen sich dann eben immer mal wieder neue Fragen. Ich hoffe auf Ihr Verständnis.“

Das Gesicht am anderen Ende des Kommunikationsfeldes hellte sich ein wenig auf. Der versöhnliche Ton hatte genau die richtige Gefühlslage angestimmt. ‚Respekt, Chef!‘, dachte Hannah Mellrich. „Also, was wollen Sie wissen über Michi? Außer, dass sie meine jüngere Schwester war. Vier Jahre jünger, um genau zu sein.“

„Sie haben das ja eben schon erwähnt, dass Ihre Schwester nicht mehr am Leben ist. Können Sie uns dazu Näheres sagen?“ „Ungern, Herr Kommissar. Sehr ungern. Aber wenn es sein muss.“ Kellert nickte demonstrativ. Carolin Flöther seufzte, rieb sich die Augen. Lange. „Ein Jahr und zweiundsechzig Tage ist das her. Dass sie starb. Dass sie sich das Leben genommen hat. Von eigener Hand. Mit siebenunddreißig Jahren.“

Sie schloss kurz die Augen, bevor sie mit ihrer herben Altstimme weitersprach. „Sie war talentierter als ich, die Michi, eigentlich in allem. Tanzte, spielte Klavier, nahm das Leben leicht. Dachten alle. Und sie war Papas Liebling. Sein ‚Augenstern‘, so nannte er sie oft. Ich, ich war die Große. Mich hat er geschätzt. Mir vertraut. Aber sie, Michi, war sein Augapfel, sein Herzenskind. Das war schon immer so. Von Anfang an. Ich habe das akzeptiert. Mich auf die mir nun einmal zugedachte Rolle als Sohn-Ersatz eingestellt. Doch, so war das. Ich sollte eigentlich ein Junge sein, der Stammhalter, der Nachfolger, der Erbe. Und das bin ich de facto dann geworden. Ohne Groll."

Gebannt blickten die Polizisten auf den Bildschirm. Kellert kritzelte kaum leserlich „Eifersucht?" auf den Zettel. Seine Kollegin malte ein weiteres Fragezeichen an die Seite. „Michi hing ihrerseits am Vater. Das war eine enge gegenseitige Beziehung. Auch sie hat nicht geheiratet, wissen Sie? Aber aus anderen Gründen. Ich habe es nie gelernt, Männer zu lieben. Menschen zu lieben. Michi liebte ihren Papa. Der war eifersüchtig auf alle Männer, die ihr zu nah kamen. Und sie maß alle an ihrer ersten großen Liebe, ihrem Herrn Papa." „Lesbisch?", notierte Hannah Mellrich.

„BWL hat sie studiert, die Michi", fuhr Carolin Flöther fort. „Erst in Hamburg. Es zog sie fort. Das war ihr dann aber doch zu weit weg. Papa fehlte ihr. Und ihm sein ‚Augenstern'. Also ist sie nach zwei Semestern zurück nach Eichstätt gegangen. Hat nebenher in der Firma ausgeholfen. Die Buchhaltung gemacht. Am Ende ganz allein und vollkommen selbstständig. Ich glaube, sie wäre nie von hier fortgekommen. Ob sie es gewollt hat, so wie die Dinge nun einmal lagen? Ich weiß es nicht."

Sie blickte nach rechts, was immer dort zu sehen war. Und drehte sich wieder in Richtung der Kamera. „Es gibt Geschwister, die sind sich nahe und teilen ihre Geheimnisse. Andere sind oder werden sich feind und meiden später allen Kontakt. Noch einmal andere sind sich völlig egal. Bei Michi und mir war das anders. Wir mochten uns durchaus. Aber wir waren uns fremd. Ließen uns unsere Eigenheiten, aber blieben immer auf Distanz. So etwas machst du nicht aktiv, so etwas ist vorherbestimmt. Glaube ich."

Sie schüttelte sich, stieß gegen den Tisch, auf dem ihr PC stand, das Bild wackelte, blieb schließlich halb verdreht hängen. Carolin Flöther versuchte sofort alles wieder zu richten, das dauerte aber einige Zeit. „Entschuldigung", murmelte sie dann. „Ich sollte zur Sache kommen. Sie hat sich ertränkt, meine kleine Schwester Michi. In einem Staubecken der Altmühl. Sie hat den Tod ihres geliebten Vaters einfach nicht verwinden können. Die Zeit seines Verfalls nach der Insolvenz unserer Firma war schon quälend genug für sie gewesen. Sein Tod hat sie endgültig aus der Bahn geworfen. Und ich, ich kam auch nicht an sie heran. Ein zweites Mal versagt. So war das."

Sie versuchte, ausnahmsweise direkt in die Kamera zu blicken, sodass sie ihrerseits ihre Gesprächspartner nicht mehr genau anschauen konnte. „So ist das!", fügte sie hinzu. „Jetzt wissen Sie alles. Oder? Ach so, bevor Sie nachfragen müssen: Deswegen bin ich jetzt die Alleinerbin. Einer insolventen Firma mit hypothekenüberladenen, vor sich hin bröselnden Immobilien. Macht mich das jetzt verdächtig? Oder noch mehr verdächtig? Denken Sie, was Sie wollen. Ich habe jedenfalls nichts mehr zu sagen."

Urplötzlich war der Bildschirm schwarz. Carolin Flöther hatte sich grußlos ausgeloggt. Konnte man es ihr verdenken? Kellert blinzelte, geblendet von der langen Bestrahlung mit dem Gleißlicht des Bildschirms, rieb sich die Augen, blickte zu seiner Mitarbeiterin und hob fragend die Schultern. Hannah Mellrich schaute wortlos zurück.

22.

„Gehen wir noch einmal zum Dom!“, schlug Kellert vor. „Das war ja schließlich der Tatort. Dort muss es doch noch irgendwelche Hinweise geben, die uns weiterhelfen. Die wir bislang übersehen haben. Schauen wir einfach noch einmal mit neuem Blick auf das Szenario.“ „Gern“, gab Hannah Mellrich zurück. „Wollen Sie auch noch einmal in die Kammer oben in der Orgel?“ Kellert zuckte zusammen. „Gott bewahre!“, rief er spontan. „Nein, danke. Das letzte Mal hat mir gereicht. Vollauf!“

Donnerstag kurz vor Mittag. Natürlich war der Dom geöffnet. Immer wieder betraten ihn völlig verschiedene Menschen: manche um sich auszuruhen; manche, leicht davon zu unterscheiden, um ihn sich touristisch zu erschließen; manche, um zu beten oder eine Kerze anzuzünden. Als Kellert in den Kirchenraum trat, griff seine rechte Hand ganz automatisch in eines der Weihwasserbecken, um dann ein rasches Kreuzzeichen zu schlagen. Ein Instinkt, tief eingegraben seit Kindertagen. Und nach Überwindung der Corona-Krise auch wieder möglich. Monatelang hatten die Becken leer gestanden.

Hannah Mellrich beobachtete ihn überrascht. ‚Wieder eine neue Facette in meinem Bild vom Chef!‘, dachte sie. Kellert bemerkte ihr Interesse an seinem ganz automatisch und unbewusst vollzogenen Verhalten. Überrascht schaute er nun selbst auf seine rechte Hand. Schmunzelte. „Einmal Katholik, immer Katholik!“, sprach er vor sich hin. Im Innenraum empfing sie eine ruhige, besinnliche Orgelmusik, die den Dom von vornherein als religiösen, nicht als kunstgeschichtlich zentrierten Raum auswies.

Kellert führte Hannah Mellrich nach vorn, hielt vor dem

Altarraum an, drehte sich um und blickte zurück. Von hier aus konnte man die Orgel am besten überblicken. Schön! Imposant! Mächtig! Ihre monströsen Ausmaße waren allerdings kaum zu erahnen. Und von der Existenz einer kleinen Kammer innerhalb des Instruments konnten nur Eingeweihte etwas wissen. Eben! Das war es! Opfer und Täter: Beide wussten von dieser Kammer. Das war Insiderwissen, das nur wenigen zur Verfügung stehen konnte.

Während sie den Raum mit den Augen abtasteten, untermalt von den leise klingenden, harmonischen, unaufdringlichen, selbst für Bernd Kellert gut zu ertragenden Orgelklängen, trat plötzlich von rechts ein Mann auf sie zu, berührte Kellert am Oberarm und grüßte wortlos, aber mit überzogener Gestik: Hans-Hendrik Hofbauer!

„Nanu, spielt da jemand anderes?“, raunte Kellert dem Organisten zu. Der strich sich lächelnd über die weiße Mähne: „Nein, da lasse ich so leicht keinen Fremden ran. Das wissen Sie ja. Das ist ein automatisches Programm. Läuft alles per Computer. Ich habe das eingespielt und programmiert, jetzt braucht es meine Präsenz dort oben nicht. Ganz praktisch, finden Sie nicht auch?“

„Oh!“, staunte Hannah Mellrich. „Könnte man da also auch ganze Konzerte im Vorhinein aufnehmen und danach einfach per Computer abspielen lassen?“ „Ja sicher, das geht. Das machen auch manche, selbst einige der so genannten ‚Meister ihres Faches‘. Wer etwas auf sich hält, als Organist, der würde das aber nie tun. Ich, zum Beispiel! Das verstößt gegen die Ehre der Kunst und die Würde des Künstlers.“

Kellert durchfuhr eine Idee: „Und der französische Meister, der am Montag hier war? Gott, wie hieß der noch mal …?“ Dieses Mal musste Hannah Mellrich passen. Aber der Domorganist sprang ihr bei: „Mathieu Gentreville, meinen Sie den?“ „Genau!“, bedankte sich Kellert. „Der. Hat der nun live gespielt oder auch per Computer?“

Hofbauer lächelte maliziös in sich hinein. „Nein, nein, keine Sorge. Der hat schon live gespielt. Diese Art von ‚Musik‘, wenn man das so nennen darf, kriegen Sie in kein Computersystem hinein. Und man muss ja die Programme auch ganz genau auf die jeweilige Orgel abstimmen. Das ist kompliziert und braucht eine sehr lange Vorbereitung.“

‚Ah, schade‘, überlegte Kellert. ‚Das wäre natürlich ein schönes Alibi. Alle denken, du spielst an der Orgel, dabei ist es bloß das von dir zuvor eingespeiste Computerprogramm. Aber egal: Für diesen Fall passt das ja eh hinten und vorne nicht: Frau Ketschbaumer ist schon seit zweieinhalb Jahren tot.‘ „Kommen Sie“, winkte Hans-Hendrik Hofbauer die beiden Polzisten zur Seite. „Ich mag es nicht, wenn andere Leute hier mitten im Kirchenraum ihre Gespräche führen, da sollten wir mit gutem Beispiel vorangehen.“

Sie folgten ihm in die gerade momentan für andere Zwecke nicht benötigte Sakristei. Hannah Mellrich machte große Augen. Der unerwartet hohe und ausladende achteckige Raum wurde durch ein gotisches Kreuzrippengewölbe gekrönt. Alte Bildwerke mit – doch wohl – biblischen Szenen schmückten die Wände. Riesige, hölzerne, reich mit Schnitzwerk verzierte Schränke aus massivem Holz deckten die restlichen Flächen ab. An einer Seite waren goldbestickte liturgische Gewänder zum Lüften aufgehängt. Die Fenster waren aus Buntglas. Es roch nach einer Mischung aus Zeit, Staub, Weihrauch und Eau de Toilette.

In der Mitte des großen Raumes befand sich ein wuchtiger, prunkvoller Holztisch mit sieben Stühlen. Vier davon passten zum Stil des Tisches, drei waren schmucklose Produkte aus der jüngeren Zeit. Beides fand sich hier nebeneinander, ohne erkennbares Konzept: Tradition und Funktionalität. ‚Beeindruckend!', ging es Hannah Mellrich trotzdem durch den Kopf. ‚Wenn du hier sprichst, dann senkst du automatisch deine Stimme!'

Auf einer durch einen der hohen Schränke fast versteckten Ablage befanden sich – völlig ungeordnet – Werkzeuge, schwer identifizierbare Metallteile, Handwerksgegenstände, mit denen die Hausmeister ihren Arbeiten nachgingen. Das war zumindest der Eindruck, den Bernd Kellert durch einen kurzen, raschen Blick gewonnen hatte. Der Organist ging zu dieser Ablage und nahm zwei Gegenstände in die Hand, beide um die zwanzig Zentimeter lang.

„Ah, das könnte Sie interessieren", murmelte er, während er seinen Gästen Sitzplätze am Tisch anwies. „Schauen Sie, die zwei Grundtypen unserer Orgelpfeifen. Beide aus einer Zinn-Blei-Legierung. Das ist bei größeren Orgeln so üblich. Aber hier" – er wies auf die beiden Exemplare in seiner Hand – „sehen Sie die Unterschiede?" Die Polizisten ließen sich auf seine Frage ein. Der Organist war offensichtlich voll in seinem Element.

„Die rechts ist eine Labialpfeife. Sehen Sie, hier, die mit der schmalen Spalte. Funktioniert wie eine Flöte. Die andere hingegen ist eine Lingualpfeife. Die funktioniert wie eine menschliche Kehle, hat innen ein federndes Metallblatt, das die Töne erzeugt. Sie klingt lebendiger, säuselnder, bewegter …" Er bemerkte, dass seine Gäste ihm nur noch mit höflicher Zurückhaltung folgten. „Äh, richtig", rief er sich zur Ordnung, strich sich wieder einmal über die nicht zügelbare, weiße Mähne und fügte an: „Deswegen sind Sie nicht hier, entschuldigen Sie. Manchmal reißt mich die Begeisterung mit."

„Schon in Ordnung", knurrte Kellert, „schön, wenn Menschen heutzutage noch so für ihre Berufung brennen. Wir wollten aber tatsächlich mit Ihnen noch einmal über die Vergangenheit reden. Hannah?" Seine Mitarbeiterin übernahm: „Ja! Also damals, als Sie die Orgelrestaurierung geplant und durchgeführt haben, da wird Frau Dr. Ketschbaumer doch oft hier im Dom gewesen sein, oben an und in der Orgel. Oder?"

Der Domorganist nickte: „Natürlich! Immer wieder. Erst mussten wir ja den Bestand aufnehmen und erfassen, dann planen, wie die Restaurierung genau erfolgen sollte, und schließlich die Arbeiten überwachen. Fast drei Jahre hat der ganze Prozess gedauert. Und das hat Frau Dr. schon selbst gemacht. Da hat sie letztlich nur sich selbst vertraut."

„Waren Sie dann immer dabei?" schaltete sich der Kommissar ein. „Nein, das wäre unmöglich gewesen", entgegnete Hofbauer. „Ich habe ja ganz andere Aufgaben. Außerdem wollte sie das gar nicht, dass ihr da ständig jemand über die Schulter guckte. Sie konnte das gut zeigen, wann sie Beratung, Austausch und Gesellschaft benötigte, und wann nicht."

„Dann war sie möglicherweise oft ganz allein hier im Dom", schlussfolgerte Kellert. „Durchaus. Abgesehen vom üblichen Publikumsverkehr natürlich", korrigierte ihn der Organist. „Außer im Winter ist der Dom ja immer mindestens von acht bis achtzehn Uhr geöffnet. Das war auch während der Restaurierungsarbeit so. Du kannst ja eine katholische Kirche nicht einfach abschließen. Sie ist für die Menschen da. Und für die Kunst, sollte ich hinzufügen. Aber in jedem Fall kein Museum."

Hannah Mellrich setzte nach: „Sie wird dann sicherlich ihren eigenen Schlüssel gehabt haben?", vermutete sie.

Hofbauer überlegte. Kratzte sich an der linken Schläfe. Winzige Schuppenteilchen fielen von der Haut, blitzten kurz im hellen Sonnenlichtstrahl auf, sanken dann kaum noch sichtbar zu Boden. „Jetzt, wo sie es sagen“, überlegte er, „fällt mir auf, dass ich das gar nicht weiß. Darüber habe ich nie nachgedacht. Hatte sie einen eigenen Schlüssel, die Frau Dr.? Zum Dom? Das kann ich mir, ehrlich gesagt, kaum vorstellen. Da sind die Herren vom Domkapitel eigen. Die Schlüssel rücken sie nur ungern heraus. Was man ja auch verstehen kann.“

Er grinste vor sich hin: „Wenn ich mich daran erinnere, was das für ein Theater war, bis ich damals einen eigenen Schlüssel hatte, als ich hier anfing. ‚Sie können doch immer hinein, wenn der Dom geöffnet ist‘, hieß es da. Ich wollte aber auch außerhalb der Öffnungszeiten spielen. Üben. Schließlich haben sie nachgegeben, die Herren Kleriker. Aber das war nicht leicht, glauben Sie mir das!“

„Wobei ja auch Frau Ketschbaumer beharrlich sein konnte, wenn sie etwas erreichen wollte. So viel haben wir inzwischen verstanden, Herr Hofbauer“, überlegte Kellert. „Womit Sie nun wahrhaftig recht haben“, bestätigte HHH mit einem satten Lachen. „A propos Schlüssel, Herr Kommissar! Habe ich Ihnen das eigentlich schon mitgeteilt? Dass sich das Rätsel meines verschwundenen Orgelschlüssels geklärt hat?“

Kellert blickte ihn fragend an. „Na, der war doch weg!“, erinnerte ihn der Organist. „Und dann plötzlich wieder da!“ ‚Richtig‘ erinnerte sich der Kommissar. Das hatte er tatsächlich völlig vergessen. Hofbauer kramte den Schlüssel umständlich aus seiner linken Hosentasche hervor und wedelte damit vor Kellerts Augen herum. „Der Urban hat ihn gefunden, also der Hausmeister“, berichtete er. „Der hatte irgendwo bei den Beichtstühlen gelegen. Schon vor einem Jahr, oder so. Der Urban hat ihn aufgehoben, konnte aber nicht zuordnen, für welches Schloss er gedacht war. Er besitzt ja an die Hundert solcher Schlüssel für alle möglichen Schlösser. Mindestens."

Der Organist hielt sich den Schlüssel nun starr vor Augen, wendete ihn hin und her. „Na, und da hat er ihn vorsichtshalber einfach einmal aufgehoben. Und als Dr. Breskamp dann am Montag den Orgelschlüssel verlangt hat, also seinen, Urbans, da hatte er plötzlich den Verdacht, dass es derselbe sein könnte. Später hat er sie verglichen. Und mir dann den einen, den gefundenen, einfach an die Orgel gelegt. So war das. Immerhin ein Rätsel gelöst, oder?" Er steckte den Schlüssel zurück in seine Hosentasche.

Kellert überlegte. Wie war dieser Schlüssel zu den Beichtstühlen gelangt? Wer hatte ihn entwendet und dann wieder verloren oder abgelegt? Wie lange hatte er oder sie den Schlüssel im Besitz gehabt? Und genutzt. Oder hatte Hofbauer ihn einfach selbst verschusselt? Zuzutrauen wäre es ihm. Der Kommissar schnaufte durch. So war das oft: Eine Frage war geklärt, aber durch diese Klärung stellten sich gleich mehrere neue.

Hannah Mellrich hatte von seinen Überlegungen nichts mitbekommen. Sie hatte noch eine völlig andere Frage an den Organisten: „War Frau Ketschbaumer denn immer allein da, wenn Sie sich hier mit ihr zusammen im Dom aufhielten? Oder hatte sie Mitarbeiter, Kunden, Begleitung mit dabei?"

„Hm, ob die immer allein war?" Hofbauer dachte nach. Seine Hand spielte mit einer der Orgelpfeifen. ‚Lingual oder labial?', überlegte die Polizistin, hatte aber die Unterschiede schon wieder vergessen. „Warten Sie, das ist ja alles zum Teil schon mehr als sechs Jahre her, da erinnert man sich nicht so einfach.“ Er legte die eine Pfeife beiseite, nahm die andere auf und betrachtete sie, als könnte sie ihm bei der Vergangenheitsdurchleuchtung helfen.

„Woran ich mich genau erinnere, ist, dass Frau Dr. natürlich in der Zeit, als sie die Angebote der Firmen eingeholt hat, mit Vertretern beider Unternehmen hier war. Mehr als einmal. An den Steinmetz Hermann erinnere ich mich genau, der ist ja hier aus Friedensberg. Und der hat dann ja später auch die Arbeiten geleitet. Der war ständig hier, in den Jahren. Musste er ja. Und von der anderen Firma, der aus Eichstätt, da erinnere ich mich vor allem an die beiden jungen Frauen, die mit dabei waren. Kann das sein: mit ihrem Vater? Frauen sind in solchen Berufen ja immer noch eher selten. Aber bitte bedenken Sie: Ich habe da nur noch verschwommene Bilder.“

Das waren erwartbare Auskünfte. Kellert und Mellrich überlegten. Was wollten sie noch wissen? „Moment!“, rief Hans-Hendrik Hofbauer auf einmal und ließ die kleine Orgelpfeife fallen. Sie hinterließ ein metallenes Klirren, das sich noch einige Male in einem vielstimmigen Echo brach. „Jetzt fällt mir doch noch etwas ein. Die eine von den beiden habe ich dann ja doch noch einmal hier im Dom gesehen. Mit Frau Dr.! Jahre später. Da war die Orgel längst fertig. Es war Sommer, das weiß ich auch noch. Vor drei Jahren? Nein, das könnte ich nicht beschwören. Aber ich dachte noch: ‚Nanu, was macht denn die hier?‘ Weil sie doch damals den Auftrag gar nicht bekommen haben, die Eichstätter, verstehen Sie?“

Er rieb sich die Unterlippe. „Und irgendwie war Frau Dr. das nicht recht, dass ich sie da sah. Doch, so war das! Oder reime ich mir da jetzt Bilder zusammen, weil wir so intensiv über die Ereignisse von damals nachdenken? Ja, das kann auch sein. Nageln Sie mich also bitte nicht fest, ich bin ja selbst überrascht, dass diese kleine Erinnerung plötzlich in mir aufblitzt. Erinnerung, kreative Zusammenfügung, Irrtum – ein schönes Thema für eine Orgelimprovisation, finden Sie nicht?"

‚Das wundert mich jetzt aber auch', überlegte Hannah Mellrich, die den musikalischen Höhenflügen ihres Gegenübers weder folgen konnte noch wollte. ‚Was soll Carolin Flöther ausgerechnet hierher getrieben haben? Sie hat doch explizit betont, dass sie nie wieder ein Wort mit Frau Ketschbaumer gewechselt hatte. Da stimmt etwas nicht!' Sie teilte Kellert ihre Beobachtungen mit, sobald sie den Friedensberger Dom verlassen hatten. Kellert pfiff leise durch die Zähne.

23.

Kellert hatte sich erneut auf die Parkbank nahe am Friedensberger Schloss zurückgezogen, um seine Gedanken zu ordnen. Er würde alle Beteiligten zusammenrufen, dieser Entschluss stand fest. In einer geschlossenen Runde würde sich noch einmal eine eigene Dynamik entwickeln. Erinnerungen hingen oft an Schlüsselreizen. Die wollte er auslösen. „Vielleicht ergeben sich so noch einmal neue Perspektiven", hatte er zu Hannah Mellrich gesagt. Am Nachmittag würden sie versuchen, die angedachte Runde für den morgigen Freitag zusammenzutrommeln.

Seine Gedanken schweiften in die Ferne. Buchstäblich. In vier Wochen würde sein Urlaub beginnen. Bernd Kellert dachte daran mit gemischten Gefühlen. Sie würden erstmals nach langer Zeit wieder fliegen. Nach Sizilien. Abgesehen von der selbst für ihn fast unerträglichen August-Hitze liebte er das Land. Die Mischung aus uralter Kultur, faszinierender Natur, eingebunden in einen völlig eigenen Lebensrhythmus hatte es bislang noch jedes Mal geschafft, ihn aus seinem Alltag herauszureißen. Fünf Mal waren sie schon dort gewesen, jedes Mal in einem anderen Teil der erstaunlich vielfältigen Insel.

Corona hatte alles verändert. Plötzlich musste man zuhause bleiben. Reisen wurde zu einem Risiko, vor allem Fernreisen mit dem Flugzeug. Für Beate war das eine Katastrophe gewesen. Sie liebte die Hitze, das so ganz andere Lebensgefühl, die warmen Nächte, den Nachthimmel mit all den Sternschnuppen, das Schwimmen im Meer. Sie brauchte die Abwechslung vom Alltag. Daraus zog sie ihre Lebensenergie, um sich immer wieder neu auf die in ihren Augen tristen Mühlen von Herbst und Winter einlassen zu können.

Ihm selbst war es anders gegangen. Ja, auch er reiste gern. Aber er brauchte das nicht für sein Wohlbefinden. ‚Am Ende deines Lebens wirst du so unendlich viel *nicht* gesehen haben', dachte er immer. ‚Da kommt es auf das ein oder andere vor Ort Erlebte letztlich nicht an.' Ihm reichte die Ruhe eines heimischen Sees, die Fahrradrunde auf noch unbekannten Wegen in der Nähe, der aufmerksame Gang durch Wälder, Felder und auf Berge. „Du bist im Grunde eben doch ein typisch deutscher Spießer", ärgerte ihn Beate manchmal, um ihn herauszufordern. ‚Und wenn es so wäre?', dachte er dann.

Jetzt also wieder Sizilien. Eng an eng im Flugzeug, neben Menschen, denen man nicht ansehen konnte, wie gesund sie waren. In Corona-Zeiten hatte er diese Vorstellung unerträglich gefunden. Jetzt waren sie gegen die Krankheit geimpft. Das verschaffte eine gewisse innere Beruhigung. Das Unbehagen blieb. Würde das Virus erneut ausbrechen, vielleicht in leichter, von der Impfung nicht erreichbarer Mutation? Könnte es andere gesundheitliche Bedrohungen geben, von denen man noch nichts wusste? Die Unbeschwertheit war verloren gegangen.

Ein Leben lang war Kellert wie viele Menschen seiner Generation davon ausgegangen, dass das eigene Leben letztlich immer so weiter gehen würde. Nicht im persönlichen Bereich: Dass Krankheit, Sterben und Leiderfahrungen in jedem Leben ihren Platz hatten, das wusste er als Leiter der Abteilung „Leib und Leben" nur allzu gut. Aber für die Menschheit als solche, für seine Kinder, für mögliche Enkel war er von einer Fortsetzung ausgegangen. Intuitiv. Trotz allen theoretischen Wissens aus den Lehrbüchern der Geschichte. Trotz der Erzählungen von Kriegserfahrungen der Eltern. Das tief eingewurzelte Vertrauen in die selbstverständliche Garantie des lebenswerten Alltags gab es nicht mehr.

‚Stell dir vor, du sitzt auf Sizilien und sie sperren den Luftverkehr', ging es ihm durch den Kopf. ‚Und dann natürlich auch die Seeverbindungen. Und du sitzt da, mit deinem Leihwagen in deiner Ferienwohnung und kommst nicht weg …' Nein, das war nicht wahrscheinlich. Aber allein die Tatsache, dass diese Gedanken ihn überschwemmten, zeigte bereits, dass sich etwas verändert hatte. Die Leichtigkeit fehlte.

Christine, eine alte Schulfreundin seiner Frau, lebte in Peru. Sie war zur Überraschung ihrer Mitabiturientinnen Ordensfrau geworden, missionsärztliche Schwester. Ihr war daran gelegen, mit Beate in losem Kontakt zu bleiben. Ab und zu skypten sie. Die Situation in Lima war dramatisch gewesen. Ein halbes Jahr lang waren die Ordensfrauen in ihrer Kommunität eingesperrt. Ab und zu durften sie tagsüber die Wohnung verlassen, um sich mit dem Nötigsten zu versorgen und nach den von ihnen Betreuten zu schauen. Das war alles.

Gärten gab es nicht. Auf die Straße gehen war nur mit Spezialerlaubnis und in einem engen Zeitfenster möglich. Trotzdem ließ sich das Virus kaum stoppen. Kellert hörte noch die gefasste Stimme von Christine, einer ungemein starken, vom Leben gestählten Frau, die sich das Leben in einem Elendsviertel von Lima selbst ausgesucht hatte. Eine Mitschwester aus einer anderen Kommunität ihrer Gemeinschaft war an Corona gestorben. „Vierzig, war sie, die Maria Angeles, vierzig!“, berichtete Christine. „Ohne Vorerkrankungen. Einfach an Covid 19!“ Auch der Rest der kleinen Wohngemeinschaft am anderen Ende der Riesenmetropole hatte sich angesteckt. Sie pflegten sich selbst. Letztlich wurden zwei weitere der Mitschwestern hinweggerafft.

Auch das war ein Moment aus der zurückliegenden Zeit, den Bernd Kellert nicht so schnell vergessen würde. ‚Gut, dass wir in Deutschland leben‘, hatte er gedacht und sich gleichzeitig für seine Selbstbezogenheit geschämt. ‚Unser Gesundheitssystem ist besser als die meisten anderen. Trotz all seiner Schwächen. Tobias war nicht wirklich gefährdet. Dafür sollten wir dankbar sein.‘ Am nächsten Morgen hatte er fünfhundert Euro auf das Konto der Missionsärztlichen Schwestern in Peru überwiesen. Sie brauchten das Geld dringender als er. ‚Du beruhigst ja nur dein Gewissen!‘, tadelte er sich selbstkritisch. Aber dann sagte ihm die innere Gegenstimme: ‚Egal. Warum nicht?‘

Sein Handy klingelte. „Yesterday“, diese Töne hatte Jenny bei ihrem letzten Treffen als Erkennungsmelodie für ihre

Nachrichten eingespeist. ‚Gesternland‘, schoss es ihm durch den Kopf. Genau, darin bewegte er sich mit diesem ungewöhnlichen Fall. ‚Mal sehen, was sie schreibt!‘, dachte er.

Jenny hatte sich auf wenige Worte konzentriert. „Für Papa, den ‚einsamen Wolf‘!“, hatte sie getippt, verbunden mit einem Smiley, einem Herz und dem stilisierten Bild eines Wolfs. Darunter eine Sprachnachricht. Falsch. Nichts Gesprochenes, sondern Gesungenes, in ihrer getragenen Altstimme: *Was wirst du tun, wenn ich völlig schief sing, wirst du sagen: Du bist wohl verrückt! Leih mir dein Ohr und ich sing dir ein Lied und ich sing es vollkommen beglückt. Ja, ich schaff alles mit Freunden bei mir, hm, ich bin froh, mit den Freunden bei mir, hm, alles geht mit den Freunden bei mir.*

Er stoppte die Aufnahme. ‚With a little help from my friends‘, erkannte er. Schön! Aber: Hatte Jenny recht? War er das? Ein ‚einsamer Wolf‘? Er fand, dass er in seiner Arbeit ein guter Team-Player war. Natürlich, er hatte dabei die Chef-Rolle inne. Er gab vor, wie alles zu laufen hatte. Aber das war nun einmal sein Job. Und privat? Viele Freunde hatte er nicht, das war schon richtig. Alte Freundschaften pflegte er kaum und für neue Menschen öffnete er sich nur ganz selten. Aber er hatte nicht das Gefühl, dass ihm dadurch etwas fehlte.

„Genau, Papa. Das ist es ja!“, hörte er die allein in seiner Phantasie erzeugte Stimme seiner Tochter. ‚Alles geht mit den Freunden bei mir‘. Sollte er sich mehr um die alten Freundschaften kümmern? War es das, was ihm seine Tochter mitteilen wollte? All diese Gedanken durchzuckten ihn in Sekundenbruchteilen. Denken fällt oft aus dem Zeitraster heraus, das normalerweise unser Dasein bestimmt. ‚Wie geht es weiter?‘, überlegte er, und schaltete Jennys völlig unprofessionelle und gerade dadurch so liebenswerte Aufnahme wieder ein: *Was soll ich tun, wenn die Liebste mir fehlt? „Fühlst du dich ohne sie ganz allein?" Wie geht es mir, wenn der Abend sich neigt? „Bist du traurig, alleine zu sein?" Nein, ich schaff alles, mit Freunden bei mir, hm, ich bin froh, mit den Freunden bei mir, hm, alles geht mit den Freunden bei mir.*

Wieder hielt er die Aufnahme an. ‚Das passt ja nun gar nicht zu mir', ging es ihm durch den Kopf, der ihm sogleich das Gesicht von Beate einspielte. ‚Das ist schon wunderbar, dass dir die Liebste nicht fehlt!', machte er sich bewusst. ‚Vielleicht sollte ich ihr das ab und zu auch mal sagen. Oder besser: zeigen! Wann hast du Beate das letzte Mal einen Blumenstrauß mitgebracht?' Er lachte lautlos vor sich hin, überrascht von diesem Anflug von Sentimentalität. Vor der er sonst meistens gefeit war. ‚Aber interessant, wie Jenny das übersetzt hat. Klar, das ist ein Dialog! Ist mir vorher noch nie aufgefallen! So jetzt kommt der Refrain': *„Brauchst du einen Begleiter?" Ich brauch jemanden, den ich lieb. „Ganz egal, wer das sein soll?" Ich will jemanden, den ich lieb.*

‚Ganz schön bezogen auf Liebe, diese Beatles', überlegte er. ‚Als ob das wirklich das Wichtigste im Leben wäre. Wenn man älter wird, verschieben sich manche Dinge. Werden scheinbar selbstverständlich. Wie endet das Ganze?' *Ich schaff alles, mit Freunden bei mir, hm, ich bin froh, mit den Freunden bei mir, ja, alles geht mit den Freunden bei mir.*

‚Aha, da sind wir also am Ende wieder bei den Freunden', stellte Kellert fest. Nicht ganz logisch, dieser Song. Um was ging es denn nun: um Liebe oder um Freundschaft? Das war nun wirklich nicht dasselbe. Ihm fiel eine Doppelzeile aus einem anderen Lied ein, irgendein Chanson aus seiner Jugend: „Freundschaft und Liebe sind einander völlig fremd / jede Schwalbe ist ein Vogel, doch das gilt nicht umgekehrt“. Er summte die Tonfolge vor sich hin. Erstaunlich, wie sich Melodien über Jahrzehnte hinweg in die tiefen Erinnerungsschichten einbrennen konnten. Und mit ihnen Worte. Nie umgekehrt.

Er beantworte die Audio-Mail seiner Tochter mit einigen spontan gesprochenen Zeilen, fügte ein dickes ‚Danke-Paket‘ an und ließ einige Herzchen aufploppen. ‚Haben sie recht, die Beatles?‘ überlegte er. ‚Geht es letztlich immer um Liebe, Freundschaft, Begleitung? Und wenn ja: Haben wir das bei diesem Fall bislang zu wenig bedacht?‘

Er verdrehte die Augen und seufzte. Vorausahnend. Ausgerechnet für diesen Nachmittag hatte die neue Polizeipräsidentin, Dr. Karin Treumann-Liedke, eine Fortbildung für ihre leitenden Beamten angesetzt. Verpflichtend. Natürlich per ZOOM, trotz der Sicherheitsbedenken, die im Blick auf diese Kommunikationsplattform bestanden. Sie hatten im Präsidium einen Medientechniker, Siggi Strotmanns, der ihnen in seiner Eigenschaft als Datenschutzbeauftragter versichert hatte, dass er alle möglichen und unmöglichen Lücken des Systems geschlossen hatte. Kellert, der in diesem Bereich ja weitgehend ahnungslos war, vertraute ihm.

„Polizei und Rassismus“. Ja, natürlich, das war ein wichtiges Thema, das da aus den Vereinigten Staaten herübergeschwappt war. Dass es auch in Deutschland, auch bei ihnen in Friedensberg, bei manchen Beamten derartige Tendenzen gab, ließ sich nicht übersehen. Kellert war sich allerdings weitgehend sicher, dass er selbst von solchen Vorurteilen oder tiefsitzenden Antipathien frei war.

Einer von Jennys Freunden war ein Syrer gewesen. Grundsätzlich war das ihm als – bereits durch manche diesbezüglichen Erfahrungen vorgeprägtem – Vater egal. Wenn er dennoch Bedenken hatte, dann in dem Wissen, dass die kulturellen Unterschiede sich eben doch tief bemerkbar machen konnten. Vielleicht nicht gerade in der Phase frischer Verliebtheit. Er hatte diesen Abdul sogar gemocht. Irgendwie. Sie hatten sich gut verstanden, bei den wenigen gemeinsamen Treffen. Letztlich hatte Jenny dann von selbst eingesehen, dass das Frauenbild der Familie ihres Freundes für sie inakzeptabel war. Das war nun aber auch schon wieder einige Jahre her. Jenny und ihre Männer, eine eigene Geschichte …

Kellert hatte trotzdem kein gutes Gefühl, wenn er an die bevorstehende ZOOM-Fortbildung dachte. Durfte man frei sagen, was man dachte? Konnte man den Polizisten vor Ort verdenken, dass sie im Blick auf bestimmte Bevölkerungsgruppen skeptisch waren? Immer wieder wurden sie in bestimmte Brennpunkte gerufen. Immer wieder gab es Probleme mit eben auch ethnisch klar benennbaren Gruppierungen, von denen ihnen arrogante Überheblichkeit, offene Aggression, manchmal sogar blanker Hass und direkte Gewalt entgegenschlugen. Wie lange erträgt man das? Wie leicht bilden sich da eigene Aggressionen, die sich dann natürlich verallgemeinernd und ungezügelt verbreiten können.

‚Wo läuft die Grenzlinie zwischen Vorerfahrung und Vorurteil?‘, fragte sich der Kommissar. ‚Wo braucht es klare Benennung von Zuständigen, auch von zuständigen Gruppierungen – und wo ist gerade dieser Schritt eine unzuverlässige Brandmarkung?‘ *Das* hätte er gern diskutiert. Aber er fürchtete, dass die ‚politische Korrektheit‘ diese konkreten

Fragen gar nicht erst aufkommen lassen würde. Klar, es brauchte auch ‚politische Bildung', auch bei ihnen in der Polizei. Aber er hätte sich auch umgekehrt die Bereitschaft gewünscht, dass sich die Politikerinnen und Politiker von den Erfahrungen der Polizei vor Ort etwas sagen ließen. Die übliche Form der Bildung ‚von oben nach unten' war vielen seiner Kollegen verhasst. Aber nicht einmal für die Ergründung dieser Aversionen gab es Raum.

ZOOM unterstützte diese Tendenzen noch mehr. Die einen präsentieren, die anderen konsumierten. So hatte er das bislang zumindest erlebt. Und darauf hatte er keine Lust. Er hatte bei der Präsidentin angerufen und versucht, sich angesichts der dringenden aktuellen Ermittlungen zu entschuldigen.

„Herr Kellert, ich kann Sie ja verstehen", hatte sie ihm am Telefon gesagt. „Aber wenn ich da bei Ihnen eine Ausnahme mache, wie soll ich dann anderen gegenüber die Teilnahmepflicht begründen? Ich kann Sie da nicht herausnehmen. Sehen Sie, und jetzt wollte ich sagen: ‚Es tut mir leid.' Aber, Herr Kellert: Das tut es nicht. Sparen wir uns falsche Höflichkeiten. Ich möchte mit Ihnen so ehrlich wie möglich sein und fände es wirklich schön, wenn Sie das umgekehrt auch so handhaben würden. Also, Klartext: Ich erwarte Ihre Teilnahme."

Das hatte ihm durchaus imponiert. Ja, das war eine gute Basis für den künftigen gemeinsamen Weg. Aber umso klarer war, dass er heute Nachmittag in seinem Büro sitzen würde. Vor dem Bildschirm. Und in seiner Fortbildung.

24.

‚Wo lasse ich das Treffen stattfinden?', hatte Kellert in unbeobachteten Momenten der vierstündigen ZOOM-Fortbildung gegrübelt. Im Kommissariat? Aber das war so steril, unpersönlich und – das war ihm klar – einschüchternd. Ob dort genau jener Freiraum des Erinnerns und Redens entstehen würde, den er gern herstellen wollte? In einem der kirchlichen Büros? Zwar hätte das Bistum ihm sicherlich einen solchen Raum zur Verfügung gestellt, aber dann wäre es für ihn und Hannah wieder eine Art ‚Auswärtsspiel' geworden. Auch das wollte er nicht.

Er hatte sich schließlich für die Sakristei im Dom entschieden. Dort, wo das Gespräch mit dem Domorganisten stattgefunden hatte. Ein beeindruckender, schöner Raum. Wo keiner der Beteiligten ein echtes ‚Heimspiel' austragen würde. Gelegen in der unmittelbaren Nähe zum Auffindungsort der Leiche. Diese Vorgaben gefielen dem Kommissar. Ein abendlicher Anruf bei Domvikar Zinngruber hatte genügt. Der war zwar zunächst überrascht gewesen, hatte dann aber seine Einwilligung gegeben.

Bei einigen anderen der erwünschten Teilnehmerinnen und Teilnehmer des Gesprächs hatte es beträchtlicher Überredungskunst, zum Teil klarer Drohungen bedurft. „Nach Friedensberg soll ich kommen!?", hatte Judit Piburger entgeistert gefragt. „Also ich weiß wirklich nicht, was Sie sich davon versprechen. Aber gut, an mir soll es nicht scheitern." Nach einigen deutlichen Worten und der Zusicherung, dass ihre Fahrtkosten übernommen würden, hatte auch Carolin Flöther ihre Teilnahme zugesagt. Widerwillig. Die fünf Friedensberger Teilnehmer, die Damen Willebrandt und Lienhard sowie die Herren Zinngruber, Breskamp und

Hofbauer, hatten zwar ebenfalls ihre Verwunderung über das Vorhaben geäußert, ihr Kommen aber ebenfalls zugesichert.

„Es wird Zeit, dass Ihr den Fall aufklärt", hatte ihm seine Frau Beate beim Frühstück mit auf den Weg gegeben. „Schau doch nur, was die Zeitung für einen Zirkus veranstaltet!" Tatsächlich, der ‚Friedensberger Anzeiger' hatte erneut die komplette Titelseite für den Leichenfund im Dom reserviert. „Tod zwischen Pfeifen", lautete die Überschrift, gesetzt über eine gruselige Fotomontage. Und erstmals wurde offen über die Identität der Leiche spekuliert: „Handelt es sich bei der aufgefundenen Toten um Dr. Sabine Ketschbaumer, die vor dreißig Monaten rätselhaft verschwand?" Gefolgt von einigen Fotos, Zeitungsauszügen und Erinnerungen an die damalige Situation.

Besonders ärgerlich: „Polizei verweigert Auskunft", lautete die Überschrift eines Kommentars im Innenteil, wobei auch sein, Bernd Kellerts, Name fiel. „Du hast recht", bestätigte der Kommissar seine Frau. „Aber jegliche Form von ‚Auskunft' ist eben schwierig bei einem Geschehen, das schon so lange zurückliegt. Spätestens für Montagvormittag will die Treumann-Liedke eine große Pressekonferenz einberufen. Immerhin, so lange gibt sie uns Zeit."

Er war der neuen Polizeipräsidentin dankbar, dass sie ihm und seinem Team noch einige Tage Ermittlungsfrist eingeräumt hatte. Sie stand selbst unter dem Druck der Öffentlichkeit, ließ sich davon jedoch nicht beirren. Aber für Montag erwartete sie zumindest ein präsentables Zwischenergebnis der Untersuchungen. Als ob das so leicht wäre!

Auf der Fahrt zur Arbeit ging ihm eine Melodie nicht aus dem Kopf. Er summte sie vor sich hin, ohne es zu bemerken.

Plötzlich wurde ihm bewusst, was er da wortlos vor sich hin intonierte. „We can work it out" von den Beatles. ‚So, da hat es Jenny also schon geschafft, mein Unterbewusstsein zu beeinflussen!', dachte er schmunzelnd. Wie würde sie das wohl übersetzen: ‚Das kriegen wir schon hin'? ‚Bald ist alles klar'? Die Frage würde er seiner Tochter vorlegen. Innerlich war er offensichtlich optimistisch, den ihm anvertrauten Kriminalfall bald zu lösen. Gut zu wissen.

Nun also saßen sie in dem barocken Oktogon mit gotischem Kreuzrippengewölbe. Die kurzfristige Durchgabe des Ortes ihres Treffens hatte augenscheinlich funktioniert: Er saß Hannah Mellrich an den Querseiten des alten, barocken, ausladenden Tisches gegenüber. Dadurch wurde ihre Rolle als Gastgeber und Moderatoren schon in der Sitzordnung deutlich.

Als zweite von rechts saß Dorothee Willebrandt. Sie hatte sich schützend zu ihrer alten Studienfreundin Carolin Flöther gesetzt, die ihren Unwillen über diese Zusammenkunft durch Körperhaltung, Gestik und Mimik überdeutlich demonstrierte. Die Eichstätterin hatte sich in ihrer üblichen, abgetragenen Alltagskleidung nach Friedensberg begeben. Bernadette Lienhard saß direkt daneben, perfekt gestylt, ohne es zu übertreiben. Sie hatte bislang kaum Augenkontakt mit den anderen aufgenommen, wohl aber mit anerkennend prüfendem Blick die Wandgemälde und Glasfenster betrachtet.

Links saßen die beiden Priester in ihrer üblichen Dienstkleidung, also schwarzen Anzügen: Zinngruber, aufrecht und aufmerksam wie immer, und Dr. Breskamp, schon wieder leicht schwitzend, aber sichtlich neugierig auf das, was nun passieren sollte. Hans-Hendrik Hofbauer, der Domorganist, wirrhaarig und rotwangig, hatte sich instinktiv auf die Seite der Männer begeben. Der Platz neben ihm blieb leer, dort war gar nicht erst ein Stuhl platziert worden.

Mit leichter Verspätung, fliegenden Haaren und weit ausladenden Kleidern gesellte sich schließlich Judit Pieburger hinzu. „Der Verkehr in Friedensberg. Sie kennen das ja!“, entschuldigte sie sich, ohne damit eine bestimmte Person anzusprechen. Ein einziger Platz war noch unbesetzt: der auf der ‚Frauenseite‘ direkt neben dem Kommissar auf einem der alten, zum Tisch gehörigen, barocken Stühle. Bernadette Lienhard hatte diesen Stuhl freigelassen. Zufrieden lächelnd steuerte die Malerin auf dieses Ziel zu. Genau diesen Platz hätte sie sich auch bei freier Sitzwahl auserkoren. Teils unsicher, teils unbeteiligt wirkend, teils neugierig taxierten sich die neun Personen, die so noch nie beieinander gesessen hatten.

„Danke, dass Sie alle gekommen sind“, begrüßte Kellert die schon rein äußerlich äußerst vielfältige, disharmonisch wirkende Runde. „Ich weiß, es ist für Sie alle nicht einfach, sich die Zeit zu nehmen. Sich einzulassen auf Erinnerungen an Ereignisse, die ja schon lange zurückliegen. Aber wir stehen kurz vor der Aufklärung unseres Falles.“ ‚So!?‘, dachte Hannah Mellrich unwillkürlich. ‚Davon weiß ich ja noch gar nichts!‘ Sie ließ sich ihre Überraschung aber nicht anmerken. ‚Okay: Bernd Kellert pokert!‘, vermutete sie dann.

„Ich würde Ihnen zunächst gern die Möglichkeit geben, Ihre bisherigen Angaben zu den Umständen und Hintergründen, die zum Tod von Frau Dr. Ketschbaumer geführt haben, zu präzisieren oder, falls nötig, zu ändern. Überlegen Sie gut!“, fuhr er fort und blickte eindringlich der Reihe nach jedem Anwesenden in die Augen.

Domvikar Zinngruber lächelte dünnlippig. Er durchschaute das Manöver des Kommissars. Und das wollte er auch zeigen. Dr. Breskamp hatte sein Taschentuch herausgeholt – ‚dasselbe wie beim letzten Gespräch!', durchzuckte es Hannah Mellrich mit Widerwillen – und wischte sich über die Glatze.

Judit Pieburger lehnte sich demonstrativ zurück, streckte sich, und warf ein: „Ach Gottchen, ‚zu ändern'! Was sollen wir schon ändern? Manchmal fällt einem etwas ein, dann mal wieder nicht. Das hat unsere Erinnerung doch sowieso schon alles zurechtgebogen. So, dass es für jeden von uns passt. Ist doch so, oder?" Ihre Einladung zur Zustimmung verfehlte jedoch die Wirkung.

Bernadette Lienhard verweigerte nach wie vor jeglichen Kontakt zu ihrer Sitznachbarin. Carolin Flöther starrte weiterhin mit unbewegtem Blick in die Mitte der Tischrunde. Dorothee Willebrandt hingegen blickte besorgt zu ihrer alten Weggefährtin. Hans-Hendrik Hofbauers rechte Hand spielte eine imaginäre, nur für ihn hörbare Melodie auf der Tischplatte.

„Also gut, wo fangen wir an?", überlegte Kellert laut, ohne eine Antwort zu erwarten. Ihm war klar, dass das Gespräch nicht einfach werden würde. „Sie alle wissen, dass Sabine Ketschbaumer eine anstrengende Frau war. Eine Persönlichkeit, ohne Frage, auf ihre Weise herausragend, außergewöhnlich, aber eben streitlustig. Und Sie alle haben ihre Sträußlein mit ihr ausgefochten, so oder so." „Sträußlein!", stieß Carolin Flöther aus, blickte aber niemanden an. Dr. Breskamp nickte zustimmend zu Kellerts Darstellung und verzog die Augenbrauen.

„Sie, Frau Pieburger, haben ihr damals öffentlich gedroht", wandte er sich zu seiner rechten Nachbarin, die überrascht zusammenfuhr. Aber ihre Replik ließ nicht lange auf sich warten. „Jaja, das ist ja kein Geheimnis, mein lieber Kommissar Bernd." Kellert zuckte kaum mit der Augenbraue, ließ diese – seine Autorität unterlaufende – Anrede vorerst unwidersprochen durchgehen. ‚Nur dieses eine Mal, meine Liebe!', nahm er sich vor.

„Aber für mich hat sich dann ja doch alles wunderbar aufgelöst", redete die Malerin mit leicht spöttischem Ton weiter. „Das wissen Sie ja alle auch. Das sind keine Geheimnisse. Meine Güte, das war doch damals Stadtgespräch in Friedensberg. Ich bekam mein Erbe, wenn auch nur den Pflichtteil. Aber damit konnte ich mich selbstständig machen und endlich aus diesem Provinznest hier verschwinden! Auf Nimmerwiedersehen. Naja, bis heute. Wenn die Polizei ruft, wer wird da schon widerstehen?"

„Das kann man bei Ihnen nicht gerade behaupten", schaltete sich Hannah Mellrich ein und blickte zu der direkt neben ihr sitzenden Carolin Flöther, „dass sich alles wunderbar aufgelöst hätte". Die Angesprochene hob den Kopf, blickte in die Runde, lächelte bitter vor sich hin und erwiderte langsam, jedes Wort bewusst setzend: „Wirklich nicht. Firma pleite, Vater tot. Ruiniert. Das sehen Sie ja." Sie wies mit beiden Händen auf ihre Erscheinung. Dorothee Willebrandt legte ihr die rechte Hand auf den Oberarm. Erst wollte Carolin Flöther die ungewohnte Berührung abschütteln, dann ließ sie es doch zu.

Dr. Breskamp blickte sie mitleidig an: „Ich wollte das damals verhindern, Frau Flöther. Das tut mir alles sehr leid. *Ihre* Firma hätte die Orgel restaurieren sollen. Ihre. Das habe ich ja immer so gesagt. Aber es gab eben andere Stimmen im Bistum." Er schaute mit unverhohlenem Ärger zu seinem geistlichen Mitbruder, der den Blick aber ignorierte. „Ich, ich hätte die Ketschbaumer längst entlassen, damals. Was die sich alles geleistet hat! Aber unser Herr Bischof ist eben ein guter Mann. Freundlich. Zu freundlich, manchmal."

Nun mischte sich Zinngruber doch ein: „Beides sehen viele anders, Franz Joseph, und das weißt Du auch. Sowohl die Frage, ob man Frau Ketschbaumer damals hätte entlassen sollen, als auch in Bezug auf Deine Einschätzung unseres verehrten Herrn Bischofs. Aber lass uns doch bitte beim Thema bleiben! Niemand von uns hat seine Zeit gestohlen. Ich wäre wirklich dankbar," – hier schaute er bittend (oder fordernd?) zu Kellert – „wenn wir dieses Treffen nicht unnötig in die Länge ziehen müssten."

Kellert nickte freundlich: „Das ist ganz in meinem Sinne, Herr Prälat Zinngruber. Andererseits muss *das* gesagt und ausgesprochen werden, was zu sagen ist. Deswegen sind wir hier. Und niemand von uns hat das Ziel, ein weiteres derartiges Treffen anzuberaumen, glauben Sie mir das!"

„Ich möchte eines klarstellen", mischte sich nun überraschend Bernadette Lienhard in das Gespräch. Ihre Stimme klang leise, aber sehr bestimmt. Ihr perfektes Hochdeutsch verlieh ihr eine sofortige Autorität. „Mir gefällt das nicht, wie Sie von meiner Tante sprechen", warf sie ein, ohne sich an eine bestimmte Person im Raum zu richten. „So abfällig. Als hätten Sie ein Recht, einen anderen Menschen zu beurteilen. Ihr Urteil zu fällen, von dem kleinen Mosaiksteinchen eines menschlichen Lebens aus, das Sie zu kennen glauben. Ich spreche so nicht über Sie. Also sprechen Sie bitte auch nicht so über andere. Sie war ein besonderer Mensch, Sabine, das ja. Aber das sind wir letztlich alle. Mit Schwächen" – sie zögerte gekonnt und setzte dann pointiert hinzu – „und Stärken".

Hans-Hendrik Hofbauer nickte heftig, sodass ihm eine seiner weißen Strähnen in die Stirn fiel. Mit fahriger Geste wischte er sie wieder zurück. Carolin Flöther aber beugte sich vor, blickte an Dorothee Willebrandt vorbei und starrte die junge Rechtsanwältin mit scharfem Blick an. „Sie haben gut reden", sagte sie dann mit rauer Stimme. „Sitzen da in Ihrem Edelhaus, verdienen Ihr Oberschichtsgehalt, erben wahrscheinlich Unsummen, die Sie gar nicht brauchen. Aber mein Vater ist tot! Unsere Firma ruiniert. Und dafür ist Ihre ‚Tante', wie Sie sie nennen, verantwortlich. Dafür trägt sie die Schuld!"

„Nein!", fügte sie mit deutlich lauterer Stimme an und schnitt Bernadette Lienhard die noch nicht einmal ansatzweise ausgesprochene Erwiderung ab. „Nicht die Alleinschuld, oder wie immer Sie als Juristin das benennen würden. Das weiß ich durchaus. Aber einen großen Teil davon. Egal, ob das nun von Ihren Paragraphen und gesetzlichen Bestimmungen so oder anders genannt wird. Ich, ich bin nicht traurig darüber, dass sie tot ist! Das habe ich immer so gesagt, und dazu stehe ich auch."

Bernadette Lienhard verkniff sich mit deutlich erkennbarer Mühe einen Kommentar. Prälat Zinngruber wollte sich einmischen, seiner Mimik nach zu urteilen mit einer Art pastoraler Vermittlung, aber Kellert signalisierte ihm mit einem Wink sich zurückzuhalten. Der Geistliche gehorchte. ‚Erstaunlich', registrierte Hannah Mellrich, die dem Austausch mit genauer Beobachtung folgte.

„Aber dann verstehe ich eines nicht", griff der Kommissar nun direkt ein. „Man hat Sie, Frau Flöther, später dann noch einmal hier im Dom gesehen. Mit Frau Dr. Ketschbaumer. Und Sie haben doch im Gespräch mit Kollegin Mellrich behauptet, nie wieder ein Wort mit ihr gewechselt zu haben. Da stimmt doch etwas nicht."

Nun machte Carolin Flöther große Augen. Sie straffte sich und schüttelte heftig den Kopf. „So ein Unsinn!“, erklärte sie nun mit fester und selbstsicherer Stimme. „Ich bin heute zum ersten Mal wieder hier in Ihrem Friedensberger Dom seit etlichen Jahren. Und das gewiss nicht freiwillig! Das letzte Mal war ich hier, bevor wir damals unser Angebot abgegeben haben. Warten Sie: Wie lange mag das her sein? Sechs Jahre?“

Hannah Mellrich blickte auf den Domorganisten, Hans-Hendrik Hofbauer, der sich bislang weitgehend desinteressiert gezeigt hatte. Seine rechte Hand spielte immer noch die unhörbare Melodie. „Herr Hofbauer! Das haben Sie uns gestern aber anders erzählt.“ Alle Augen wandten sich zu dem Organisten, der mitten in seiner Bewegung erstarrte. Die ohnehin rot gefärbten Wangen strahlten in einem noch kräftigeren Purpur.

„Was?“, fragte er verständnislos. Er blickte von einem zur anderen und schien überhaupt nicht zu verstehen, was man von ihm wollte. Die Polizistin setzte nach: „Na, Sie haben uns doch erzählt, dass Sie Frau Flöther und Frau Ketschbaumer später noch einmal hier im Dom gesehen haben. Viele Jahre später, als die Orgel längst restauriert war!“ Kellert bestätigte diese Aussage durch ein knappes, aber deutliches Nicken.

Nun wanderten die Augen aller Anwesenden auf die andere Seite hinüber, zu Carolin Flöther. Deren Blick bohrte sich unverwandt, starr und herausfordernd in den ihr gegenübersitzenden Organisten. Der hob immer noch ratlos die Hände und grübelte darüber nach, was er sagen sollte. Plötzlich klatschte er sich mit der rechten Hand an die Stirn. „Ach so! Jetzt habe ich es! Jetzt weiß ich, was Sie von mir wollen. Nein, das war doch nicht *diese* Frau Flöther, die ich damals gesehen habe. Das war natürlich die andere. Die Jüngere. Die Attraktive ..."

„Michi!!?", fuhr es aus Carolin Flöther heraus. Die wenig schmeichelhafte, implizite Beschreibung ihrer eigenen Person hatte sie überhört. Oder war so sehr daran gewöhnt, dass es ihr gar nicht mehr auffiel. Ihre Überraschung war nicht gespielt. ‚Mist!', durchzuckte es Hannah Mellrich. ‚Natürlich. HHH hat immer nur von ‚Frau Flöther' gesprochen und wir dachten automatisch an Carolin. Der Chef auch, oder?' Sie blinzelte zu Bernd Kellert hinüber und stellte fest, dass er gerade Ähnliches dachte wie sie selbst. Ihre Blicke trafen sich.

„Was, bitte schön, soll denn Michi, also Michaela ausgerechnet hier im Dom gemacht haben?", entfuhr es Carolin Flöther. „Die war doch mindestens genauso fertig wie ich, als man uns damals den Auftrag entzogen hat. Und als unser Vater starb. Sie war doch die Lieblingstochter, sie. Nicht ich." Sie sagte das ohne jede erkennbare Bitterkeit. Aber ihre Überraschung wirkte glaubwürdig.

„Ähem", räusperte sich nun Dr. Breskamp. „Jetzt, Herr Hofbauer, wo Sie das erwähnen, fällt mir ein, dass ich sie auch gesehen habe. Michaela Flöther. Ja, natürlich. Mehr als einmal. Hier im Dom. Ganz sicher. Es ist mir nur nicht aufgefallen. Warum auch? Ich kannte sie natürlich von den Verhandlungen damals. Sie war ja oft zusammen mit Ihnen – Frau Flöther – hier in Friedensberg. Eine auffällige Erscheinung. Blondgelockte Haare, elegant ... Doch, ich bin mir sicher."

Carolin Flöther schien völlig überrascht zu sein. Sie starrte mit großen Augen und halb geöffnetem Mund auf den Prälaten, an den sie sich kaum zu erinnern schien. „Und wann war das?" fragte Kellert, hellhörig geworden, nach. Domvikar Zinngruber beobachtete das Geschehen genau, eine Ader in seinem Hals pochte sichtbar, er strich sich über das hagere, penibel rasierte Kinn.

Breskamp strich sich über die Stirn, das schien eine routinemäßige Form von Übersprungshandlung zu sein, wenn er sich nicht wohl fühlte. „Das kann ich leider nicht präzise bestimmen“, meinte er dann. „Ich habe dem ja keinerlei Bedeutung beigemessen, verstehen Sie? Aber das war sicherlich auch in der Zeit nach der Wiedereinweihung der Orgel. Zumindest das könnte ich beschwören.“

Hannah Mellrich versuchte Zusammenhänge herzustellen: „Und war sie da allein? Oder in Begleitung? Vielleicht zusammen mit Frau Dr. Ketschbaumer?“ Breskamp überlegte kurz und schüttelte den Kopf: „Das weiß ich nicht mehr. Beim besten Willen nicht. Nein, da kann ich kein Bild so scharf stellen, dass ich Ihnen Genaueres sagen könnte. Es tut mir leid.“

Kellert schaute einladend in die Runde. Hatte jemand anderes etwas gesehen? Zinngruber starrte ziellos vor sich hin. Der Domorganist trommelte einen unhörbaren Rhythmus. Dorothee Willebrandt neigte sich nah zu ihrer Studienfreundin. Aber die übrigen Teilnehmer ihrer kleinen Zusammenkunft blickten ihn nur mit leeren Mienen an.

Kellert fasste einen Entschluss. „Meine Damen und Herren. Danke für Ihr Kommen! Wir werden uns mit Frau Flöther weiter zu unterhalten haben. Aber das muss nicht in dieser großen Runde sein. Dass ich Sie bitten muss, nichts, aber auch gar nichts über unseren Austausch an andere weiterzugeben, vor allem nicht an die Vertreter der Presse, muss ich nicht extra betonen, nehme ich an.“ Sie verabschiedeten sich von den Teilnehmerinnen und Teilnehmern ihrer Zusammenkunft. Bernadette Lienhard ging grußlos.

Judit Pieburger ignorierte Hannah Mellrich, gab jedoch dem Kommissar mit leichter ironischer Verbeugung die Hand und kommentierte ihren Abgang: „Wie, und deswegen haben Sie mich aus Würzburg hergebeten? Na, dann werde ich mir mal anschauen, was sich in Friedensberg verändert hat, seit ich zuletzt hier war. Nicht viel, da bin ich mir sicher.“

24.

Carolin Flöther blieb zurück, das hatte Kellert ihr so signalisiert. Aber wieso saß da immer noch Dorothee Willebrandt links neben ihr? „Ich bleibe!“, erklärte sie mit fester Stimme. „Ich glaube, Carolin hat das Recht, dass jemand ihr zur Seite steht. Oder besser: sitzt.“ Hatte sie das? Rein juristisch wahrscheinlich nicht, aber sollte Kellert das ablehnen? Er tauschte einen kurzen Blick mit seiner Mitarbeiterin aus, nickte dann und entschied: „Von mir aus.“

„Ich kannte Michaela ja auch“, fügte die Nachfolgerin des Mordopfers hinzu. „Nicht gut, aber eben als jüngere Schwester von Carolin. Hier in Friedensberg bin ich ihr dann aber nicht mehr wiederbegegnet. Daran würde ich mich erinnern. Der Domvikar hat ganz recht: Michi war eine auffallende Erscheinung: fröhlich, unkompliziert, sie hatte etwas Tänzelndes, wenn Sie verstehen, was ich meine.“

„Was *ich* nie war, Herr Kommissar. Ich erspare Ihnen die Nachfragen“, ergänzte Carolin Flöther. Sie hatte sich offensichtlich mit dem Gedanken arrangiert, nun ein weiteres Mal über die Hintergründe ihrer Familiengeschichte befragt zu werden. „Wir waren sehr verschieden, die Michi und ich“, führte sie nun ungefragt aus. „Äußerlich und innerlich. Ich hatte immer die Verantwortung, nachdem unsere Mutter so früh verstorben war. Und das hat zu mir gepasst. Michi hat alles leichter genommen. Von Anfang an. Das Leben. Das Studium. Die Familie. Papas Augenstern eben."

„Sagen Sie das mit Verbitterung?", fragte Kellert nach. „Nein, nein! Wirklich nicht! Wir hatten die Rollen zu spielen, die uns das Leben zugedacht hatte. Nennen Sie es Vorherbestimmung, Schicksal, oder wie auch immer. Die waren auf uns zugeschnitten. Sonst hätten wir etwas daran geändert."

Sie blickte zu ihrer alten Studienkollegin: „Weißt Du, Doro: Ich habe lange darüber nachgedacht. Und jetzt ist mir das völlig klar: Drei Dinge waren unsere gemeinsamen Konstanten: der Betrieb, Papa, ein Leben ohne Männer und Familie. Dabei hatte Michi die freie Auswahl. Schon in der Schulzeit standen die Herren Bewerber Schlange. Erst recht dann im Studium. Aber sie wollte das nicht."

Sie lachte in selbstironischem Ton und mit heruntergezogenen Mundwinkeln leise vor sich hin. „Bevor Sie nachfragen, Herr Kommissar: Bei mir hielt sich die Bewerberlage in sehr überschaubaren Grenzen. Aber in dem Einen waren wir eben gleich: Auch ich wollte das nicht. Vielleicht hat man mir das von vornherein deutlicher angemerkt. Kann sein." Dorothee Willebrandt hielt sich ganz zurück in der Rolle der Beobachterin. Unbewusst drehte sie an ihrem Ehering. Einen Anlass, sich in das Gespräch einzuklinken, sah sie derzeit nicht.

„Was kann Ihre Schwester denn nach Friedensberg geführt haben?", überlegte Hannah Mellrich laut. „Mehr als einmal, das wurde uns ja nun vielfach bezeugt." Carolin Flöther schaute sie mit undurchschaubarer Miene an und zuckte mit den schmalen Schultern. „Das frage ich mich auch, Frau Kommissarin!", antwortete die Befragte. „Aber ich weiß es einfach nicht. Ich bin da genauso verwundert wie Sie auch."

Es klopfte an der schweren Eichentür, welche die Sakristei vom Durchgang zum Kirchenraum trennte. „Ja?!", rief Kellert, bekam aber keine Antwort. Offenbar konnte man ihn durch die massive Schallsperre nicht hören. Er erhob sich und öffnete. Draußen stand zu seine Überraschung Bernadette Lienhard, die sich eben noch völlig grußlos entfernt hatte. Überrascht blickte Kellert auf die junge Frau.

Diese winkte ihn nach draußen, in den einige Meter langen Durchgang zum Hauptschiff des Domes. Kellert hob die Augenbrauen, drehte sich zurück zu den drei Frauen in der Sakristei und wandte sich an seine Mitarbeiterin: „Bin sofort zurück!" Er schloss die Tür hinter sich und blieb dort stehen. Was wollte die junge Anwältin von ihm?

„Herr Kommissar!" Sie sprach leise, aber klar akzentuierend und – soweit er das beurteilen konnte – wie immer in perfektem Hochdeutsch. „Ich glaube, dass ich Ihnen etwas mitteilen sollte. Ich wollte das eigentlich für mich behalten. Aber ich habe nachgedacht. Deswegen bin ich vorhin auch so sang- und klanglos verschwunden. Bitte entschuldigen Sie, das ist im Normalfall nicht meine Art."

An der linken Wand des durch zwei kleine Wandfenster beleuchteten Gangs standen zwei einfache Holzstühle nebeneinander. Kellert wies darauf, sie setzten sich, er drehte seinen Stuhl so, dass sie sich ansehen konnten. ‚Sicherheitsabstand', ging es ihm durch den Kopf. ‚Ein Meter fünfzig. Wie in Zeiten von Corona.'

„Bitte!", ermunterte er die junge Frau. „Es ist so", begann die so Aufgeforderte. „Ich kannte diese Michaela. Das ist mir aber erst vorhin klar geworden. Ihre Schwester, diese Carolin" – sie wies auf die schwere Tür zur Sakristei –

„nicht. Die habe ich, glaube ich, noch nie zuvor gesehen. Aber Michaela schon."

Sie unterstützte ihre Ausführungen durch das Verengen der Augen. ‚Sehr effektiv', dachte Kellert. „Diese Michaela, oder ‚Michi', war einige Male auf den ‚Empfängen' in Sabines Haus mit dabei. Von denen habe ich Ihnen ja schon berichtet. Von daher kenne ich sie. Da bin ich mir zu einhundert Prozent sicher. Denn sie war schon etwas Besonderes, diese strahlende, aber bescheiden auftretende Frau. Die war natürlich mindestens zehn Jahre älter als ich. Schon deswegen wird sie mich kaum bemerkt haben. Aber umgekehrt eben schon. In dem Alter schaut man zu den Älteren auf. Ich kann mich allerdings nicht daran erinnern, auch nur ein Wort mit ihr gewechselt zu haben. Aber sie fiel mir auf."

„Wodurch?", hakte Kellert nach. „Ja, jetzt wird es heikel. Weil ich jetzt mutmaßen muss. Und das ist etwas, was wir Juristen nur äußerst ungern tun. Wir sprechen nicht gern ohne handfeste Indizien oder Beweise. Also: Ich kann nur ganz subjektive Beobachtungen wiedergeben. Nichts, was vor Gericht Bestand hätte. Nichts, was ich in irgendwelchen Akten per Unterschrift bestätigen würde."

Kellert schloss kurz die Augen, bestätigte das Gehörte durch ein leichtes Nicken. „Gut, verstanden!", gab er knapp zurück. Bernadette Lienhard atmete zweimal tief durch, redete dann weiter: „Sie hat Sabine so merkwürdig angesehen, diese Michaela. Ihr hinterhergestarrt. Mit besonderem Blick. Wie soll ich den beschreiben? Der hatte etwas von Bewunderung. Vielleicht Faszination. Schwer zu präzisieren."

‚So, da verlässt dich auf einmal der korrekte Satzbau', dachte Kellert zu seiner Überraschung. Aber er wusste von sich, dass ihn Hochdeutsch-Sprecher immer ein wenig einschüchterten. Wenn er sie dann bei sprachlichen Ungenauigkeiten zu erwischen glaubte, gab ihm das irgendwie eine Art innerer Befriedigung. Peinlich, aber so war es nun einmal. „Nun lassen Sie mich nicht so im Vagen“, bat er, strenger im Ton, als er es eigentlich vorgehabt hatte. „War da etwas Begehrendes, etwas Erotisches? Sprechen wir es doch direkt aus!“

Sie lächelte. „Wir Juristen sind da nicht so leicht bei der Hand, wenn es um das ‚direkte Aussprechen‘ geht, Herr Kommissar. Da haben Sie es als Polizist leichter. Ihr Reich ist die Vermutung, das Suchen, das Ausprobieren. Unser Feld besteht aus Fakten, Tatsachen, Beweisbarem. Und erst recht in diesem Fall. Aber gut, deswegen bin ich ja noch einmal zurückgekommen: Was waren das für Blicke?“

Sie führte die Fingerspitzen beider Hände zueinander. „Ich habe das ja alles nur am Rand mitbekommen. Ich war da nicht in der Rolle als spätere Zeugin für Was-auch-immer. ‚Faszination‘, so habe ich das soeben benannt, und das trifft es ganz gut. Aber ob sich dazu etwas von dem hineinmengte, was Sie andeuten, das kann ich nicht sagen. Wirklich nicht. Ich würde es nicht ausschließen, verstehen Sie mich richtig. Aber genauer will ich mich da nicht festlegen.“

„Hm“, brummte Kellert vor sich hin. „Trotzdem: Danke, dass Sie sich noch einmal hierherbemüht haben.“ „Ich wollte Ihnen diese Erinnerung nicht vorenthalten. Die tauchte vorhin plötzlich in mir auf. Seltsam: An all das habe ich nie gedacht, nie in all den Jahren. Nun, wenn es noch etwas gibt: Sie wissen ja, wo Sie mich finden!“ Mit diesen Worten und einem erstaunlich festen Händedruck verabschiedete sie sich und ging mit selbstbewussten Schritten in Richtung Hauptschiff des Doms.

Kellert setzte sich noch einmal auf den einfachen Stuhl. Was sollte er mit dieser Information anfangen? Wie verlässlich war sie? Wie weit reichte ihre Spur? Er erhob sich, öffnete die schwere Eichentür zur Sakristei und blickte auf die drei dort sitzenden Frauen, Dorothee Willebrandt und Carolin Flöther nahe Seite bei Seite, in klarem Abstand dazu Hannah Mellrich, die ihn mit fragenden Augen ansah. Offenbar hatten die drei die zu überbrückende Zeit eher für belanglosen Austausch genutzt.

Er ließ sich auf dem Platz nieder, den er nur wenige Minuten zuvor verlassen hatte. Reste seiner Körperwärme ließen sich noch spüren. Drei Augenpaare nahmen ihn neugierig in den Fokus. ‚Komm! Direkt zum Ziel!', nahm er sich vor. „Frau Flöther", wandte er sich an Carolin. „Ich muss diese Fragen stellen, das wissen Sie. Kann es sein, dass Ihre Schwester Verhältnisse mit Frauen hatte? Dass sie die zahlreichen Verehrer, von denen Sie gesprochen haben, deswegen abwies, weil sie sich eher für Frauen interessiert hat. Erotisch, meine ich."

Dorothee Willebrandt war aufgesprungen. „Also Herr Kommissar, das geht jetzt aber wirklich zu weit!", rief sie aufgebracht. „Nein, lass nur, Doro", unterbrach Carolin Flöther, und legte nun ihrerseits die rechte Hand auf den Arm der Studienfreundin. Überrascht erkannte die Denkmalschützerin, wie ruhig ihre ehemalige Kommilitonin diese Frage hinnahm. Also setzte sie sich wieder hin, blickte jedoch mit funkelndem Blick auf den Kommissar.

„Diese Frage habe ich mir auch gestellt", gab sie zu. „Ob sie lesbisch war, die Michi. Bei mir, um das gleich zu sagen, war das kein Thema. Nie. Ich brauche all das nicht. Ich finde, das gute alte Zölibat hat seine Vorteile. Auch für uns Frauen. Wenn es denn selbst gewählt ist. Wirklich, Doro!", fügte sie mit Blick auf ihre Studienfreundin an, die sie mit skeptischen Blicken musterte. „Aber bei Michi? So eine attraktive und lebenszugewandte Frau? Ich habe mich oft gefragt, ob sie ein Geheimleben hatte. Von dem ich, von dem Papa nichts wussten. Und nichts wissen sollten. Was ihr gutes Recht gewesen wäre. Ich hätte es ihr gegönnt."

Sie knetete ihre Knie. Schaute ihren Händen dabei zu. Dann blickte sie auf: „Also: Gefragt habe ich mich das oft. Antworten erhalten habe ich nie. Das ist für mich ein offenes Buch. Bei uns in Eichstätt hat sie das sicherlich niemals ausgelebt. Das hätte weder zu ihr noch zu Eichstätt gepasst. Aber anderswo? Wenn sie unterwegs war?" Sie schüttelte den Kopf. Überlegte. Sagte dann tonlos: „Sie war meine Schwester, das wissen Sie ja. Nicht meine Vertraute. Nicht meine Freundin. Ich habe ihr Vieles nicht erzählt. Das wird umgekehrt genauso gewesen sein. Und das war richtig so."

Hannah Mellrich hatte mittlerweile die Spur gewittert, der ihr Chef ganz offensichtlich folgte. „Halten Sie es denn für möglich, dass es eine besondere Beziehung zu Sabine Ketschbaumer gab?" Wieder lachte Carolin Flöther freudlos vor sich hin. „Das habe ich schon befürchtet, dass Sie jetzt genau diese Frage anschließen. Hätten Sie mich gestern gefragt, hätte ich das weit von mir gewiesen. Wäre empört gewesen. Heute? Heute weiß ich nicht mehr, was ich denken soll."

Sie schaute Hannah Mellrich an und ließ ihren Überlegungen freien Lauf: „Der Hofbauer, also der Organist, und dieser Dr. Breskopf" – „Breskamp", verbesserte Dorothee Willebrandt – „von mir aus auch das! Die werden sich das ja nicht ausgedacht haben. Dass sie die Michi gesehen haben. Und was sonst sollte Michi nach Friedensberg getrieben haben?"

Sie schüttelte den Kopf. „Aber ausgerechnet die Ketschbaumer? Die unsere Firma an die Wand gefahren hat? Die letztlich dafür verantwortlich ist, dass unser Vater nicht mehr lebt. Ausgerecht die? Das kann ich mir nicht vorstellen. Die Bilder passen für mich nicht zusammen. Aber ich war immer schon ein Mensch ohne große Vorstellungskraft. Für mich zählt die Wirklichkeit mehr als die Möglichkeit. Und genau das hat mich und die Michi wahrscheinlich voneinander unterschieden."

Ein blauer Lichtstrahl durchschnitt plötzlich den Raum. Die Sonne hatte genau den Winkel erreicht, um diesen einen Strahl durch eines der Buntglasfenster in die Sakristei zu werfen, wie einen Zeigefinger aus Licht. Alle acht Augen folgten der gebündelten Lichtlinie. Als wäre am Ende eine Lösung zu finden, eine Perspektive, eine Hoffnung, ein Schatz. Tatsächlich beleuchtete die bläulich glänzende Lichtspur aber lediglich ein kleines, perspektivisch verzerrtes Quadrat des getäfelten Bodenparketts. Ein faseriges Staubgebinde flog auf und legte sich außerhalb des Strahls wieder ab.

„Hmm", entfuhr es Kellert. Er überlegte, wie er weiter vorgehen sollte. Hannah Mellrich kam ihm zur Hilfe: „Wer war denn Ihrer Meinung nach der Mensch, der Ihre Schwester am besten kannte? Einmal ganz abgesehen von Ihnen selber?" Carolin Flöther schnaubte durch die Nase. „Davon brauchen wir gar nicht groß abzusehen. Ich, ich war das nicht. Warten Sie: Vielleicht war das die Bruni. Die kannten sich schon seit der Grundschule. Und haben sich immer mal wieder getroffen, so viel habe ich mitbekommen."

„Und Bruni, das ist ...", setzte Hannah Mellrich nach. „Ach, wie heißt die jetzt wieder, die Brunhilde? Den Namen hat sie natürlich immer gehasst", grübelte Carolin Flöther. „Die hat geheiratet, hat vier Kinder. Lebt in Kallmünz, glaube ich. Wohlfahrt hieß die früher, aber jetzt? Das ist ja so bei den Frauen, wenn sie den Namen ihres Mannes annehmen. Dann verliert sich oft ihre Spur. Die findest du dann nie wieder, wenn du sie später suchst. Ich fand das gar nicht schlecht, als viele Frauen einen Doppelnamen annahmen. Du behältst deine Identität und bekommst eine andere dazu. Statt deine eigene Familientradition aufzugeben. Aber das machen die Frauen ja längst nicht mehr. Klingt altbacken und mühsam, oder?“

„Flemming-Berlinger“, warf Dorothee Willebrandt ein. „Wie bitte?“, fragte ihre Studienfreundin verwirrt. „Ach nichts. Unsere Ordinariatsrätin im Bistum hier, die heißt so. Und genau: Bei solchen Doppelnamen denkst du automatisch an rechthaberische, komplizierte Frauen zwischen fünfzig und siebzig. Deswegen wollte ich auch keinen Doppelnamen. Haidler, so hieß ich früher. Auch ein schöner Name. Aber ich habe mich bewusst für den einen Familiennamen entschieden, den nun alle gemeinsam tragen: mein Mann, ich, unsere Kinder.“

Kellert stieß einen Brummlaut aus. Carolin Flöther deutete seine Einmischung korrekt. Hannah Mellrich hatte eine Frage gestellt, die noch unbeantwortet war. „Richtig, wie die heißt, die Bruni!?“, rief sie sich zur Ordnung. „Rabenhorst? Rabenfels? ... Rabenstein. Ja, genau: Rabenstein! Vielleicht kann die Bruni Ihnen mehr über Michi erzählen. Vielleicht bringt Sie das weiter. Versuchen Sie Ihr Glück!“

25.

„Kallmünz, kennen Sie das?“, hatte Kellert seine Mitarbeiterin gefragt. Die hatte mit den Achseln gezuckt, aber sofort ihr Handy hervorgeholt. „Eine Marktgemeinde am Zusammenfluss von Naab und Vils in der Nähe von Regensburg“, las sie vor, wobei sie die beiden Flussnamen so betonte, als handele es sich dabei um rätselhafte Zutaten zu einem ihr gänzlich unbekannten Kochrezept. „Große mittelalterliche Burganlage, spektakuläre Lage, alte Flussbrücke", gab sie weitere Stichworte preis.

Tatsächlich fand sie im Telefonbuch von Kallmünz gleich mehrere Einträge zum Namen Rabenstein, offensichtlich handelte es sich um eine größere, ortsansässige Familie. Die unterschiedlichen Einträge wurden aber ausschließlich durch männliche Vornamen gekennzeichnet. Die zugehörigen Frauen musste man schlicht kennen. Immerhin: Beim dritten Versuch landete Hannah Mellrich bei der richtigen Adresse. Bruni Rabenstein war Hausfrau und tatsächlich daheim erreichbar.

Zwei Stunden später steuerte die Kommissarin den Dienstwagen durch die engen Gassen unterhalb der Burgruine. Hoch ragte das Felsmassiv auf, die schiefen Häuser duckten sich eng an die Winkel und Nischen des blank hochgestreckten Gesteins. Jetzt, Ende Juni, sah das romantisch aus, ging es der Polizistin durch den Kopf. ‚Aber wie mag das im November sein, wenn das Felsmassiv bedrohlich nahe rückt und seine feuchte Kühle durch die engen Wege und Sträßchen drückt?'

Die Rabenstein-Familie, deren Adressenangabe sie folgten, wohnte in einem alten Haus, direkt oberhalb der hier breit aufgestauten Naab, die gut fünfundzwanzig Kilometer weiter südlich in die Donau münden würde. Hinter und neben dem Fachwerkhaus befand sich ein großer Garten. Hier reihten sich gepflegte Beete an Wiesen und Obstbaumbestände: Tomaten, Petersilie, Lauch, Erdbeeren, Johannisbeersträucher – so viel konnte Bernd Kellert auf den ersten Blick erkennen. Die Obstbäume hingen voller Früchte, die allerdings noch auf einige Sonnentage warteten. Blühstreifen voller bunter Blumen summten von unzähligen Hummeln und Bienen.

Inmitten dieser duftenden, ländlichen Idylle – ‚nichts für mich!', dachte Hannah Mellrich – hatte Bruni Rabenstein eine Kaffeetafel aufgebaut. Eine frisch gebackene Erdbeertorte lockte mit prallen, roten Früchten. Das blauweißgemusterte Geschirr erinnerte die Polizistin an das Porzellan ihrer längst verstorbenen Großmutter. Keiner der Enkel hatte nach deren Tod ein Interesse an dem vielteiligen, bestens gepflegten Service gehabt. Sie hatten es über e-bay für einen geringen, symbolischen Abnahmebetrag verkauft.

Man konnte auf den träg dahinfließenden Fluss schauen, auf dem zahlreiche Enten und Teichhühner schwammen. Am anderen, nicht frei zugänglichen Ufer standen zwei Graureiher im Schilf. Etwas weiter hinüber in Richtung des Zusammenflusses mit der Vils beobachtete ein Storch aufmerksam und bewegungslos das Leben im Wasser. Ein leises, rhythmisches Quietschen untermalte diese visuellen Eindrücke. Fini, eine der drei Töchter der Familie, saß auf der Schaukel und gab sich inbrünstig den Bewegungen hin. Im Sandkasten daneben spielte eine jüngere Schwester mit dem einzigen Bruder.

Kellert nahm einen Schluck des angebotenen Kaffees, ließ sich auch ein Stück des hervorragenden Obstkuchens schmecken und versuchte seine Gedanken zu bündeln. Bruni Rabenstein war Ende dreißig, herzlich, rundlich, zupackend. Sie schien in dieser Welt das von ihr gesuchte Zuhause gefunden zu haben. Oder täuschte der oberflächliche Eindruck? Kellert hatte schon viel zu viele Menschen getroffen, die auf der Oberfläche ein völlig normales Alltagsleben führten, unter der jedoch Abgründe lagen, von denen niemand, auch nicht die engsten Vertrauten, etwas ahnten.

„Schön haben Sie es hier“, lobte er. „Richtig schön!“ „Ja, wir sind auch froh, hier leben zu dürfen. Wissen Sie, das Haus hat mein Mann von einer unverheiratet gebliebenen Tante geerbt. Wir haben es im Grunde aber komplett neu ausgebaut“, erklärte Bruni Rabenstein, sichtlich stolz darauf, ihr Leben präsentieren zu können.

„Was denken Sie: Wäre ein solches Leben auch etwas für Michaela Flöther gewesen?“, steuerte der Kommissar nun auf den Anlass ihres Gesprächs zu. „Ach nein, doch nicht für die Michi!“, entgegnete die Gastgeberin sofort und sehr bestimmt. „Der Michi wäre das alles viel zu eng gewesen. Die war eigentlich ein Mensch, der die Freiheit liebt. Das Ungebundene. Das Spontane. Aber all das konnte sie ja nicht ausleben. Sie musste sich ja um ihren Vater und die Firma kümmern. Sonst? Sonst wäre die längst aufgebrochen. In die große, weite Welt, sagt man das nicht so?“

Aufgefordert durch ein ermunterndes Kopfnicken nahm Hannah Mellrich sich noch ein zweites Stück des Erdbeerkuchens. Der war wirklich sensationell gut, Kalorienplan hin oder her. Dass es nur Filterkaffee gab, nicht den von ihr bevorzugten Cappuccino, hatte sie nicht erwähnt. Zur Not trank sie auch den angebotenen Bohnenkaffee. Nun fragte sie: „Und Familie? Hat sie das nicht gereizt, selbst Kinder zu haben?“

„Fini!“, rief Bruni Rabenstein laut und scharf. „Lass den Leon auch mal auf die Schaukel!“ Für sie war das normal: ihre Kinder im Blick zu haben und gleichzeitig ein Gespräch zu führen. Für Hannah Mellrich, die selbst keine Kinder hatte, war diese Art des kommunikativen ‚Multi-Tasking‘ ungewohnt. Denn ohne Atem zu holen, sprach ihr Gegenüber sofort in ganz anderem Tonfall einfach weiter: „Das war seltsam. Wissen Sie: Die Michi hat Kinder geliebt. Sie war ja die Taufpatin von unserer Ältesten, Ronja. Aber als Mutter? Da konnte ich sie mir einfach nicht vorstellen.“

Mitten im Satz war sie aufgesprungen, zum Sandkasten geeilt und hatte mit einigen energischen Worten einen sich anbahnenden Streit geschlichtet. Kellert und seine Mitarbeiterin schauten sich an, grinsten, zuckten mit den Achseln. Wenig später herrschte wieder Ruhe. Kaum hatte Bruni Rabenstein wieder Platz genommen, nahm sie den nur kurz unterbrochenen Gesprächsfaden wieder auf.

„Sie hätte ja viele Männer heiraten können, die Michi, Angebòte gab es mehr als genug. Das wollte sie aber nicht. Sie wollte ihre Freiheit. So war sie eben, die Michi.“ Ihre Gedanken verloren sich in den Erinnerungen. „Konnte das daran gelegen haben, dass sie sich aus Männern nichts machte? Dass sie eigentlich eher an Frauen interessiert war?“ In dieser dörflichen Garten- und Familienidylle schien diese Frage von Hannah Mellrich völlig deplatziert.

Aber Bruni Rabenstein nahm die Anfrage vollkommen gelassen hin. „Das habe ich mir schon gedacht, dass Sie danach fragen würden“, gab sie zurück. „Schon als Sie mich am Telefon auf die Michi ansprachen. Tja, was kann ich Ihnen dazu sagen? Wissen Sie, die Michi und ich: Wir kannten uns seit der Grundschule. Saßen in einer Bank. Wir sind – wir waren – beste Freundinnen. Auch wenn der Kontakt dann natürlich nicht mehr so eng war, als ich hierher nach Kallmünz gezogen bin.“

Sie kratzte sich am Kinn und scheuchte mit der rechten Hand einige frühe Wespen vom Tisch, die den Erdbeerkuchen offensichtlich auch interessant fanden. „Fort mit euch!“, rief sie mit lauter und energischer Stimme, und Kellert hatte einen ganz kurzen Moment lang das Gefühl gehabt, diese Aufforderung gelte ihnen. „Nur um das zu klären: Da war nie etwas zwischen der Michi und mir. Also nichts, was über Freundschaft hinausgegangen wäre. Nie. Wir waren doch so brav, als Kinder und Jugendliche damals in Eichstätt. Katholische Grundschule, kirchliche Mädchenrealschule. Beschützt, könnte man auch sagen. An so etwas dachte man damals gar nicht."

„Viel später habe ich mir dann schon meine Gedanken gemacht", fuhr sie fort. „Als dann alle heirateten aus unserer Clique. Nur sie nicht. Aber ich habe sie nie danach gefragt. Trotz Freundschaft. Es gibt Dinge, die teilt man eben mit niemandem. Ich habe ihr ja auch keine Details aus meiner Ehe mit Konrad erzählt. Und ich habe auch nie etwas gemerkt. Also: Darum, dass sie eine Beziehung zu einer Frau gehabt hätte. Ich hätte ja gar nichts dagegen gehabt, warum sollte ich? Aber ich weiß eben nicht einmal, ob sie mir etwas davon erzählt hätte."

„Wollen Sie noch?!", fragte sie, goss aber gleichzeitig bereits Kaffee nach. „Kannten Sie Frau Sabine Ketschbaumer?", lenkte Kellert das Gespräch nun in eine andere Richtung. „Die frühere Denkmalschützerin? Die Archivarin aus Friedensberg? Die verschwunden ist?" Bruni Rabenstein blickte den Kommissar an: „Ja, die hat Michi in den letzten Jahren vor ihrem Tod oft erwähnt. Sehr oft, wenn ich es mir jetzt ganz genau überlege. Von der war sie fasziniert, glaube ich. Die verkörperte etwas, was sie sich immer für sich selbst erträumt hat."

„Und was?", warf Hannah Mellrich ein. „Tja?", überlegte ihre Gastgeberin. „Stärke? Durchsetzungsvermögen? Selbstbestimmung? Genau weiß ich das nicht. Aber sie hat oft von ihr erzählt, daran kann ich mich gut erinnern." Ihr knapp drei Jahre alter Sohn hatte damit begonnen, Schaufel um Schaufel des feinkörnigen, gelbweißen Sandes auf die Rasenfläche rund um den Kasten zu werfen. „Leon!“, schrie Bruni Rabenstein laut und schrill. Ihr Sohn erstarrte in der Bewegung, blickte zu ihr. Sie schüttelte heftig und energisch den Kopf. Das reichte. Schuldbewusst zog der Kleine den Kopf ein und wandte sich wieder dem Bau seiner Sandburg zu.

‚Die hat den Laden hier im Griff‘, dachte Hannah Mellrich anerkennend. „Mir fällt noch etwas ein“, ergänzte Bruni Rabenstein, wieder in dem ganz normalen Plauderton. „Michi hat mal erzählt, dass sie in Friedensberg einen guten Beichtvater gefunden hatte. Das tun wir nämlich immer noch: beichten. Katholisch ist katholisch. Wenn du das als Kind so eingetrichtert bekommen hast wie wir, dann bleibst du dabei. Und es tut ja auch gut.“

‚Nicht unbedingt‘, ging es Bernd Kellert durch den Kopf. Seine eigene letzte Beichte lag mehrere Jahrzehnte zurück. Er selbst hatte das Ritual als Jugendlicher gehasst und sich davon befreit. Befreit – so hatte er das damals empfunden. Und nie wieder ein Bedürfnis danach verspürt. Wenn andere das für sich anders erlebten: gut! Er erlaubte seinen Gedanken eine leichte Abschweifung.

Hannah Mellrich hingegen hatte konzentrierter zugehört, weil diese Welt für sie ja völlig fremd war. ‚Beichtvater‘!? Ein mehr als eigentümliches Wort! ‚In Friedensberg!?‘ „Hat sie Ihnen denn auch den Namen dieses ‚Beichtvaters‘ genannt?“, fragte sie nach. „Ja, natürlich“, bestätigte ihre Gastgeberin sofort. „Sie hat mir ja sogar vorgeschlagen, mich auch einmal an ihn zu wenden. Das war nämlich eher so eine Art geistliche Begleitung. Das war mir aber dann doch zu weit, deswegen extra bis nach Friedensberg zu fahren. Wie hieß der noch? Meine Güte, das ist ja schon so lange her.“

Die Kriminalbeamten schauten sie gespannt an. Auch Bernd Kellert, der nun wieder ganz in der Gegenwart angekommen war. „Irgendwas mit Metall“, überlegte ihre Gesprächspartnerin. „Silberschläger? Eisenbauer? …“ „Zinngruber? Kann das sein?“, schlug Hannah Mellrich vor. Bruni Rabenstein sprach das Wort langsam nach: „Z i n n g r u b e r“. „Ja klar, Zinngruber“, rief sie dann und sprang auf. „So hieß der. Ganz sicher.“

Kellert machte große Augen. Das war nun wirklich eine interessante Nachricht. Die nicht ganz in das Bild hineinpasste, das man ihnen bislang von den damaligen Ereignissen gemalt hatte. Das schrie geradezu nach Aufklärung. Er entschuldigte sich und ging ein paar Schritte hin zur Grundstücksgrenze. Vor ihm floss die aufgestaute Naab träge dem Zusammenfluss mit der Vils entgegen.

Er nahm sein Handy aus der Tasche, tippte mühsam einige Zahlen hinein. Seine Finger und diese kleinen Tasten – das würde nie eine echte Freundschaftsbeziehung werden. ‚Old school‘ ging es ihm wieder durch den Kopf. Es dauerte, bis er die richtige Verbindung hergestellt hatte. Ob er Glück haben würde? Freitags nachmittags war alles andere als ein günstiger Termin, um Menschen telefonisch zu erreichen. Er musste mehrfach weitergeleitet werden, jedes Mal verbunden mit Wartezeiten. Aus den Apfelbäumen flog lärmend ein Schwarm Spatzen auf, um kurz darauf genauso geräuschvoll wieder zurückzukehren. Das wiederholte sich dreimal.

Hannah Mellrich unterhielt sich derweil mit ihrer Gastgeberin. Von Kellerts Warte aus hätte es sich bei der von ihm aus ja nur optisch wahrnehmbaren Szenerie auch gut und gern um einen Kaffeeklatsch unter Freundinnen handeln können. Das größere Mädchen zeigte der Polizistin gerade ein Bilderbuch.

Endlich hatte der Kommissar den gewünschten Gesprächspartner am Apparat. „Ja, Kellert hier! Wir müssen reden! So bald wie möglich!" Am anderen Ende hörte er zunächst nichts. Eben wollte er seine Worte wiederholen, da hörte er die Entgegnung seines Gegenübers, Domvikar Johannes Zinngruber. „Ja!", erwiderte dieser leise. Es klang erschöpft und resigniert. „Das habe ich mir bereits gedacht. Darauf habe ich schon gewartet. Also gut. Wo treffen wir uns?"

26.

Kellert hatte auf der Rückfahrt kurz die Augen geschlossen. Wie fast immer steuerte seine Mitarbeiterin den Dienstwagen. Ihrem Fahrstil vertraute er voll und ganz. Er war wohl auch kurz eingenickt. So hatte er sich ein bisschen erholt, gleichzeitig aber auf das Gespräch vorbereitet. Was würde er erfahren?

„Soll ich mitkommen, Chef?", hatte Hannah Mellrich gefragt. Eigentlich hatte sie sich auf den Feierabend gefreut. Freitagabend. Eine anstrengende Woche lag hinter ihnen. „Nein, Hannah. Dieses Mal ist es besser, wenn ich das alleine mache", hatte ihr Chef geantwortet. Er stellte sich auf ein Gespräch von Mann zu Mann ein. Was immer das genau bedeutete.

„Kein Zimmer, kein Zeuge, kein Mikro, kein Protokoll", das waren die Bedingungen des Domvikars für das anvisierte Treffen gewesen. Kellert hatte zögernd zugestimmt. Nun gingen sie Seite an Seite durch den frühsommerlichen Wald, der sich an den Bergfriedhof oberhalb von Friedensberg anschloss. Ein lauer Juniabend. ‚Eigentlich ideal für einen Besuch im Biergarten', ging es Kellert durch den Kopf. Aber er war sich darüber im Klaren, dass dieses Mal der Dienst vorging. ‚Dieses Mal?', hörte er im Geiste die Stimme seiner Frau. ‚Das ist doch wohl immer so!'

Zinngruber war in Zivil erschienen, so hatte der Kommissar ihn noch nie gesehen. Er hatte ihn, wie immer, in schwarzem Anzug und mit Priesterkragen erwartet. Der Geistliche kam jedoch in einer legeren Stoffhose und einem sommerlichen Poloshirt. Niemand, der ihn nicht kannte, hätte in ihm so einen Priester vermutet. Nun eilte er mit weit ausgreifenden Schritten vor sich hin, die Arme hinter dem Rücken verschränkt, leicht vorgebeugt. Kellert musste zu dem eine Handspanne Größeren aufschauen, das war sehr ungewöhnlich für ihn. Das Schritt-Tempo war etwas schneller, als er es gewohnt war. ‚Lass ihn laufen!', dachte er sich.

„Sie müssen mir versprechen, dass das, was ich Ihnen anvertraue, unter uns bleibt", bat Zinngruber. Oder war das eine Forderung? Der weit ausgreifende Gang hinderte ihn nicht daran, klar formuliert und ohne Anstrengung zu sprechen. „Es geht um Dinge, die unter das Beichtgeheimnis fallen. Ich werde an die Grenzen dessen gehen, was ich verantworten kann. Wenn Sie meinen Bedingungen zustimmen. Nur dann!"

„Das kann ich Ihnen doch nicht so völlig blanko in die Hand versprechen, Herr Domvikar", entgegnete Kellert in versöhnlichem, aber auch nicht verhandelbarem Ton. Er versuchte sich an die Gehgeschwindigkeit und das begleitende Reden anzupassen. Die überschüssigen Kilos spürte er sofort. Er musste öfter nach Luft schnappen, als er das gewohnt war. „Das muss Ihnen doch klar sein. Soll ich jetzt lügen, Ihnen etwas versprechen und dann später mein

Wort brechen? Das wäre für Sie und mich peinlich. Und unwürdig."

Er holte Luft, ohne dass man ihm das anmerken sollte. „Was ich kann, ist Folgendes", fügte er hinzu: „Ihnen versprechen, dass ich all das für mich behalten werde, was nicht absolut notwendigerweise im Blick auf meine Ermittlungen öffentlich werden muss. Und ich habe dabei durchaus einen gewissen Ermessensspielraum. Den ich in Ihrem Sinne zu nutzen versuche."

‚Werde ich selbst das einhalten können?', fragte sich der Kommissar. Zinngruber folgte dem breiten, ausgespurten Wanderweg, auf dem ihnen nun eine rasch vorbeiziehende Joggerin entgegenkam. Die hier vorherrschenden Buchen und Birken schimmerten in einem abendlichen Grüngold. Der sanfte Westwind bewegte das kaum hörbar raschelnde Laub.

„Also gut. Sie haben natürlich recht. Mehr kann ich nicht erwarten. Geschweige denn fordern. Sie sind ein vorzüglicher Polizist, Herr Kommissar", lobte der Geistliche, blickte dabei aber starr vor sich hin. „In meinem Fall würde ich fast sagen: leider!", fügte er hinzu. „Ihnen bleibt wenig verborgen. Deswegen habe ich mich auch entschlossen, Ihnen mehr anzuvertrauen, als ich das eigentlich möchte. Aber ich fürchte, Sie würden es sowieso herausbekommen. Also werde ich es Ihnen von mir aus sagen."

„Aber ..." – er blieb abrupt stehen und wandte sich nach rechts zum Kommissar. Der war davon so überrascht, dass er noch einige Schritte weitergegangen war, sich nun umdrehte, auf den Domvikar zuging und ihn neugierig ansah. Der führte den Satz zu Ende: „Aber unter genau dem Vorbehalt, den Sie selbst vorhin benannt haben. Ich verlasse mich auf Ihre Diskretion und Verlässlichkeit."

Kellert fand, dass er dazu genug gesagt hatte, nickte wortlos und schloss sich wieder seinem Weggefährten an, der nun sehr viel langsamer als zuvor der ausgefahrenen Wegspur folgte. ‚Lass ihn das Gehtempo und die Richtung bestimmen', sagte er sich. ‚Er will reden.' „Ich war der Beichtvater von Michaela Flöther!", begann Zinngruber. „Ja, das wissen wir inzwischen!", bestätigte der Kommissar. „Sehen Sie", bestätigte der Geistliche seine zuvor geäußerten Einschätzungen.

„Wir hatten uns bei den Verhandlungen über das Orgelprojekt kennengelernt. Sie hat zu mir Vertrauen gefasst. Und von da ab regelmäßig bei mir gebeichtet. Nein, das ist nicht präzise genug: Ich war ihr geistlicher Begleiter." Kellert hörte ruhig und gleichzeitig gespannt zu. „Meine Güte, Herr Kommissar. Wie das klingt, wenn ich das jetzt so sage: ‚geistlicher Begleiter'!? Sagen Sie ehrlich: Denken Sie da gleich an irgendeine Form von Missbrauch?" Er wartete nicht auf eine Antwort oder Bestätigung. „Sehen Sie, so weit sind wir inzwischen: Ich selbst kann ein solches Wort gar nicht mehr aussprechen, ohne dass die Befürchtung mitschwingt, dass Sie da gleich ‚wer weiß was' mithören."

Wieder war er stehen geblieben. „Dabei ist das völliger Unsinn!", beteuerte er und gestikulierte dabei mit seinen langen, dünnen Armen. „Ich begleite seit Jahrzehnten einige Menschen durch ihr Leben. Ihr Leben mit Gott. Ganz einfach. Das ist eine wunderbare Aufgabe, eine uralte kirchliche Tradition. Und wir geistlichen Begleiter wissen genau, wo die professionellen Grenzen sind. Umso schlimmer, wenn manche meiner Kollegen diese Grenzen verletzen. Das macht mich fassungslos."

Er nahm den langsamen Gang wieder auf. Er schien gar nicht zu bemerken, wo sie sich gerade aufhielten und welche Wege sie gingen. Er befand sich in einem Tunnel von Erinnerungen und Bekenntnissen. „Michaela Flöther war eine außergewöhnliche Frau. Das ist Ihnen natürlich längst klar geworden. Aber sie hatte eine Schwäche, wenn man es denn ‚Schwäche' nennen will. Sie war einem anderen Menschen verfallen. Sie ahnen es längst, wem: Frau Dr. Ketschbaumer."

‚Uff', dachte Kellert, ‚jetzt wird es ernst!' „Michaela, wir duzten uns, hatte noch nie eine derartige Frau kennengelernt. Sie stammte ja ganz aus dieser vollkommen traditionell katholischen Erziehung. Die in Vielem sehr gut ist, bitte verstehen Sie mich nicht falsch. Aber die Frauenrolle ist in Mutter Kirche doch immer noch eher eine Form von Unterordnung, Dienst und Fügsamkeit. Oftmals gar nicht bewusst, aber untergründig. Sie glauben gar nicht, was für ein wirres Zeug man da lesen kann über das ‚Wesen der Frau', verfasst von irgendwelchen meiner Mitbrüder."

Kellert dachte an seine Tochter und seine Frau. Gut, dass er derartige Schriften nicht kannte. Gut, dass sie von derartigen Schriften nichts wussten. Zinngruber wischte sich ein Staubkorn aus dem rechten Auge und fuhr fort. „Und nun lernte Michaela also diese so ganz andersartige Frau kennen: stark, durchsetzungsbewusst, selbstsicher. Vor der viele Frauen und auch mehr als genug Männer Angst hatten. Sich fügten. Sich unterordneten. Ich erzähle Ihnen eine Szene, an die ich mich erinnere, als spielte sie heute. Damit Sie verstehen und einordnen können, was ich erzähle.

Vor ein paar Jahren, Sabine Ketschbaumer lebte noch, war ich zu Gast bei einem ökumenischen Kongress in Stockholm. Es war Sommer, August, glaube ich. Ich saß mittags auf einer Bank, vor mir die weiten Binnengewässer mitten in der Stadt, drüben der Rathauskomplex, über mir ein wolkenverhangener Himmel, der ab und zu mal einen Sonnenstrahl durchließ, dazwischen ein gepflasterter Pier, vielleicht zehn Meter breit."

Er blieb erneut stehen und untermalte seine Erinnerung mit weit ausladenden Gesten. „Direkt vor mir zeterte eine große, prachtvolle Silbermöwe vor sich hin. Mit scharfen Rufen. Laut und herrisch. Lief mit hüpfenden Schritten nach rechts, nach links, vor und zurück. Immer wieder spreizte sie dabei die Flügel, um ihre von Natur aus imposante Größe noch zu steigern. Ihr Revier umfasste mindestens dreißig Quadratmeter. Wenn nicht mehr. Neben mir saßen andere Menschen, die das schwedische Mittagslicht genossen. Touristen. Ab und zu brachen sie von ihren Broten ein Stückchen ab und warfen es den Vögeln zu."

„Vögeln habe ich gesagt, im Plural. So war das auch. Denn da waren auch andere Möwen, dazu einige Dohlen und Spatzen. Ab und zu zog eine Seeschwalbe bis fast auf den Boden, die sind Meisterinnen darin, im Flug die begehrten Happen aufzuschnappen. Aber nicht hier. Nicht im Revier dieser Möwe. Lautstark und aggressiv verteidigte sie die Fläche, die sie als ihr Revier betrachtete. Ihr Schnabel, hart und spitz wie ein Hammer, pickte auf alle Konkurrentinnen ein, die es wagten, gegen die von ihr bestimmte Hackordnung zu verstoßen. Da gab es manchen bösen Treffer. Und all das begleitet von einem scharfen, markerschütternden Gekreische und Geschrei. Sie war hier die Bestimmerin. Das war *ihr* Revier. Da hatte niemand anderes etwas zu melden. Niemand."

Der Domvikar schüttelte den Kopf, während er diese Erinnerung heraufbeschwor. „Da wolltest du auch als Mensch nicht zu nahe herantreten. Dieser Möwe wärest auch du ausgewichen, obwohl du natürlich der Stärkere wärst. Aber das wolltest du nicht auf die Probe stellen. ‚Sabine!', habe ich damals gedacht. ‚Die kann nur Sabine heißen!' Das war wie eine Eingebung. Vollkommen logisch. Immer wenn ich danach mit Frau Dr. zu tun hatte, fiel mir diese Möwe ein. Immer." Er wandte sich Kellert zu: „Verstehen Sie: So war sie. Sabine Ketschbaumer."

Zinngruber nahm wieder seine bedächtigen Schritte auf. „Sie hat viele eingeschüchtert, die Frau Dr. Genauso wie diese Möwe. Aber manche hat sie eben auch fasziniert. Dass Frauen auch *so* auftreten können, das hat einigen imponiert. Michaela Flöther gehörte dazu. Sie wollte Frau Dr. nicht imitieren, das ging nicht. Sie war ein völlig anderer Mensch. Aber sie wollte – wie sage ich das jetzt richtig? – wie eine Art Jüngerin sein. Ihr ‚nachfolgen', würden wir Theologen vielleicht sagen."

„Und wie hat sich Frau Dr. Ketschbaumer dazu verhalten?", fragte Kellert jetzt doch nach. Er hatte lange zugehört, um sich ein besseres Bild von den damaligen Konstellationen machen zu können. Er fügte hinzu: „Diese Möwe, die Sie beschrieben haben, hätte wohl kaum andere in ihr Revier hineingelassen, oder?"

Zinngruber nickte bedächtig. „Das stimmt, Herr Kommissar. Aber hier enden eben die Parallelen meines Vergleichs. Frau Dr. war vielfältig. Klug. Reflektiert. Nicht instinktgesteuert wie ein Vogel. Sie fühlte sich einerseits geschmeichelt. Dass sich eine Frau vom Kaliber Michaela Flöthers in ihr Kraftfeld begab, das hat ihr irgendwie gefallen. Andererseits aber auch gestört. Michaela wollte ständige Nähe und permanente Bestätigung. Frau Dr. hingegen war ein Mensch, der Freiheit suchte. Und brauchte. Und sich nahm."

„Klingt kompliziert", warf Kellert ein. „Das war es auch!", stimmte Zinngruber sofort zu. „Ein Auf und Ab. Ein dramatisches Spiel von Nähe und Distanz. Von Anziehung und Abstoßung. Und dabei konnte ich Michaela auch nicht helfen. Obwohl sie mich teilhaben ließ an ihrem Dilemma. Sie erkannte ganz genau, in welches Kraftfeld sie sich da begab. Aber sie war den Entwicklungen selbst völlig schutzlos ausgeliefert."

„Nur damit wir uns richtig verstehen", hakte der Kommissar nach. „Wir sprechen schon von einer homosexuellen Beziehung?" Wieder blieb Zinngruber abrupt stehen, aber dieses Mal war sein Wegbegleiter darauf vorbereitet und verhielt sich genauso. „Sehen Sie, das weiß ich nicht", antwortete der Priester. „Das wurde nie so klar ausgesprochen. Darüber schwieg sich Michaela aus. Dass es eine homoerotische Beziehung war, im weitesten Sinne, das ist für mich klar. Aber homosexuell? Sie verstehen den Unterschied?"

Kellert verdrehte die Augen und nickte. Der Domvikar zeigte sein emotionsarmes, dünnlippiges Lächeln. „Wir geistlichen Begleiter erfahren eben nie alles, nicht einmal in der Beichte. Und wir müssen auch nicht alles erfahren. So sehe ich das zumindest. Also: Lassen wir die Antwort auf Ihre Frage einfach offen. Einverstanden?" Er wartete nicht auf eine Reaktion seines Gesprächspartners.

Der ergriff trotzdem die Chance zu einem Einwurf: „Gut, von mir aus. Aber Sie wollen mir noch etwas sagen. Das spüre ich. Bislang erzählen Sie mir nichts Neues. Sie bestätigen eher meine Vermutungen. Also?" Zinngruber steuerte auf eine Holzbank zu, die als Ruheplatz für Wanderer am Wegrand aufgestellt war. Eine Plakette verkündete: „Gestiftet vom Lions Club Friedensberg".

Ein gut gewählter Standort: Durch eine Lichtung in der Baumreihe vor ihnen blickte man von hier auf die weite Talrundung, in der Friedensberg lag. Auf die Errichtung von Hochhausanlagen hatten die Verantwortlichen der Stadt bislang verzichtet. Allein die Kirchtürme stachen aus dem Stadtbild hervor. Allen voran der Doppelturm des Doms. Und der Zwiebelturm von St. Michael. Warum musste Kellert bei dessen Anblick heimlich grinsen?

Sie setzten sich, schauten einerseits in das Tal, andererseits seitlich so versetzt, dass sie den je anderen am Rande des Blickfeldes beobachten konnten. „Ja, Sie haben recht", bestätigte der Domvikar dann. „Ich wusste von dieser Kammer in der Orgel. Das habe ich bislang verschwiegen, ich weiß. Das war vielleicht nicht ganz korrekt. Aber ich selbst war noch nie da oben. Das ganze Innenleben dieser Orgel hat einfach nicht meine Maße, Sie verstehen? Und es zog mich da auch nicht hin."

Er stieß einen Schwall verbrauchter Atemluft durch die Nase. „Also jedenfalls: Frau Ketschbaumer und Michaela haben diese Kammer irgendwann damals entdeckt, als sie die Orgel erkundet und vermessen haben. Für die Restaurierung. Und Frau Dr. muss ganz besessen von dem Gedanken gewesen sein, dass das eine Art Geheimkammer ist. Mitten in Friedensberg, mitten im Dom! Ein Raum, von dem kaum jemand etwas weiß. Wo man sich treffen kann, ohne gehört und gesehen zu werden. Das war wie eine Art pubertäres Indianerspiel. So stelle ich mir das zumindest vor."

„Hm?", raunte Kellert und bat so um eine Fortsetzung. „Nun ja, und Michaela hat mitgespielt. Was blieb ihr schon übrig? Sie trafen sich dort manchmal. Frau Dr. hatte ja alle Schlüssel. Und sie verstanden es wohl, sich ganz unauffällig zu verhalten. Niemand oder kaum jemand hat etwas gemerkt. Die ganzen Baumaßnahmen dort fanden ja alle erst später statt. Sie hatten also ein Geheimnis. Ihr Geheimnis. Manche Menschen brauchen so etwas. Um ihrem Alltag eine gewisse Würze zu geben."

‚Weißt du selbst, wovon du da sprichst?‘, überlegte Kellert. Der Domvikar rieb sich die Augen. „Dann kam diese Entscheidung über die Orgelrestaurierung. Ich wusste ja damals schon von den ganzen Verstrickungen, war aber natürlich an die Geheimhaltung des Beichtwissens gebunden. Und war wie vor den Kopf geschlagen, als ‚Kraus, Flöther & Grings‘ dann so kurz vor Schluss ausgebootet wurde. Das war mir völlig unerklärlich, gerade *weil* es doch diese Nähe von Michaela und Frau Dr. gab.“

„Ja, das ist mir allerdings auch unerklärlich!“, kommentierte Kellert spontan. „Aber nur, weil Sie Frau Dr. eben nicht kannten“, sinnierte der Geistliche. „Im Nachhinein ist mir Vieles klar geworden: Denken Sie an die Möwe. Die Möwe Sabine. Die immer wieder neu ihr Revier absteckt. Die immer wieder neu ihre Macht beweisen muss. Auch sich selbst.“

Er lachte trocken und freudlos vor sich hin: „Von persönlichen Motiven frei zu sein: Wie konnte sich Sabine Ketschbaumer das selber besser beweisen als durch genau diese Entscheidung? Außerdem steckte sie dadurch die Positionen und Kraftverhältnisse noch einmal unmissverständlich ab: wer bestimmt, wer die Chefin ist, wer das Ruder des Handelns in der Hand hat. Und wer nicht.“

„Puh, und wie hat Frau Flöther das weggesteckt?“, fragte Kellert nach. „Die war fertig. Vollkommen“, rief Zinngruber fast, so stark regte ihn die bloße Erinnerung auf. „Dass sie – auf welche Weise auch immer – möglicherweise dazu beigetragen hat, dass die Firma ihrer Familie in Konkurs gehen musste, das hat sie nicht verkraftet. Denn so hat sie das gedeutet: dass die Firma den Auftrag nicht erhielt, nur wegen ihrer persönlichen Verstrickungen.“

Zinngruber hob die rechte Hand und gestikulierte erklärend: „Wobei das so monokausal sicherlich kaum stimmte. Natürlich weiß ich nicht, was Frau Dr. letztlich zu ihrer Entscheidung zugunsten von ‚Steinmetz und Co.' trieb, also unserer hiesigen Firma. Da wird es mehr als einen Grund gegeben haben. Davon bin ich felsenfest überzeugt. Aber Michaela blieb bei ihren Selbstvorwürfen."

„Immerhin," – Zinngruber nickte müde vor sich hin –, „sie war stark genug, mit Frau Dr. zu brechen. Wozu ich ihr auch dringend geraten habe. Oder war das umgekehrt gewesen? Ich weiß es nicht. Sie schaffte es dann lange Zeit nicht einmal mehr nach Friedensberg zu fahren. Wir haben immer wieder telefoniert. Und ich habe sie ein paar Mal in Eichstätt besucht. Um sie zu stützen."

Wieder rieb er sich die Nasenwurzel. Halb zehn. Die Sonne ging langsam unter. Das warme abendliche Licht verzauberte den Juniwald. Aber keiner der beiden Gesprächsteilnehmer nahm das jetzt wahr. „Dann starb ihr Vater, der alte Flöther", erinnerte sich Zinngruber. „Das war der endgültige Tiefschlag. Auch daran gab sich Michaela die Schuld. Oder besser: die Mitschuld. Was natürlich vollkommener Unsinn ist. Aber sie ließ sich das nicht ausreden. Sie war regelrecht besessen davon, sich die Schuld für das Unglück in ihrer Familie zu geben."

Er schaute mit niedergeschlagenem Blick zu dem Kommissar. „Das kann man nicht, als Beichtvater: anderen eine Überzeugung ausreden, die tief in ihrem Inneren feststeckt. Da stoßen wir an Grenzen. Die vielleicht nur Gott überwinden kann. Vielleicht. Sie wurde dann depressiv. Wie vorher ihr Vater. Vielleicht gibt es dazu eine Anlage in der Familie. Das gibt es ja. Schlimm. Diese blühende Frau. Wie gelähmt. Aber die Ärzte haben sie dann langsam wieder aufgepäppelt. Mit Psychopharmaka. Die wirken auch ohne Gebet. Langsam. Und sie führten Michaela nie mehr zu ihrer vollen Blüte zurück. Die gab es nicht mehr."

„Kommen Sie, gehen wir zurück", schlug Kellert mit sanfter Stimme vor und stand auf. Er wollte sich nicht von der Dunkelheit überraschen lassen. Die gehörte Schilderung hatte ihn nicht kalt gelassen, auch wenn er Michaela Flöther ja gar nicht gekannt hatte. Nun ging er voraus.

Zinngruber fiel einen Schritt zurück. Kellert überließ ihn seinen Gedanken. Dann aber fiel ihm etwas ein, etwas, das er sich aus einem der vielen geführten Gespräche gemerkt hatte, obwohl er nicht mehr sicher bestimmen konnte, wer das nun genau gesagt hatte. Er wandte sich zu dem gedankenverloren hinter ihm hertrottenden Geistlichen um. „Aber Herr Zinngruber: Dann haben sich die beiden doch wieder getroffen. Frau Flöther und Frau Ketschbaumer. Man hat sie doch in Friedensberg zusammen gesehen. Später!"

„Wieder haben Sie recht, Herr Kommissar", erwiderte der Prälat aufseufzend. „Ja, die Anziehungskraft war stärker als der Verstand. Oder sagen wir: die Abhängigkeit. Richtig! Die Orgel war längst restauriert. Michaela kam wieder zu unseren Beichtgesprächen nach Friedensberg. Und irgendwann traf sie dort zufällig wieder auf Frau Dr. Die alte Faszination war auf einmal schlagartig wieder da. Trotz all der Schuldgefühle, dem Schmerz, der Wut, der Aggression. Das ist mir allerdings erst viel später klar geworden. Damals habe ich davon nichts geahnt. Ich hätte nie gedacht, dass Michaela diese alte Hörigkeit immer noch in sich trug."

„Hörigkeit?", fragte Kellert nach. „Das Wort benutzen Sie nun zum ersten Mal." Zinngruber nickte. „Ja! Weil ich das selbst erst eben jetzt als solche durchschaut habe. Hörigkeit." Er verstummte. Die Erinnerung an seine eigene Fehlwahrnehmung schmerzte ihn. Aber da war noch etwas. „Nun kommen Sie, Herr Prälat! Jetzt erzählen Sie die Geschichte auch bis zum Schluss“, ermunterte der Kommissar seinen abendlichen Weggefährten.

„Das kann ich nur zum Teil. Ich weiß Vieles nicht“, wand sich der Geistliche. „Michaela kam dann einige Zeit lang nicht mehr zur Beichte. Zu unseren geistlichen Gesprächen. Sie wusste ja nur zu gut, dass ich ihre Beziehung zu Frau Dr. ablehnte. Weil ich fand, dass diese für sie selbst schädlich war. Und das habe ich ihr natürlich auch nicht vorenthalten. Jedenfalls müssen die beiden dann auch dieses Spiel mit der Geheimkammer in der Orgel wieder aufgenommen haben. Und sich wirklich gut im Versteckspiel geübt haben, wenn selbst ich, der zuständige Domvikar, davon nichts mitbekam.“

Er verstummte und hing seinen Gedanken nach. Seine Erzählung war noch nicht beendet.

27.

Sie waren am Parkplatz hinter dem Friedhof angekommen. Und jetzt? „Kommen Sie: Setzen wir uns in meinen Wagen“, schlug Kellert vor. Skeptisch blickte der Domvikar auf das zwar schnittige, aber eben auch niedrig liegende und eng gebaute neue Cabrio des Kommissars. „Ich denke, mein Auto hat mehr Platz“, erwiderte der Geistliche und wies auf seinen großen, nicht mehr ganz neuen, schwarzen Mercedes.

Mit einem leisen Seufzen streckte Zinngruber seine Beine aus, nachdem er auf dem Fahrersitz Platz genommen hatte. Kellert setzte sich auf den Beifahrersitz. Tatsächlich: In punkto Beinfreiheit hatten sie eindeutig die richtige Wahl getroffen. Sie ließen die Türen offenstehen. Das gab ihnen das Gefühl, mehr Platz zu haben.

Grundsätzlich sitzt man in einem Auto erstaunlich eng beieinander, das galt selbst für diese großzügig bemessene Limousine. Der normale Sicherheitsabstand, den man instinktiv wählen würde, ließ sich hier nicht einhalten. Das war dem Kommissar gar nicht recht. Sein innerer Kompass zeigte ihm an, dass er lieber einen Meter weiter nach rechts rücken würde. Was natürlich nicht ging. Aber die Fortsetzung des Gesprächs auf den Folgetag zu schieben, war in jedem Fall die noch schlechtere Lösung. Der Domvikar wollte seine Geschichte zu Ende bringen. Jetzt!

Auch Zinngruber schien sich nicht wohl in seiner Haut zu fühlen. Mit unsicherem Blick schaute er nach rechts. Kellert zwang sich dazu, seine professionelle Rolle einzunehmen, und nickte dem Mann auf dem Fahrersitz aufmunternd zu: „Und jetzt nähern wir uns der Zeit vor zweieinhalb Jahren, oder?“ Der Domvikar verzog das Gesicht. Und er stimmte dem Kommissar zu: „Ja!“ Mehr sagte er zunächst nicht.

Dann gab er sich sichtlich einen Ruck und raffte sich auf: „Damals muss Carolin, also die ältere Schwester, irgendetwas von der ganzen Sache erfahren haben. Ich habe wirklich keine Ahnung, woher und wie.“ „Carolin!“, rief Kellert überrascht aus und fuhr auf, sodass sein Kopf fast gegen das Dach des Autos stieß. „Also doch! Hat *sie* dann ...“

Zinngruber schaute den Kommissar entgeistert an. Die Dämmerung warf inzwischen tiefe Schatten über den Abend. „Was?“, fragte er nach. „Sie glauben doch nicht, dass Carolin die Frau Ketschbaumer umgebracht hat! Nein, Unsinn. Das hätte sie nie gemacht. So war das nicht. Aber sie hat mit Michaela geredet. Ihr klar gemacht, wie völlig abwegig es für sie war, dass es überhaupt irgendeine Art von Kontakt zwischen Sabine Ketschbaumer und ihrer Familie gab. Nach dem, was sie den Flöthers angetan hatte."

Er klammerte seine Hände um das Lenkrad des Mercedes. „Das fand ich ja auch. Und das wollte ich Frau Dr. dann ja auch klarmachen. Dass das völlig verantwortungslos war, wie sie mit Michaela umging. Umsprang. Aber …". Er sprach nicht weiter.

In Kellerts Hirn wirbelten die unterschiedlichsten Szenarien herum. Blitzschnell und gleichzeitig. Hatte der Domvikar dann selbst die Nerven verloren? Oder war er geplant zur Tat geschritten? Oder war es im Streit zu einem Unfall gekommen? Würde man das je klären können? Nach so langer Zeit.

„Aber dann war sie ja verschwunden", führte Zinngruber seine Gedanken weiter und wies damit alle spontanen Gedankenspiele des Kommissars in ihre Grenzen. „Und ich war erleichtert. Unendlich. Carolin, müssen Sie wissen, hat Vieles von damals verdrängt. Ich habe sie beobachtet. Sie erinnert sich wirklich nicht mehr an dieses Gespräch mit Michaela. Das gibt es. Dass man bestimmte Erinnerungen einfach ins Unterbewusstsein abschiebt. Oder tatsächlich vollkommen vergisst. Das ist mir in meiner Praxis als Beichtvater mehr als einmal begegnet, glauben Sie mir. Ich kenne Carolin Flöther ja nicht besonders gut. Aber ich bin fest davon überzeugt, dass das bei ihr so war."

„Und warum sind Sie sicher, dass sie es dann nicht doch selber war, die ihre jüngere Schwester aus dieser Situation befreien wollte? Und sich rächen wollte für all das, was Frau Ketschbaumer ihrer Familie angetan hatte? Wie können Sie so sicher sein, dass es nicht *das* ist, was sie verdrängt?"

„Dazu komme ich noch, Herr Kommissar", erwiderte der Domvikar mit müder Stimme. Mit seiner linken Hand drehte er an einem der Bedienungsknöpfe des in edlem, geöltem Teakholz gestalteten Armaturenbretts herum. „Wenn ich das nicht selbst erlebt hätte, könnte ich mir das auch nicht vorstellen. Dass man etwas verdrängen kann, was man nicht wahrhaben möchte. Und zwar sehr erfolgreich. Frau Dr. war verschwunden, damals, kurz bevor der Dom für den Winter gesperrt wurde. Ich habe damals natürlich überhaupt keinen Zusammenhang zwischen diesen beiden Ereignissen gesehen. Der war damals ja auch überhaupt nicht ersichtlich."

Er schaltete aus Versehen das Licht des Autos ein. Plötzlich leuchtete die Fläche vor dem Auto hell auf. „Mist!", entfuhr es ihm und er schaltete den Lichtkegel sofort wieder ab. Was zuvor ein dämmriges Szenario gewesen war, in dem man jedoch Schemen, Formen und Bewegungen noch gut erkennen konnte, war nun einer völlig undurchdringbaren Finsternis gewichen. Das schien der Domvikar jedoch gar nicht zu bemerken. „Was mich damals mehr beschäftigte: Michaela tauchte lange Zeit nicht mehr auf. Am Telefon ließ sie sich verleugnen. Gut, ich war auch nicht aufdringlich. Das war nun wirklich ihre Entscheidung, ob sie den Kontakt zu mir einstellen wollte oder nicht."

Zinngruber nahm Kellerts skeptischen Blick wahr, obwohl man wirklich nur noch Konturen erkennen konnte. „Das war so, Herr Kommissar! Ja, ich habe sie gern gehabt, die Michaela. Aber ganz normal, von Mensch zu Mensch. Gegenseitige Sympathie ist in Prozessen geistlicher Begleitung ein unschätzbarer Vorteil. Solange alle Beteiligten wissen, wo die Grenzen liegen. Aber ich habe Ihnen das ja schon gesagt: Darum geht es hier nicht."

Er schüttelte heftig den Kopf. „Nein, ich machte mir Sorgen um sie. Wenn sie für sich sein wollte, dann habe ich das akzeptiert. Für so wichtig halte ich mich nicht. Ich biete meine Wegbegleitung an. Ich dränge sie niemandem auf. Und ich habe mir wirklich eingeredet, dass Frau Dr. freiwillig verschwunden war. Ich dachte, dass sie vielleicht von Carolin in eine Zwangslage gebracht worden war. Dass sie es vorgezogen hatte, für eine Weile zu verschwinden. So wollte ich das gern sehen, damals."

Er atmete tief durch. „Dann, im späten Frühjahr, stand sie plötzlich wieder unangemeldet vor meiner Tür: Michaela. Sie sah schlecht aus, sehr schlecht: abgemagert, Ringe unter den Augen, blasse Haut, niedergedrückt. Wie verblüht. Sie wollte beichten. Nichts sonst. Natürlich habe ich ihrem Wunsch entsprochen. Und dabei hat sie es mir gestanden."

Zinngruber wand sich auf dem engen Fahrersitz. Seine Hände krampften sich am Lenkrad fest. Er rang mit sich. Aber er sprach dann das aus, was er sich vorgenommen hatte: „Eigentlich darf ich das nicht weitergeben, aber ich fürchte, dass ich das nun muss – gegen meinen Eid und gegen mein Gewissen: Michaela Flöther hat mir gestanden, dass sie Frau Dr. Ketschbaumer im Streit getötet hat. Dass sie die Leiche an ihrem alten Treffpunkt, in der Orgelkammer, einfach zurückgelassen hatte."

„Was!?" rief Kellert, entgeistert darüber, dass ihm der Geistliche diese zentralen Informationen jetzt, erst jetzt zukommen ließ. „Ja, Herr Kommissar, so war das. Jetzt wissen Sie es. Ursprünglich wollte ich dieses Wissen für mich behalten. Bis ins Grab. Das wäre mir lieber gewesen, glauben Sie mir das. Aber Sie haben mir keine Wahl gelassen. Wie ich schon sagte: Sie sind ein guter Polizist, Herr Kellert."

Er ließ den Kopf hängen. „Ich war Ihnen gegenüber nicht immer vollkommen aufrichtig, Herr Kommissar. Das tut mir leid. Aber heute ist mir klar geworden, dass ich nicht länger schweigen darf. Sehen Sie: Ich wollte Ihnen die Ereignisse der Reihe nach erzählen, damit Sie alles besser verstehen können. Auch das, wie es dann weiterging."

„Na, da bin ich nun aber wirklich gespannt", entfuhr es Kellert, der sich zügeln musste, um seinen Ärger und seine Aufregung in den Griff zu bekommen. „Ich weiß, ich hätte damals sofort überprüfen müssen, ob das überhaupt alles stimmte. Und es dann der Polizei melden. Oder umgekehrt", murmelte Zinngruber leise. „Ich weiß, dass ich damals alles falsch gemacht habe. Aber ich kann es nun einmal nicht mehr ändern." Verständnislos blickte der Kommissar ihn an.

„Ich habe *nichts* gemacht, wissen Sie?", gestand der Geistliche dann. „Ich war besorgt um Michaela, wollte ihr helfen. Das allein war mir damals wichtig. Ich sah doch, wie es um sie stand. Und habe mir dann gesagt: ‚Egal, ob das nun so stimmt. Das wird sich schon noch herausstellen. Früher oder später. Nichts, was du jetzt tun kannst, wird daran etwas ändern. Wenn du dich jetzt einmischst, machst du alles nur noch komplizierter.' Niemandem war bis dahin nach der Wiedereröffnung des Doms im Frühjahr irgendetwas Außergewöhnliches an der Orgel aufgefallen. Warum sollte das nicht so bleiben?"

Zinngruber überlegte. Schaltete die gedämmte Innenbeleuchtung des Fahrzeugs ein. Nach seinem ‚Geständnis' konnte er das trübe Licht ertragen. Vorher hätte er das nicht gekonnt. „Ich wollte das nicht so genau wissen. Es gibt so etwas wie ein Menschenrecht auf Nicht-Wissen, habe ich gelesen. Ethiker beschäftigen sich damit. Sie sagen: Nein, wir sind nicht verpflichtet, alles über uns und andere in Erfahrung zu bringen. So habe ich das mir gegenüber damals begründet. Das klingt lächerlich aus heutiger Sicht, ich weiß."

Er verkniff das Gesicht und rieb sich zum wiederholten Mal die Nase. „Dann nahm sich Michaela das Leben. Deutlicher konnte sie mir mein Versagen nicht vor Augen führen. Obwohl das gar nicht ihre Intention war. So wichtig war ich ihr nicht. Nein, sie konnte einfach nicht länger mit ihrer Schuld leben. Und nicht mehr ohne diese Frau, von der sie sich abhängig gemacht hatte. Der sie hörig war. Die sie dann selbst getötet hat."

Er wandte sich wieder nach rechts: „Nicht mit Vorsatz übrigens, sagte ich das schon? Nicht mit Absicht. Im Affekt. Sie verlangte nach dem so schwierigen Gespräch mit ihrer Schwester eine endgültige Aussprache mit Frau Ketschbaumer. Ich glaube, im Kern wollte Michaela sie zwingen, sich nun endgültig zu ihr zu bekennen. Das Versteckspiel aufzugeben, jetzt, da ja sowieso mehrere Personen davon wussten. Eine Aussprache ausgerechnet am Ort ihrer geheimen Treffen. Das wiederum war Frau Doktors Idee."

„Und?", fragte Kellert ungeduldiger werdend nach: „Und dann hat Frau Ketschbaumer eben schlicht gelacht. ‚Dann beenden wir das eben', so oder ähnlich muss sie das gesagt haben. ‚Heute, hier und endgültig'. Es schien ihr gar nicht schwer zu fallen. So zumindest hat das Michaela wahrgenommen. Mit einem Wimpernzucken hätte Frau Dr. die jahrelange Beziehung einfach auslaufen lassen. Das war für Michaela zu viel. Für sie hing ihr ganzes Leben an dieser Frau, alle Höhen und Tiefen, alle Erniedrigungen wie alle Anerkennung, alles Scheitern wie Gelingen. ‚Hörigkeit', Sie erinnern sich?"

Zinngruber atmete tief durch. „So jedenfalls hat sie mir das erzählt. Falsch: gebeichtet. Ob das stimmt, weiß niemand. Aber warum hätte sie mich anlügen sollen? Lügen in der Beichte, das macht ein aufrechter Katholik nicht. Also: Im Affekt griff sie dann zu irgendeinem der alten Werkzeuge, die damals da herumlagen und schlug zu. Von hinten, als sich Frau Ketschbaumer von ihr abgewendet hat, um den Raum zu verlassen. Um *sie* zu verlassen."

„Ein tödlicher Schlag?", fragte Kellert. „Das weiß Gott allein", griff der Geistliche zu einer frommen Floskel, ein Register, das er sonst nur selten bediente. Dem Kommissar stand sofort mit Grausen das Bild vor Augen, in welchem Zustand er die Leiche entdeckt hatte. Halb sitzend, halb hockend, zur Türöffnung hin verrenkt. Hatte Sabine Ketschbaumer den Schlag noch einige Zeit überlebt?

Zinngruber ließ ihm keine Zeit zum Nachdenken „An weitere Details konnte Michaela sich nicht erinnern. All das war wie ausgelöscht, so hat sie das später geschildert. Aber sie muss die Schlagwaffe mitgenommen haben. Und dann den Raum noch von außen verschlossen haben. So haben wir ihn dann ja später vorgefunden."

‚Das könnte passen', ging es Kellert durch den Kopf. ‚Sie könnte den Schlüssel von Frau Ketschbaumer mitgenommen haben. Und später in der Nähe des Beichtstuhls verloren haben. Dann wäre das gar nicht der Schlüssel, den der Organist vermisst hat, sondern ein anderes, typengleiches Exemplar. Möglich.' Er konzentrierte sich wieder auf das aktuelle Gespräch.

„Aber warum haben Sie dann nicht wenigstens zu diesem Zeitpunkt nachgeschaut oder die Polizei verständigt, als Frau Flöther ihrem Leben ein Ende gesetzt hat?", bohrte Kellert entgeistert nach. „Warum, warum?", gab Zinngruber ausweichend und schuldbewusst zurück. „Weil ich selbst entsetzt war? Ratlos? Weil ich mehr als genug damit zu tun hatte, mit dem Freitod von Michaela klarzukommen? Weil es ja doch nichts mehr verändert hätte? Ich weiß es nicht." Er wiederholte: „Ich weiß es nicht!"

Kellert stieg aus dem Mercedes aus. Er ging ein paar Schritte, atmete die langsam kühler werdende, würzige, blütenduftende Juninachtluft ein. Zinngruber trat neben ihn, sie lehnten sich nebeneinander an die Karosserie. Sie sagten längere Zeit nichts. Irgendwann brach Kellert das Schweigen: „Und seitdem lebten Sie in der Angst, dass alles entdeckt wird? Oder in der Hoffnung, dass sich das alles als Hirngespinst einer vom Leben gequälten Frau herausstellt?"

Zinngruber rang mit den Händen. „Erinnern Sie sich, was ich gesagt habe: Man kann so etwas wirklich verdrängen, wissen Sie? Einfach nicht mehr daran denken. Sich auf das konzentrieren, was der Alltag erfordert. Das geht, irgendwie. Zumindest meistens." Kellert empfand diese Antwort als Ausflucht und hakte nach: „Aber als Sie dann mit diesem französischen Organisten in die Orgel eingestiegen sind: War Ihnen da klar, dass alles auffliegen wird?"

„Das", der Domvikar lachte vor sich hin, „das war völlig unwirklich, Herr Kommissar! Einerseits war das so, wie Sie sagen. Plötzlich denkst du: Jetzt kommt alles heraus. Auf der anderen Seite spürst du: Das ist alles gar nicht wahr. Nicht real. Gleich wachst du aus einem bösen Traum auf. Die Kammer ist leer. Und im Wechselbad dieser Gefühle bist du taub. Wie ausgeschaltet. Völlig gefühllos. So war das jedenfalls bei mir."

Zinngruber hielt kurz inne, erläuterte dann: „Und sofort nach dem Fund kam die große Erleichterung: Endlich, endlich hatte ich Sicherheit. So furchtbar die auch war. Das ließ sich ertragen. Denn bitte bedenken Sie: Ich habe ja nicht selbst eine Straftat begangen. Auch nicht vor meinem Gewissen oder vor Gott. Ich habe es lediglich unterlassen, auf die Möglichkeit einer bereits erfolgten Straftat hinzuweisen. Für die niemand mehr zur Rechenschaft gezogen werden kann und muss."

Kellert dachte: ‚Na, das hast du dir ja wirklich schön zurechtgelegt, mein lieber Herr Prälat!' Gefolgt von einem Anschlussgedanken: ‚Und wenn das alles gar nicht stimmt? Wenn es die Version ist, die er mir auftischt, in der Hoffnung, dass ich sie ihm gutgläubig abnehme? Dann wäre er ein verdammt guter Schauspieler, der Herr Domvikar. Und vielleicht ist er das ja.' Ein Gegengedanke mischte sich ein: ‚Mein Bauchgefühl sagt mir, dass er die Wahrheit sagt. Und das kellertsche Bauchgefühl irrt sich selten.'

Mitten in seine Gedanken hinein spürte er die sanfte Berührung einer Hand an seinem Oberarm. Körperkontakt von Fremden mochte er nicht. Dagegen war er allergisch. Unwillig drehte er sich zu seinem Begleiter, der sich immer noch an das Auto lehnte. Das Innenlicht leuchtete das Gesicht des Domvikars von unten unwirklich aus. Wie eine Maske. „Herr Kommissar. Darf ich Sie daran erinnern, was wir am Anfang unseres Gesprächs ausgemacht haben? Dass Sie nur die Informationen weitergeben, die die Öffentlichkeit unbedingt wissen muss." ‚Ausgemacht', dachte Kellert. ‚Ausgemacht haben wir gar nichts.'

„Ich werde nichts von dem je wiederholen, was ich Ihnen gerade anvertraut habe, das wird Ihnen klar sein", fügte Zinngruber mit nun wieder fester Stimme hinzu. „Und Beweise werden Sie nach all der langen Zeit kaum finden. Ich bitte Sie: Lassen Sie den Toten ihre Ruhe, Frau Ketschbaumer und Michaela. Deswegen habe ich mich Ihnen doch geöffnet. Habe ich mein Beichtgeheimnis auf Sie hin erweitert. So nenne ich das jetzt mal. Breskamp würde das anders bezeichnen, ich weiß. Aber Sie, Herr Kommissar, Sie können das: diesen Toten ihre Ruhe geben. Für immer."

Kellert wollte etwas erwidern, aber Zinngruber sprach eindringlich weiter: „Und lassen Sie die Lebenden leben. Carolin, mich. Wem nützt das, wenn Sie diese ganzen Hintergründe und Abgründe in die Öffentlichkeit zerren? Ihrer Dienstpflicht? Sie wissen, dass das ein rechtsstaatliches Konstrukt der Gefügsamkeit ist. Ihrer Erfolgsbilanz? Das haben Sie doch gar nicht mehr nötig! Der Wahrhaftigkeit oder Wahrheit? Das sind doch nur philosophische Ideen. Ich bitte Sie eindringlich: Es gibt nicht nur das ‚Recht auf Nicht-Wissen', es gibt auch die Tugend des ‚Nicht-Verbreitens'. Den Schutz des guten Namens. Den Respekt vor den Toten, wie schuldig oder unschuldig sie auch immer gewesen sein mögen."

Erschöpft lehnte sich der Domvikar zurück. Er hatte das gesagt, was er sich vorgenommen hatte. Kellert blickte ihn skeptisch an. Hatte der Priester recht? Sollte er über all das Gehörte schweigen? Aber wie sollte er das anstellen? Wollte er das überhaupt? Wie könnte er weiter verfahren? Selten in seiner langen Karriere bei der Polizei hatte er sich so unsicher darüber gefühlt, was richtig wäre und was falsch.

28.

„Du erlebst in diesem Beruf wirklich immer wieder etwas Neues. Ein Mord, der mehr als zweieinhalb Jahre zurückliegt; eine Täterin, die vor über einem Jahr ihrem Leben selbst ein Ende gesetzt hat; und dann auch noch die dringende Bitte aus dem Umfeld von Opfer und Täterin, all diese Erkenntnisse geheim zu halten. Ihr seht mich einigermaßen ratlos."

Bernd Kellert blickte auf die drei Frauen, die sich auf seiner heimatlichen Terrasse eingefunden hatten: seine Ehefrau, seine Tochter, seine Mitarbeiterin. Beate hatte spontan eine Art Brunch zusammengestellt: es gab Kaffee, Tee oder Orangensaft, frische Brötchen, Käse, Wurst, Marmelade, dazu Obst. All das stand auf dem Gartentisch, um den sie sich locker gesellt hatten. Jenny hatte noch rasch einen Blumenstrauß gepflückt und in der Mitte der Tafel platziert. Ihr Vater hatte ihn jedoch so weit an den Rand gerückt, dass sich die vier problemlos in die Augen schauen und unterhalten konnten.

„Danke, dass ihr gekommen seid!“, führte er seine Gedanken weiter aus. „Vor allem, dass Du, Hannah, Dich am Samstag auf den Weg zu uns ins beschauliche Polzingen gemacht hast. Aber ich benötige wirklich euren Rat.“ Hannah Mellrich hatte gleich zugestimmt, an diesem Treffen teilzunehmen. Kellert hatte sie noch spät am Abend per Chat gebeten, am nächsten Tag zu ihm zu kommen. Schon allein, dass sich ihr Chef so spät noch bei ihr meldete, war völlig ungewöhnlich. Und dann auch noch per Chat? Das musste wirklich wichtig sein.

Samstag um elf beim Chef. Nein, das war alles andere als normal. Er lud eigentlich nie jemanden zu sich nach Hause ein. Das war seiner Mitarbeiterin auch ganz recht. Die Trennung von Berufs- und Privatleben machte das professionelle Miteinander viel einfacher. Und dass *diese* Einladung nicht privater Natur war, war von Anfang an klar. Trotzdem: Ganz wohl fühlte sie sich jetzt nicht. War aber froh, dass die beiden anderen Frauen mit dabei waren. Sie kannte Beate Kellert flüchtig von einigen gemeinsamen Treffen, aber Jenny war sie noch nie begegnet. Die Tochter vom Chef! Fast genauso alt wie sie selbst. Wie sollte man sich da verhalten?

Beate war ein Mensch, bei dem man sich gleich zuhause fühlte. Mütterlich, direkt, unkompliziert, dabei unaufdringlich. Auch Jenny hatte es der Mitarbeiterin ihres Vaters leicht gemacht und sie sofort geduzt. In der Welt der Studierenden war das ganz normal. In der Welt der Polizei nicht, aber Hannah war es in diesem persönlichen Rahmen recht. Jenny ihrerseits war neugierig und durchaus gespannt, die Kollegin ihres Vaters kennenzulernen. Die Frau, mit der er einen beträchtlichen Teil seiner Arbeitszeit teilte.

Der Kommissar blickte zufrieden um den Terrassentisch herum. Ein Junimorgen, an dem sich der Hochsommer bereits ankündigte. Warm, mit leichtem Westwind, ein Duft von Blumen und Baumblüten in der Luft. Pucki hatte sofort den Kontakt zu dem unbekannten Gast gesucht, war dort allerdings nicht auf Gegenliebe gestoßen. Hannah Mellrich mochte nun einmal keine Katzen. Nun saß Pucki bei Jenny auf dem Schoß und ließ sich kraulen.

Kellert hatte den drei Frauen die wesentlichen Ereignisse des vorherigen Tages mitgeteilt. Sein Versprechen Domvikar Zinngruber gegenüber, dessen Auskünfte für sich zu behalten, galt – so hatte der Kommissar kurzerhand beschlossen – für diese Runde nicht. Er brauchte eine Entscheidung darüber, wie er weiter vorgehen sollte. Und genau darüber war er sich wirklich nicht im Klaren.

Hannah Mellrich war überrascht, und das gleich mehrfach. Sie kannte ihren Chef nicht als jemanden, der für Entscheidungen viel Zeit brauchte. Sonst traf er seine Beschlüsse spontan, intuitiv und meistens mit erstaunlicher Weitsicht. Und dass er dazu den Rat anderer einholte, auch den seiner Mitarbeiter, hatte sie bislang kaum erlebt.

Aber auch mit dem, was er berichtet hatte, hatte sie nicht gerechnet. Michaela Flöther, Michi als Täterin? Irgendwie war sie automatisch davon ausgegangen, dass sie einen Fall aufklären würden wie sonst auch. Dass sie den Verursacher der Ereignisse identifizieren würden. Dass er oder sie vor Gericht gestellt und für die Tat büßen würde. Und nun war die Täterin schon lange tot. Das war irgendwie unbefriedigend. Das Gefühl, erfolgreich gearbeitet und einen Fall richtig abgeschlossen zu haben, wollte sich nicht so recht einstellen. Insofern konnte sie ihren Chef durchaus verstehen.

„Es ist ja klar, was wir eigentlich tun müssten", übernahm sie die Gedankenführung. „Wir müssten Frau Treumann-Liedke, also der Polizeipräsidentin, unsere Erkenntnisse mitteilen. Und sie würde dann wie üblich entscheiden, wie man weiter damit zu verfahren hat. Und wir hätten unsere Arbeit erledigt."

„Aber so, wie Du das sagst, hältst Du das eigentlich nicht für den richtigen Weg, oder?", beobachtete Jenny. „Du sprichst ja im Konjunktiv. Das deutet an, dass Du Dich von dem, was Du sagst, innerlich distanzierst. Bitte entschuldige, das klingt ein bisschen klugscheißerig, ich weiß. Aber ich bin eben seit Jahren in der Uni-Welt zuhause. In der Sphäre von Vorlesungen und Seminaren. Da verlernt man leicht die normale Sprache."

„Ist schon okay, Jenny", lächelte Hannah zurück. „Ich glaube, Du hast das ganz richtig gedeutet. Ja, irgendwie widerstrebt mir das." „Mir auch!", bestätigte Bernd Kellert sofort. „Genau deshalb habe ich euch ja hierhergebeten. Was soll die gute Treumann-Liedke schon tun, wenn wir ihr unsere Erkenntnisse – unsere kaum beweisbaren Erkenntnisse, wohlgemerkt – vortragen? Sie bringt den Fall in der Pressekonferenz am Montag an die Öffentlichkeit. Sie hat gar keine Alternative. Und dann geht der ganze Rummel los: Exklusivstorys, Enthüllungsberichte, Gerüchteküche ... Wem wäre damit gedient? Wer hätte etwas davon?"

„Mir scheint als Erstes etwas ganz anderes zentral", mischte sich Beate Kellert ein: „Bist Du dir sicher, Bernd, dass dieser Herr Zinngruber dir die Wahrheit aufgetischt hat?" Hannah Mellrich nickte bestätigend. Klar, das war die entscheidende Grundfrage.

Der Kommissar goss sich ein Glas mit Orangensaft ein, rührte es jedoch nicht an. Lehnte sich zurück. „Sicher?", fragte er vor allem sich selbst. „Nein, sicher bin ich mir nicht. Aber mein Bauchgefühl sagt mir, dass das so stimmt. Ich habe heute Nacht zur Sicherheit noch einmal alle vorliegenden Informationen zu diesem Fall überprüft. Alles, was wir haben. Ja, Hannah, Nachtschicht, das musste sein", erklärte er mit einem Seitenblick auf seine Mitarbeiterin.

„Es passt", fasste er seine Überlegungen zusammen. „Alles, was Zinngruber erzählt hat, fügt sich in die Vorgaben ein, die wir kennen. Ich sehe keinen Grund, an seinen Berichten zu zweifeln. Wen sollte er durch Manipulationen von Tatsachen oder Vorenthaltung von weiteren, zentralen Informationen schützen wollen? Sich selbst? Carolin Flöther? Das überzeugt mich nicht."

Kellert rührte gedankenverloren in seinem Kaffee, der inzwischen kalt geworden war. „Es gibt da allerdings durchaus noch einige Fragezeichen. Nicht in Bezug auf Zinngrubers Erzählung. Ich glaube ihm. Aber hat Michaela Flöther *ihm* tatsächlich die ganze Wahrheit gestanden? War das wirklich eine Tötung im Affekt gewesen? Ich bin mir nicht sicher. Woher soll, zum Beispiel, die Tatwaffe gekommen sein? Der Raum, so wie wir ihn aufgefunden haben, war weitgehend leer. Lag da rein zufällig ein geeigneter Schlaggegenstand herum?"

Er legte den Löffel auf dem Tisch ab, führte die Tasse gedankenverloren an den Mund, trank einen Schluck, verzog das Gesicht und stellte die Tasse wieder zurück. „Und dann hat sie diesen Gegenstand mitgenommen, in all der Panik, in der sie gewesen sein will? Und so raffiniert entsorgt, dass er nie gefunden wurde? Und hinter sich die Tür sorgsam mit Sabine Ketschbaumers Schlüssel abgeschlossen, den sie ihr irgendwie abgenommen hat? Und dann dieses Schloss bedient, das nur mit viel Geschick und Kraft seinen Zweck erfüllt? Ich weiß nicht …"

Hannah Mellrich war seinen Gedanken aufmerksam gefolgt. „Das bleibt tatsächlich rätselhaft, Chef", bestätigte sie. „Aber da sehe ich nun wirklich keinerlei Möglichkeiten für uns. Wie sollten wir das aufklären?" „Eben", stimmte Kellert nachdrücklich zu. „Dieses Wissen hat Michaela Flöther mit ins Grab genommen. Und letztlich ändert es wenig. Sie hat die Tat begangen, ob geplant und mit Absicht oder im Affekt. Darüber muss kein menschlicher Richter mehr befinden."

Der Kommissar streckte sich, gähnte und rieb sich die Augen. Die weitgehend schlaflos zugebrachte Nacht machte sich zunehmend bemerkbar. Aber er ließ die drei Frauen an seinen nächtlichen Überlegungen teilhaben. „Umgekehrt sehe ich tatsächlich auch nicht, wem ein Schaden entstehen könnte, wenn dieser Fall letztlich offiziell unaufgeklärt bleibt. Erbfragen stellen sich nicht, das habe ich recherchiert."

Er blickte von seiner Frau zu seiner Tochter: „Wessen Leben würde durch eine offiziell polizeiliche Klärung der Umstände dieses Todesfalles besser? Wobei umgekehrt das Leben von einer ganzen Reihe von Beteiligten noch einmal komplett öffentlich durch die Mangel gedreht würde, wenn wir mit den Informationen und Hintergründen an die Öffentlichkeit gehen. Die Waagschalen sind völlig unterschiedlich gefüllt. Je mehr ich darüber nachdenke: Die Sachlage ist für mich eindeutig. Oder übersehe ich da etwas?“

Seinen Zuhörerinnen fiel kein Grund ein, ihm zu widersprechen. „Hannah, Du hast eben doch ausgeführt, was ihr eigentlich tun *müsstet*“, mischte sich Jenny wieder in das Gespräch. Sie fand es interessant, sich einmal in die Berufswelt ihres Vaters hineinzudenken. Sonst erzählte er zuhause nie viel von seiner Arbeit. Zumindest ihr gegenüber nicht. Das war eine seiner Grundregeln, um daheim Abstand von seinem Beruf gewinnen zu können. Dass er sie jetzt miteinbezog, freute sie und schmeichelte ihr.

„Hast Du auch Ideen, was Ihr tun könntet, wenn Ihr den üblichen Weg *nicht* einschlagt?“, führte sie ihren Gedanken zu Ende. Hannah Mellrich blickte auf ihren Chef. „Gute Frage“, sagte sie, um Zeit zu gewinnen. Bernd Kellert hob die geöffneten Hände und signalisierte ihr so, einfach mal loszufantasieren.

„Tja, wir könnten erklären, dass wir den Fall nicht lösen können. Dass es nach all der Zeit keine Spuren gibt, die uns verlässlich zu irgendeinem Täter führen. Wir könnten also dafür plädieren, die Akten zu schließen. Frau Treumann-Liedke würde uns sicherlich nicht so leicht zustimmen, uns zu weiteren Untersuchungen antreiben, aber was soll dabei schon herauskommen?“

„Dann müsste der große Bernd Kellert aber mit einem Makel in seiner offiziell erfassten Aufklärungsquote leben“, bemerkte seine Frau mit ironischem Lächeln. „Auf die er so stolz ist.“ „Das könnte der schon“, konterte ihr Mann mit dem gleichen Gesichtsausdruck. „Die Quote ist gut genug. Und würde das auch bleiben. Außerdem wäre meine eigene Berechnung ja in jedem Fall anders. Ich *habe* den Fall aufgeklärt. Das darfst Du nicht vergessen!" Er grinste spielerisch zu seiner Frau hinüber.

„Entschuldigung", er wandte sich an seine Mitarbeiterin. „Wir. Wir haben den Fall aufgeklärt, Hannah. Nein, das Problem liegt anders! Frau Dr. Treumann-Liedke führt natürlich eine andere Statistik. Ihre eigene. Dr. Jacobs, ihr Vorgänger, war überaus stolz auf seine Quote. Da möchte sie natürlich nicht abfallen." Die Erklärungen galten hauptsächlich Jenny, die sich bei den Entwicklungen hinsichtlich der Vorgesetzten ihres Vaters nicht auskannte. „Das kann man ja auch verstehen", ergänzte dieser.

Kellert wischte mit der rechten Hand einige Brötchenkrümel von seinem Teller. „Die Frage ist, ob wir ihr das zumuten können. Ob sie sich damit so schnell zufrieden gibt." „Und natürlich, ob sich der Fall nicht doch noch aufklärt. Wie auch immer. Wer weiß, ob sich nicht doch noch ein von uns übersehener Zeuge meldet. Oder irgendetwas an die Öffentlichkeit dringt, das den Fall noch einmal in ein neues Licht taucht. Dann stünden wir ziemlich blöd da, oder?", schob Hannah Mellrich nach.

Ihr ging durch den Kopf, dass durch einen derartigen Entschluss natürlich auch das Vertrauensband zwischen ihr und ihrem Chef noch viel enger geknüpft würde. Sie wären gewissermaßen ‚Komplizen'. Schon allein, dass er sie in diese Gedanken mit hineinnahm, war ein Zeichen sehr großer Nähe. Ein warmer Strom von Dankbarkeit durchfuhr sie. Sie würde das Vertrauen nicht enttäuschen, das stand für sie fest.

Aber ein Gedanke regte sich noch in ihr. „Und unser Diensteid, Chef?", warf sie ein. „Ja, Hannah, unser Diensteid!?", nahm Kellert ihren Gedanken auf. „Wie war das noch gleich? Wir sind verpflichtet, Verbrechen aufzuklären. Das haben wir gemacht. Wir haben geschworen, der Wahrheit ans Tageslicht zu verhelfen. Das haben wir gemacht. Wir müssen dazu beitragen, dem Gesetz Wirksamkeit zu verschaffen. Dem Geist, nicht dem Buchstaben. Das würden wir tun. Wir wurden dazu ausgebildet, der Gesellschaft nach bestem Wissen und Gewissen zu dienen. Das, genau das würden wir tun."

Beate schaute überrascht auf ihren Mann. Derartige Reden kannte sie von ihm gar nicht. Normalerweise hielt er sich kurz und knapp, blieb sachlich. Offensichtlich hatte er über diese Frage im Vorfeld ihres Gesprächs intensiv nachgedacht. Das Anliegen war ihm wichtig. Jenny grinste ihrer Mutter so zu, dass es ihr Vater nicht sehen konnte. Tochter und Mutter teilten ihre Einschätzung, das wurde auch ohne Worte deutlich.

Bernd Kellert kratzte sich im Nacken und verscheuchte eine Mücke, die sich dort niederlassen wollte. „Ich sehe das so: Wir beide, Hannah, würden uns keinerlei eigenen Vorteil verschaffen. Das ist der entscheidende Faktor. Wenn du *das* machst, als Polizist, brichst du deinen Diensteid und verstößt gegen deine Aufgabe. Dann. Nur dann."

Sie sahen sich an. Nickten. „Ich, ich würde das so für mich entscheiden", bestätigte Beate. „Aber ich bin eben keine Beamtin. Eure Entscheidungen. Was denkst Du, Jenny?" Die Angesprochene zuckte mit den Achseln. „Für mich wäre das auch klar, was ich tun würde. Aber: hallo! Ich bin eine Studentin. Alles andere als eine Hüterin von Zucht, Sitte und Ordnung. Was immer Ihr entscheidet: meinen Segen habt Ihr." Sie begleitete ihre ironischen Äußerungen mit der Geste eines über den Brotkorb geschlagenen Kreuzzeichens und einem frechen Grinsen.

„Ich denke, wir schlafen da noch einmal eine Nacht drüber, oder?", zog Bernd Kellert einen Schlussstrich unter ihre

Überlegungen. Seine Mitarbeiterin überlegte kurz und nickte dann. „Danke fürs Mitdenken!“, fügte Bernd Kellert hinzu. Er war froh, sich mit ‚seinen Frauen‘ beraten zu haben. „Genug der schweren Themen“, beschloss er. „Na komm, Jenny. Hast Du nicht wieder ein passendes Beatles-Zitat bereit? Oder irgendeinen Song?“

Seine Tochter überlegte, zückte ihr Smartphone, scrollte eine Weile vor sich hin und sagte dann: „Ja doch, das passt! Es sind aber dieses Mal nicht die kompletten Beatles, sondern nur John Lennon. Was heißt: nur?“ Sie stand feierlich auf, räusperte sich und ließ dann ihre warme Altstimme ertönen: *Denk dir: da ist kein Himmel, nicht schwer, wenn man's erkennt, unter uns keine Hölle, oben nur Firmament. Denk dir: all diese Menschen lebten nur im Hier…*

„Na klar, ‚Imagine‘, was sonst“, kommentierte Bernd Kellert. Jenny unterbrach ihren Gesang. Der Song war so bekannt, dass ihn sogar Hannah Mellrich mitsummen könnte, die sich sonst bei den so genannten ‚Oldies‘ nicht gut auskannte. Diese Übersetzung war natürlich keinem der drei Zuhörer vertraut, denn Jennys Gesangseinlage war eine Art Weltpremiere. *Denk dir: keine Länder, das denken viele schon, nichts wofür man tötet und keine Religion. Denk dir: all diese Menschen, friedlich lebten sie…*

„Klasse übersetzt!“, lobte Kellert, der seine Tochter damit ein weiteres Mal nötigte, ihre Vorführung zu unterbrechen. „Das kann man ja richtig mitsingen!“, fiel Beate auf. „‚Nichts, wofür man tötet‘, schöne Vision“, fügte Bernd Kellert an. „Die würde uns zwar arbeitslos machen, Hannah, aber den Preis würden wir gern zahlen, oder? Ich sofort. Dann regele ich eben den Straßenverkehr. Irgendetwas würde man schon finden, als Polizist. Aber dazu wird es wohl kaum kommen. Leider!“ *Nenn mich ruhig einen Träumer, damit bin ich nicht ganz allein, ich glaube bald wirst du mir folgen, und die Welt wird traumhaft sein.*

„Schön wär’s!“, wagte nun auch Hannah Mellrich eine Bemerkung. Diese Situation war einfach zu grotesk. Sie saß an einem Samstagvormittag am Terrassentisch ihres Chefs neben ihm und seiner Frau und sie lauschten einer Version eines der bekanntesten, jemals verfassten Friedenslieder, vorgetragen von dessen Tochter. An einem Punkt blieb sie hängen: ‚Ein Traum? Träume kann ich mir als Polizistin nicht leisten, sorry‘, dachte sie. Hörte dann aber einen anderen Gedanken in sich: ‚Aber doch: wenigstens einmal einen Traum als Möglichkeit zuzulassen: das geht!‘ Die nächsten zwei Strophen summte sie mit. *Denk dir: kein Besitztum, reicht dafür dein Verstand? Kein Grund für Gier und Hunger, wir gehen Hand in Hand. Denk dir: all diese Menschen teilten sich die Welt…*

Kellerts Gedanken folgten den Utopien dieser Verse und blitzten ihm gleichzeitig die Menschen noch einmal vor sein geistiges Auge, mit denen er in den letzten Tagen zu tun hatte: Domvikar Zinngruber, den Domorganisten Hans-Hendrik Hofbauer, Carolin Flöther … Dann die zwei, denen er gar nicht begegnet war, und die ihm doch innerlich im Moment nahestanden: das Opfer und die Mörderin.

„Na los, mitsingen!“, forderte Jenny die drei anderen auf. „Wir singen es zweimal“, bestimmte sie. Wie ging der Refrain gleich noch? Beate stimmte sofort kräftig mit ein. Bernd Kellert war sich kurz unsicher, sang dann aber mit verhaltener Stimme mit. Er war noch nie ein großer Sänger gewesen. Außer unter der Dusche. Aber was tut man nicht alles der Tochter zuliebe? Hannah Mellrich schüttelte innerlich den Kopf über die Situation, nahm aber bei der Wiederholung die Worte auf und sang leise vor sich hin: *Nenn mich ruhig einen Träumer, damit bin ich nicht ganz allein, ich glaube, bald wirst du mir folgen und die Welt wird traumhaft sein.*